Amore in ufficio

Appena Andato in Stampa

alia smith

BALKON media

APPENA ANDATO IN STAMPA
Pubblicato da Balkon Media

Edizione brossurata ISBN: 978-1-916970-49-6
Disponibile anche in e-book

Editing a cura di Hanna Elizabeth

Illustrazioni e grafica di copertina: graphichouse123

www.aliasmithbooks.com

ANCHE DI ALIA SMITH

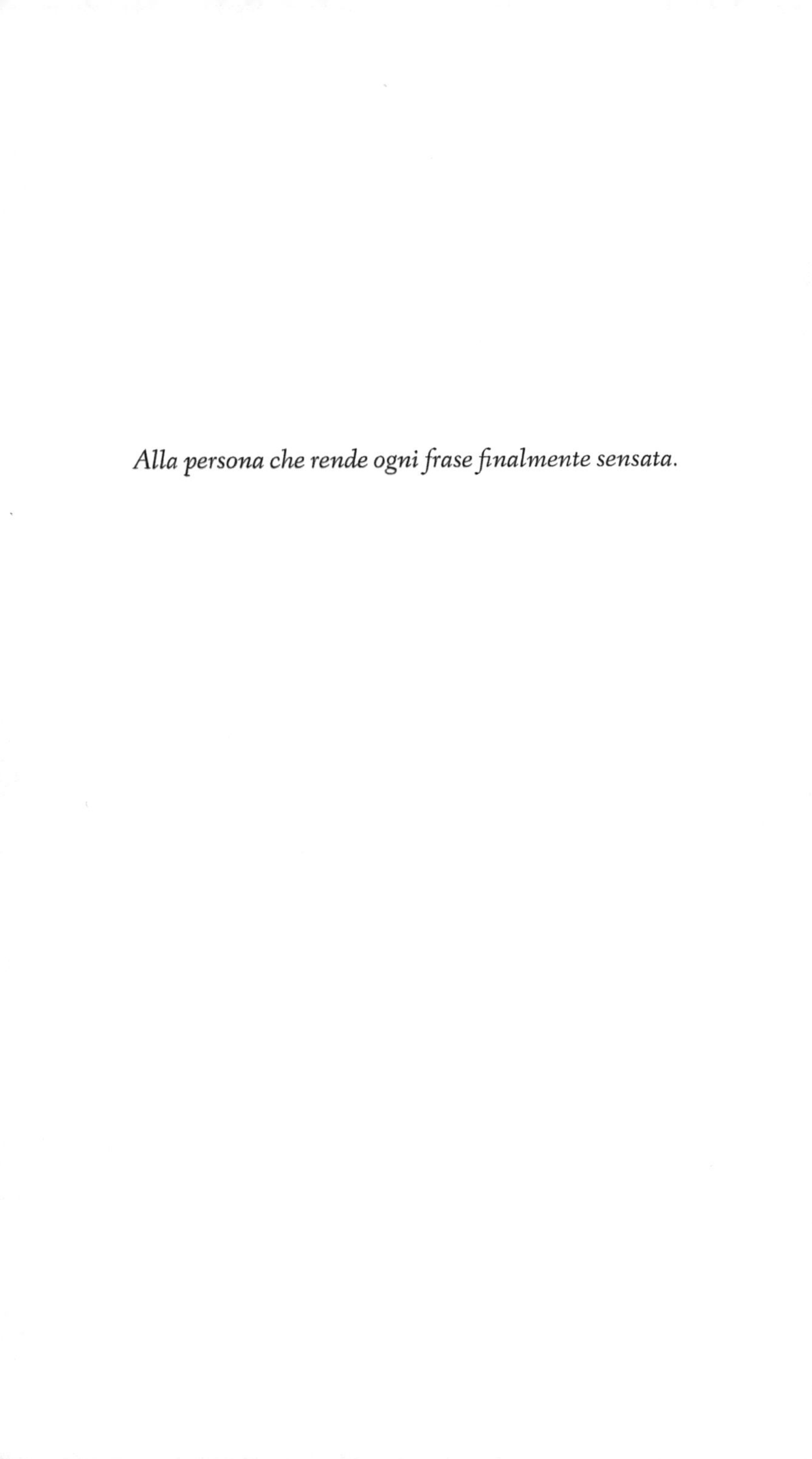

Alla persona che rende ogni frase finalmente sensata.

UNO

GRACE

Mi feci strada in quella che un tempo era la metà rispettabile della redazione del *Chronicle*, contando il numero di nuove macchine per l'espresso e di "aree relax" spuntate dopo la fusione con *The Express*. Oggi, l'open space era ancora più spoglio del solito: intere file di scrivanie erano state smantellate durante la notte, lasciando al loro posto grovigli di cavi Ethernet simili a rotolacampi. Ogni volto che incrociavo era incollato a uno schermo o a un telefono, ma l'aria era densa di aspettativa: stava per succedere qualcosa di grosso e, per una volta, non si trattava di una soffiata della polizia o di una celebrità sorpresa a sniffare cocaina nel bagno di un pub.

Strinsi la tazza di caffè come se fosse una sacra reliquia, il pollice infilato nel manico, il mio ultimo baluardo di ordine nel caos. La tazza era un'edizione limitata del *Chronicle Christmas* 2022, il cui colore era sbiadito da tempo in un grigio malaticcio. Qualche stronzo ci aveva disegnato un cazzo con un pennarello indelebile sopra la testata commemorativa. Non mi importava nemmeno; mi sembrava onesto.

Aggirai un gruppetto di stagisti con magliette decorate da slogan, i quali parlavano tutti con quell'inflessione ascendente da Generazione Z che fa sembrare ogni affermazione una domanda. Oltre il basso séparé, alla scrivania della Cronaca Nera stavano già tirando fuori il gin. Tipico. C'era il team degli Articoli di Approfondimento del *The Express*, trasferitosi in ufficio la settimana precedente, che lanciava sguardi torvi dalla sua teca di vetro come un branco di lupi con i postumi della sbornia. Riconoscevi i miei colleghi del giornale serio dalle sciarpe e dal modo in cui guardavano ogni cosa con una vaga e studiata delusione.

La mia "hot desk" del giorno si trovava in una terra di nessuno: la zona cuscinetto tra il mondo morente della carta stampata e il disastro a caccia di click fatto di blog e contenuti virali che era il nostro futuro digitale. Da qui potevo vedere le macerie di entrambi.

Mi lasciai cadere su una sedia e feci una rapida ispezione visiva in cerca di pericoli: bevande energetiche versate, Post-it vaganti, la carta di giornale della settimana scorsa calpestata sulla moquette fino a ridurla in cenere. Soddisfatta, aprii il portatile e passai due minuti interi a fingere di leggere le e-mail, mentre in realtà osservavo gli schemi di movimento dei miei colleghi. Da qui si capiva chi era già stato convocato a una riunione mattutina con il proprio caporedattore. Tutti gli altri camminavano come condannati a morte, rassegnati ma speranzosi in una sospensione della pena all'ultimo minuto.

Un trillo allegro dal cellulare: era papà, che mi ricordava di "rendere orgogliosa la famiglia". Perché non c'era niente di più glorioso che fare un controllo incrociato sulle note spese del Primo Ministro di dieci anni prima confrontandole con un foglio di calcolo pieno di ricevute di abbonamenti per sugar baby. Risposi con un pollice in su, poi misi via il telefono con un sospiro.

Erano le 09:29. La riunione era alle 09:30. Lanciai un'occhiata al mio riflesso nello schermo nero di un monitor spento. Capelli tirati indietro in una coda da superlavoro, giacca di un blu navy aggressivo, rossetto ancora (miracolosamente) al suo posto. Mi sistemai la giacca, appiattii i baveri e mi pizzicai le guance per darmi un po' di colore. Mamma l'avrebbe chiamato "lucidare l'armatura". Io la chiamavo sopravvivenza.

La Caporedattrice fece il suo ingresso esattamente alle 09:30: un tornado di mezza età in trench, scarpe comode ma occhi che erano puro omicidio. Impugnava un megafono giocattolo, un altro dei suoi regali motivazionali dalla direzione, supponevo, e lo sbatté sul bordo di una scrivania per attirare l'attenzione di tutti. Cadde il silenzio, rotto solo dal debole ronzio del macinacaffè del team degli Articoli di Approfondimento.

«Bene, ascoltate bene!» La sua voce tuonò attraverso il megafono, scatenando un piccolo attacco di panico nell'angolo dello sport. «Come tutti sapete, siamo nell'eccitante, impegnativa e, francamente, dannatamente terrificante prima settimana del nuovo e migliorato *Chronicle* dopo la nostra fusione con *The Express*. Alcuni di voi sono qui dai tempi in cui usavamo la carta carbone e i fax. Alcuni di voi sanno a malapena scrivere il proprio nome. Insieme, faremo funzionare questa cosa, o moriremo provandoci. Siamo intesi?»

Qualche "sì" borbottato. Il team degli Articoli di Approfondimento, che non era tipo da mostrare debolezza, si limitò ad arcuare le sopracciglia e a continuare a scrivere.

«Bene!» La Caporedattrice sogghignò, con un sorriso da lupo. «Ora. Uno dei grandi cambiamenti è la nostra impollinazione incrociata di talenti. Ciò significa che tutte le scrivanie sono hot desk, tutte le storie sono aperte a proposte e tutti voi state per entrare in intimità con qualcuno che potrebbe piacervi o meno.»

Nella stanza si diffuse un mormorio a disagio. Sentii una

pulsazione sorda in gola, una specie di panico primordiale, ma tenni il mento alto e lo sguardo impassibile.

«Le coppie verranno annunciate ora» continuò la Caporedattrice «e sì, è casuale, e no, non potete fare cambi, a meno che non ci sia un vero ordine restrittivo emesso da un tribunale.» Agitò un foglio di carta. «Primi: Anna e Jacek. Secondi: Monty e Prisha. Terzi: Grace Hampton e...» Fece una pausa, e io già sapevo, ancora prima che lo dicesse. «Paul Callaghan.»

Mi bloccai, con la tazza di caffè a mezz'aria. Da qualche parte lì vicino, una spillatrice cadde a terra con un tonfo sordo. Contai uno, due, tre battiti del cuore prima di posare la tazza, facendo attenzione a non rovesciare il contenuto. Ogni muscolo del mio viso era stato addestrato alla compostezza; solo un piccolo tic alla mascella mi tradì.

La mia visione si restrinse, un obiettivo stenopeico puntato sul lato opposto della stanza. Eccolo lì. Jeans neri, camicia bianca con le maniche arrotolate fino ai gomiti, barba incolta di qualche giorno. Paul Callaghan si appoggiò allo schienale della sedia come se gli ultimi sette anni fossero stati un unico, lungo e lento rancore. Incrociò il mio sguardo e fece una minuscola alzata di spalle, come a dire: *Beh, ci sarà da divertirsi.*

Riuscii a sfoderare un sorriso tirato. Professionale. Impeccabile. E falso al cento per cento.

Il mio cervello ripercorse rapidamente il passato: l'Università di Sheffield, il giornale studentesco, quel tipo di magia notturna che brucia troppo in fretta per durare. I dibattiti, le scadenze, le battute private che si erano trasformate in litigi. E poi il tirocinio: il mio, non il suo. Una singola decisione che aveva mandato tutto il resto all'aria.

Pensavo che la ferita si fosse attenuata con il tempo. Ma a quanto pare, il risentimento ha una memoria di ferro.

La Caporedattrice andò avanti, ignara. «Vi verrà data una scrivania insieme e una consegna settimanale. La produttività sarà monitorata. Se non riuscite a lavorare insieme, verrete licenziati entrambi e sostituiti dall'intelligenza artificiale.» Scrutò la stanza in cerca di domande. «Nessuna? Allora datevi da fare.»

La riunione si sciolse in un brusio. Mi alzai, con le gambe molli ma funzionanti, e sentii gli occhi di almeno tre persone bruciarmi sulla schiena. Riuscii a raccogliere il portatile e la tazza-reliquia senza guardare nessuno, ma mentre passavo davanti al team degli Articoli di Approfondimento, li sentii: «È *quella* Grace Hampton?» «Non stava con...?» «Sì, con lui. Che dramma.»

Serrai la bocca, mordendomi l'interno della guancia finché non sentii sapore di rame.

Alla nuova scrivania, una di quelle cose moderne e orribili con una superficie di vetro e nessuna privacy, disposi le mie cose con precisione chirurgica. Portatile esattamente al centro. Caffè a destra. Blocco note a sinistra, penna senza cappuccio e sull'attenti. Mi concentrai sulla respirazione, costringendola a rallentare, costringendo le mani a non tremare.

Paul scivolò di fronte a me con una nonchalance quasi certamente studiata. Non parlò, si limitò ad aprire il suo portatile e a iniziare a scrivere come se gli ultimi sette anni fossero stati un semplice prologo. Era alto come sempre, con le gambe allungate sotto la scrivania, occupando più spazio del necessario.

Percepii, più che vederla, un'ondata di interesse dal resto della redazione. Alcuni erano lì per le storie; altri volevano solo il sangue. Maledetti giornalisti.

Alla fine Paul alzò lo sguardo e mi rivolse quel suo sorriso sghembo e irritante. «Beh,» disse, «chi si rivede.»

Ricambiai il sorriso, tirato e professionale. «Il mondo è piccolo, non trovi?»

Lui inclinò la testa. «Qualcuno direbbe che è un ambiente di consanguinei.»

Era un test. Mi rifiutai di caderci. Invece, controllai il

rossetto nel riflesso del mio schermo e iniziai a buttare giù la bozza dell'articolo del giorno.

A mezzogiorno, arrivò la prima e-mail dalle Risorse Umane: "Benvenuti nel nuovo team *Chronicle Express!*". C'era sopra il cartone di un'ape, nel caso non avessimo colto la metafora dell'impollinazione incrociata.

La cancellai senza leggerla.

All'una del pomeriggio, avevo scritto e riscritto il paragrafo di apertura dodici volte, ma non riuscivo a togliermi la presenza di Paul dalla visione periferica. Canticchiava mentre lavorava; un'abitudine che avevo dimenticato e che detestai immediatamente. Scriveva veloce, poi si fermava, tamburellava con le dita e fissava il soffitto come un uomo in cerca di Dio nell'impianto di aria condizionata.

Mi alzai per riempire di nuovo la tazza di caffè e, passando dal suo lato della scrivania, intravidi il suo schermo: era un foglio di calcolo con vecchi scoop del *Chronicle*, con i nomi evidenziati in un giallo sgargiante. C'era una colonna intitolata "Storie non sfruttate". Il mio nome campeggiava in cima a una cella, proprio sopra la parola "Scheletri?".

Non rallentai il passo. Non gli diedi la soddisfazione di voltarmi a guardare.

Alla macchinetta del caffè, appoggiai le mani sul bancone per tenerle ferme. Tremavano, solo un po', ma abbastanza da farmi odiare per questo.

Non è che fossimo mai usciti insieme. Non proprio. Ciò che avemmo fu troppo rapido, troppo luminoso, e si spense prima che l'uno o l'altra di noi potesse rivendicarlo. Ma la rabbia, quella è eterna. Il ricordo della sua mano sulla mia schiena mentre correvamo per rispettare la scadenza del giornale studentesco; il modo in cui i suoi occhi diventavano piatti e freddi quando stava per ferirmi, solo per il gusto di farlo.

Riempìi la tazza fino all'orlo, ne bevvi un sorso bollente e mi feci forza per tornare alla scrivania.

Dalla mia postazione, Paul mi stava osservando. Non apertamente, ma abbastanza. Mi sedetti, feci di nuovo il login e mandai una proposta alla Caporedattrice: «La morte del giornalismo cartaceo: reportage dalle trincee». Lei rispose in tre secondi: «Mi piace. Fai coppia con Callaghan, vedi cosa tirate fuori».

Ovvio.

Incollai la proposta in un documento Google condiviso, gli inviai il link via e-mail e attesi.

Paul scrisse: «Bell'inizio. Ti sei ammorbidita dai tempi dell'università».

Risposi: «Sei solo abituato a lavorare con dei bambini».

Lui replicò: «Sono più facili da addestrare».

Io: «Meno inclini a pugnalarti alle spalle, in ogni caso».

Non rispose, ma potei vedere la contrazione della sua bocca, il modo in cui si stava godendo la cosa. Mi rifiutai di dargli altra soddisfazione.

Alle cinque, avevamo abbozzato l'articolo, corretto il lavoro l'una dell'altro e eravamo riusciti a non ucciderci a vicenda. A malapena. Non ci eravamo quasi rivolti la parola, limitando la comunicazione ai commenti sul documento. Bizzarro. Raccolsi le mie cose, mi alzai e lo guardai negli occhi.

«A domani» dissi, con una voce gelida.

Lui si appoggiò allo schienale, si stiracchiò e disse: «Non vedo l'ora».

Gli credetti.

Mentre me ne andavo, sentivo gli occhi della redazione puntati addosso, in attesa del primo segno di sangue. Non diedi loro nulla. Le mie mani erano ferme, la mia bocca non accennava a un sorriso e la mia corazza era di nuovo al suo posto.

Domani, pensai, dovranno impegnarsi di più.

La mattina seguente, Paul Callaghan fece il suo ingresso come solo lui sapeva fare: spavalderia ridotta a un livello di plausibile negabilità, maniche arrotolate per comunicare la disponibilità a lavorare sodo, ma con quel caratteristico sorriso sbieco per ricordarti che tutto questo è un gioco, e lui ne è il campione in carica.

Si fermò sulla soglia dell'open space, studiando il territorio come se fosse un documentario sulla natura e lui stesse valutando il nuovo maschio alfa. L'effetto fu immediato: le conversazioni rallentarono, i riflessi degli screensaver si moltiplicarono e un'ondata di attenzione lo trovò come un missile a ricerca di calore, per poi rimbalzare su di me e di nuovo su di lui. Oltre lo schermo divisorio, la redazione sportiva aprì le scommesse su quanti giorni saremmo durati prima che intervenissero le Risorse Umane.

Sapeva che la stanza lo stava guardando. Recitò la sua parte, mani in tasca, mento alto, occhi che scrutavano l'orizzonte prima di posarsi finalmente su di me. I nostri sguardi si scontrarono. Il mio corpo mi tradì con un controllo generale: polso accelerato, spalle indietro, mascella serrata così forte che avrei dovuto massaggiarla per giorni.

Allargò il sorriso, sollevò un sopracciglio. Alzò la mano in un saluto pigro e ironico. La semplice stronzaggine del gesto quasi mi fece ridere, ma costrinsi la mia espressione a quella calma granitica che avevo passato tutto il viaggio in autobus a perfezionare.

Si fece strada tra le scrivanie con passi lenti e misurati, come un assassino che vuole che tutti vedano il coltello. A tre metri di distanza, si fermò per chinarsi sulla scrivania di una giornalista junior, probabilmente per suggerirle una battuta oscena per il titolo del giorno dopo. Due metri. Uno.

Si fermò di fronte a me, indugiando abbastanza a lungo da registrare il respiro collettivo di tutta la redazione degli Speciali. «Buongiorno, Grace» disse, tutto cortesia e malizia.

«Buongiorno, Paul».

Rimanemmo lì, vecchi nemici, nuovi partner, a fronteggiarci con i sorrisi educati dei politici prima di un dibattito televisivo.

La caporedattrice degli Speciali, Sarah, evocata da un sesto senso per le situazioni drammatiche, piombò su di noi con le braccia già aperte. «Eccoli qui!» esclamò. «Il Dream Team!» Lo disse con lo stesso tono che la maggior parte della gente usa per chiamare la disinfestazione.

Si piazzò tra di noi, irradiando un calore sintetico. «Ora, so che la sistemazione dell'ultimo minuto è uno shock, ma pensatela come un'opportunità per, sapete, costruire la fiducia. Collaborare». Fece una pausa per creare un effetto drammatico, con lo sguardo che rimbalzava tra noi due. «Due dei nostri migliori, insieme su un'unica postazione condivisa. L'ufficio è in fermento!»

Dietro di lei, lo era. Letteralmente. Almeno cinque persone tenevano i loro telefoni in un modo tale che ero sicura al novanta per cento che la scena fosse già in diretta su Twitter.

Sarah indicò la scrivania immacolata con il piano in vetro, direttamente sotto la grande finestra: una posizione privilegiata, ma con zero privacy e le sedie meno ergonomiche conosciute dall'uomo. «Questa è vostra. Fate in modo che funzioni. Continuate a scrivere i vostri pezzi, ma inviatemi il vostro primo articolo congiunto entro venerdì. Ricordate, il tema chiave: collaborazione». Batté le mani e il suono secco rimase nell'aria, come uno schiaffo.

Si chinò, abbassando la voce a quello che probabilmente credeva fosse un volume confidenziale. «Dico sul serio, voi due. I piani alti vogliono vedere l'intesa. Anche se dovete fingerla». Poi svanì, diretta a sedare una piccola insurrezione alla redazione Cronaca.

Rimanemmo a fissare la lastra di vetro, la nostra piccola isola in un mare di aspettativa.

Paul si sfilò la borsa a tracolla dalla spalla e la lasciò cadere a terra con un tonfo sordo. «Spero non ti dispiaccia» disse, «ma mi sono preso la libertà di prenotare per noi per un brainstorming al pub dopo il lavoro. Terreno neutro».

Certo che l'aveva fatto. Sforzai un sorriso. «Neanche per sogno. Non vorrei dare a chi ha scommesso in ufficio una vincita anticipata».

Lui rise, una risata rapida e secca. «Dio ce ne scampi. Ho scommesso che resisteremo fino a giovedì».

Mi sedetti alla scrivania e iniziai il rituale di marcare il mio territorio: blocco note, penne, tazza. Paul si sistemò di fronte, rispecchiando ogni mia mossa con una precisione esasperante. Eravamo così vicini che le nostre ginocchia quasi si sfioravano sotto il tavolo.

Aprì il suo portatile, il cui coperchio era tappezzato da un adesivo con la scritta: «Chiedimi della mia violazione di dati». Fece finta di accenderlo, tamburellando con le dita mentre si caricava la schermata di login. Era lo stesso ritmo che usava per tamburellare sulla mia coscia sotto il tavolo del Red Lion, la notte in cui avevamo pubblicato la notizia che ci aveva resi entrambi leggende e, indirettamente, nemici mortali.

«Vuoi scrivere direttamente nel documento Google, o semplicemente urlarci contro finché non esce fuori qualcosa?» chiese, con la voce abbastanza bassa da poter essere sentita solo da me.

«Come preferisci. Sono flessibile». Riconobbi la sfida nelle mie stesse parole e mi odiai per questo.

Lui inclinò la testa, concedendomi il punto. «Allora inizio con qualche ricerca, va bene?»

«Perfetto». Cominciai a scrivere, ma ogni tasto premuto era perseguitato dalla possibilità che lui stesse guardando, giudicando, aspettando un errore.

Con la coda dell'occhio, vedevo l'attenzione della redazione ancora fissa su di noi. Il team degli Speciali aveva una griglia per le scommesse, con un pennarello rosso che punteggiava i nostri nomi in varie caselle etichettate «decessi», «ricaduta romantica» e «distruzione reciproca».

Decisi di non degnarli di una reazione. Invece, mi immersi nel brief, determinata a batterlo sul tempo, a scrivere meglio di lui, a durare più a lungo di lui. Sapevo come sarebbe andata: avrebbe cercato di affascinarmi, di provocarmi, di pungolarmi per farmi abbassare la guardia. Ma ora ero più grande, più dura. Non gli avrei dato quella soddisfazione.

Passò un'ora che sembrò una guerra di trincea: periodi di silenzio teso, poi improvvise raffiche di domande e modifiche passivo-aggressive al documento.

A un certo punto, si schiarì la gola e disse: «Sai, ho sempre ammirato la tua etica del lavoro. Spietata. E lo dico come un complimento».

Tenni gli occhi fissi sullo schermo. «E io ho sempre ammirato la tua creatività. Anche se è principalmente al servizio dell'autoconservazione».

Lui si chinò in avanti, incrociando le mani. «È l'unico tipo di creatività che conta, no?»

Alzai lo sguardo, lasciai che si soffermasse un secondo di troppo. «Dipende da cosa stai cercando di conservare».

Non rispose subito. Mi guardò, mi guardò davvero, e sentii lo stomaco contrarsi in un modo che pensavo di aver imparato a controllare.

Un silenzio si allungò tra di noi, finché la voce della Caporedattrice non tuonò dall'altra parte della stanza: «Hampton! Callaghan! Come vi trovate con la nuova sistemazione?»

Paul sollevò la tazza in un finto brindisi. «Integrazione perfetta!» gridò di rimando.

Alzai la mia tazza, a testa alta. «Come se fossimo nati per questo».

Sarah sorrise radiosa. «Questo è lo spirito!»

Quando si voltò, Paul abbassò di nuovo la voce, solo per me. «Me la farai sudare davvero, eh?»

«Ti aspettavi qualcosa di meno?» dissi.

Le nostre ginocchia si toccarono sotto la scrivania, e nessuno dei due si spostò.

Per il resto della giornata, fingemmo una tregua. Ma tutti in ufficio sapevano che era solo questione di tempo prima che venisse sparato il primo colpo.

E questo, mi resi conto, era ciò che mi era mancato più di tutto.

DUE

♥

PAUL

Il nuovo ufficio sembrava il frutto di una botta e via tra un Apple Store e un WeWork, e ora nessuno sapeva di chi fosse il bastardo. Non c'era un singolo spigolo smussato in vista: tutto era vetro, cromo e strisce di luci a LED impostate su una tonalità di «ottimismo clinico». Mi fermai ai margini dell'open space, con due borse della spesa che mi appesantivano la mano sinistra, e osservai lo scempio. Persino l'aria aveva un odore ostile, un misto delle esalazioni dei mobili a basso costo e della disperazione del management.

La mia nuova scrivania per quel giorno era in prima fila al centro, proprio nel raggio dell'esplosione dell'open plan, e così trasparente che potevo quasi vederci riflessa la mia stessa vergogna. Lì c'era Grace, già al suo posto, che irradiava un'aggressività stranamente tranquilla. La sua giacca quel giorno era blu navy, così elegante da poter essere considerata un'arma impropria, e aveva disposto il suo taccuino e il telefono perfettamente paralleli al bordo della scrivania. Non c'era neanche una macchia di caffè o un Post-it con gli angoli piegati in vista.

Proprio da lei marcare il territorio prima ancora che l'inchiostro sulla mappa dei posti si fosse asciugato.

Mollai le borse ai miei piedi, assicurandomi che almeno tre persone sentissero il tonfo. Qualcuno della sezione Approfondimenti alzò lo sguardo, mi riconobbe e poi si rituffò a capofitto sul lavoro con una rapidità che suggeriva che fossimo tornati ai tempi del liceo e che io fossi appena stato rilasciato dall'isolamento. Il resto della stanza faceva una discreta imitazione del lavorare, ma potevo sentire il ronzio a bassa frequenza dei curiosi. Sapevo che impressione facevo. Il figliol prodigo di merda era tornato. Il figlio esiliato dell'inferno dei tabloid, tornato all'ovile nel campionato dei grandi; se «campionato dei grandi» ora significava scrivere tre listicle a settimana e morire un po' di più dentro a ogni titolo acchiappaclick.

Grace non alzò lo sguardo, ma mi intercettò. I suoi occhi ebbero un guizzo fulmineo, poi tornarono al suo portatile. Vidi la leggera tensione alla mascella: il suo tic rivelatore che pensava nessuno conoscesse, ma che per me era ovvio come un allarme antincendio. Quasi sorrisi. Invece, premetti i palmi contro il vetro e lasciai che il freddo mi risalisse nelle ossa.

La sedia ergonomica era regolata a un'altezza adatta a un bambino piccolo. Mi ci lasciai cadere, con gli arti che si aprivano come una sedia a sdraio che aveva perso la voglia di vivere. Il rivestimento cigolò. Presi nota mentalmente di sabotarla per ottenere il massimo effetto comico durante una futura riunione di redazione. Per ora, mi limitai a scivolare in avanti finché le mie ginocchia non minacciarono di sbattere contro quelle di Grace. Lei non si mosse. Voleva che sapessi che quella era la sua scrivania, il suo territorio, le sue regole. Lei era del *Chronicle* e io dell'*Express*, e condividere una scrivania e persino un ufficio non l'avrebbe mai cambiato.

L'accontentai trasformandola in una scena del crimine.

Per prima cosa, aprii il mio portatile scassato — gli adesivi sul coperchio erano sbiaditi fino a diventare una macchia grigiastra — e lo posizionai con un'angolazione che garantiva di riflettere la luce del sole direttamente sulle retine di Grace. Poi estrassi il mio taccuino, con la costina rotta e i margini pieni di scarabocchi di patiboli e genitali anatomicamente improbabili. Lo posai sulla scrivania con un leggero schiaffo, aprendolo a una pagina a caso. Per buona misura, sfiorai la superficie con le dita, come se cercassi polvere invisibile, e le feci scorrere lungo il bordo finché il vetro non stridette in segno di protesta. Poi tirai fuori le mie matite e le allineai a specchio della selezione ordinata di Grace. Lei ancora non reagiva, ma vidi la sua mano stringersi sulla penna.

Rimanemmo seduti così per due minuti interi, con il mondo ridotto a un teatro di guerra di due metri quadrati. Mi prudeva tutto il corpo. La camicia che avevo raccolto dal pavimento della mia camera da letto quella mattina era almeno per metà di poliestere e si rifiutava di stare al suo posto: l'elettricità statica me la incollava al petto, si sollevava sulle spalle, si impigliava ai gomiti. La tirai bruscamente, poi guardai Grace, che (ovviamente) indossava una camicetta perfettamente stirata e talmente inamidata che sarebbe potuta stare in piedi da sola.

Era cambiata, ma non davvero. C'era una nuova patina: rossetto più scuro, capelli più disciplinati, trucco che nascondeva le borse sotto gli occhi; ma sotto, era sempre la stessa. Iper-competente. Incapace di fare le cose a metà, tranne forse la propria felicità. Il tipo di persona che avrebbe preso una medaglia d'oro per essere morta, se fosse stato nel programma di studi. Sette anni e profumava ancora di ambizione e profumo costoso, con una punta d'inchiostro se ti avvicinavi abbastanza. Mi chiesi se correggeva ancora la grammatica sui cartelli stradali.

Non mi avvicinai. Sapevo che era meglio non farlo.

Invece, feci il login e iniziai a lavorare, o a fingere di farlo. La mia prima azione: cercare su Google 'Come fingere la propria morte e farla franca'. La mia seconda: stilare un elenco di tutte le storie che non avrei mai potuto scrivere ora che i miei giorni erano contati. Ero a metà de 'I 25 consiglieri comunali più corrotti: la classifica!' quando sentii di nuovo i suoi occhi su di me. Incontrai il suo sguardo senza esitazione e le feci un piccolo cenno col capo. Potevo vedere la domanda nei suoi occhi, chiara come un titolo di giornale: *Perché sei davvero qui?*

Me lo sarei chiesto anch'io, se non sapessi già la risposta. È semplice. Avevo perso una scommessa, un lavoro e il rispetto per me stesso, in quest'ordine. Ora ero qui per poter pagare l'affitto, evitare le telefonate di mamma e fingere di non essere a un passo dal baratro dell'economia dei lavoretti. Mi dicevo che era temporaneo. Una settimana. Una rubrica. Poi sarei potuto sgattaiolare fuori dall'uscita di sicurezza e non tornare mai più, dicendo a tutti — me compreso — che avevo dato una possibilità alla fusione, ma che semplicemente non faceva per me.

Grace interruppe per prima il contatto visivo, scarabocchiando qualcosa sul suo taccuino. La sua calligrafia non era cambiata: incredibilmente ordinata, quasi erotica nella sua regolarità. Mi chiesi se scrivesse mai quando era arrabbiata. Probabilmente no. Probabilmente compartimentava, imbottigliava, archiviava sotto 'Da elaborare quando conveniente'. Provai a immaginarla mentre urlava contro qualcuno nel traffico, e non ci riuscii.

Il mio telefono vibrò in tasca. Lo controllai sotto la scrivania, di nascosto. Tre chiamate perse da un collega dell'*Express* a cui era stato offerto, e che aveva accettato, un accordo transattivo il giorno dopo l'annuncio della fusione. Un messaggio in segreteria da mia madre. Un SMS dal mio allibratore, che pensava ancora che fossi un infiltrato all'*Express* e che quindi avessi qualche soffiata sulle fughe di notizie della Premier League. Cancellai tutto, poi feci scivolare il telefono sul vetro fino a fermarsi a pochi centimetri da quello perfettamente allineato di Grace.

L'ufficio era più rumoroso ora, con gente che si muoveva con uno scopo e che stava effettivamente lavorando. Sarah, la mia nuova direttrice, era nel suo cubo di vetro, scriveva con due dita e aggrottava la fronte davanti allo schermo come se l'avesse insultata personalmente. Colsi il suo sguardo nella nostra direzione, poi altrove, poi di nuovo verso di noi. Stava aspettando che esplodessimo. Forse ci sperava.

Mi concessi una breve, sgradevole soddisfazione nel sapere che se qualcuno doveva crollare, non sarei stato io. Ero un veterano dell'autoimmolazione pubblica. Grace, nonostante tutto il suo controllo, ci teneva ancora. Era quello il suo problema.

Le mie mani erano irrequiete. Tamburellai sulla scrivania, poi passai l'unghia del pollice lungo la giuntura dove il vetro incontrava la struttura metallica. Flessi le dita. L'ufficio sembrava più freddo ora, e quasi mi venne da rabbrividire, ma mi trattenni. Invece, lanciai un'occhiata a Grace, che stava rileggendo i suoi appunti con un'espressione di leggero disgusto.

Aspettai che dicesse qualcosa, ma non lo fece. Così, lo feci io.

«Pensavo che a quest'ora avessi cambiato carriera», dissi, con la voce abbastanza bassa da poter essere sentita solo da lei.

Lei sollevò il mento, con gli occhi spenti. «Perché? La paga qui è così competitiva.»

Sbuffai, metà risata, metà colpo d'avvertimento. «Avresti potuto darti alla dirigenza. O all'insegnamento. Adorano i maniaci del controllo.»

La sua bocca ebbe un tic, solo per un secondo. «E tu avresti potuto darti alla pubblicità. O finire in prigione.»

«Non è troppo tardi», dissi, e lo pensavo davvero.

Ci fu una breve *tregua*. Ci fissammo, poi distogliemmo lo

sguardo, poi di nuovo l'uno verso l'altra. La redazione sembrava più piccola, le pareti di vetro si stavano chiudendo. Da qualche parte in sottofondo, una stagista ridacchiava coprendosi la bocca. La redazione sportiva iniziò un applauso lento, poi smise quando si resero conto che non stavamo per venire alle mani.

Grace prese la sua tazza e bevve un sorso lungo e deliberato. Non le erano mai piaciuti gli scontri, ma era brava a gestirli quando vi era costretta. Lo rispettavo, anche se la mia missione nella vita era costringerla a farlo il più spesso possibile.

La osservai da sopra il bordo della mia tazza e, per un momento, ricordai com'era stato essere dalla stessa parte. C'era stato un tempo in cui potevamo finirci le frasi a vicenda, e non sempre con una battuta. Ora, a malapena sopportavamo di finire la stessa conversazione.

«Allora.» Mi schiarii la gola. «Faremo finta che questa cosa funzionerà, o siamo qui solo per tirare su il morale alle masse?»

Posò la tazza con cura e sorrise. «Perché limitarci?»

Annuii, concedendole la vittoria. «Sempre la perfezionista.»

Ci fu un attimo di silenzio, poi la voce di Sarah squarciò il rumore: «Callaghan! Hampton! Nel mio ufficio, subito.»

Ci alzammo contemporaneamente, nessuno dei due che cedeva il passo, e raccogliemmo le nostre cose con la stessa efficienza. Mentre attraversavamo l'open space, sentii gli occhi puntati sulle nostre schiene, il toto-scommesse che si aggiornava in tempo reale. Sperai che qualcuno fosse abbastanza intelligente da puntare sul cavallo sfavorito. Se dovevo cadere, mi sarei portato dietro almeno tre carriere.

Nel cubo di vetro, la Direttrice ci stava aspettando. Ci fece cenno di entrare, poi chiuse la porta dietro di noi con un sibilo leggero. Le pareti erano abbastanza sottili che, se avessimo urlato, tutto l'ufficio ci avrebbe sentito.

Colsi il riflesso di Grace nel vetro. Per la prima volta, sembrava quasi nervosa.

Decisi di godermelo.

Il cubo di vetro di Sarah era più una sala riunioni che un ufficio. Il grande tavolo era stato allestito come un bancone da bar, così alto che le mie ginocchia minacciavano di intrecciarsi con quelle di Grace ogni volta che ci muovevamo sulle sedie. C'erano tre bicchieri d'acqua sul tavolo, ognuno riempito a un livello diverso, come una specie di test psicologico. Reclamai quello più pieno, per principio.

La Direttrice in persona — Sarah, ma sempre La Direttrice, anche fuori servizio — era appollaiata su uno sgabello e lanciava occhiate tra di noi con un'espressione solitamente riservata agli artificieri. Il suo telefono era incollato al palmo della mano, il pollice che si contraeva sullo schermo come se da un momento all'altro potesse essere chiamata per qualcosa di più importante, tipo un licenziamento di massa o un cane incastrato in un tubo di scarico.

Si schiarì la gola e sfoderò la sua migliore espressione da «capo divertente». «Bene. Prima di tutto, voglio dire quanto sono entusiasta che voi due siate stati messi in coppia. Davvero.» Fece un cenno a Grace, poi a me, come se si aspettasse che contraessimo un entusiasmo contagioso solo tramite il contatto visivo. «Siete due degli autori più decorati dei nostri rispettivi giornali. Il vostro lavoro parla da sé.»

Grace si raddrizzò sulla sedia, penna in resta. Io mi stravaccai appena abbastanza da dimostrare che non ci stavo cascando.

La Direttrice controllò di nuovo il telefono, poi proseguì. «So che questo è un po' uno shock: la fusione delle redazioni, la rubrica a quattro mani. La direzione sta spingendo molto per... l'integrazione.» Fece una smorfia, la parola le lasciò un cattivo sapore in bocca. «Vogliono che sia intelligente ma accessibile. D'impatto ma leggera. Un po' di sano botta e risposta.» Gesticolò tra di noi, come se fossimo i due pezzi di un set di sale e pepe da collezione. «Sapete, 'affascinantemente combattivo'.»

Presi un appunto sul mio blocco: «*Affascinantemente combattivo = da prendere a pugni*». Poi, per mio personale diletto, disegnai un impiccato. La Direttrice osservò la mia penna, la mascella tesa.

Grace era tutta concentrata, scriveva appunti con una grafia così ordinata da sembrare un font. «Manteniamo la guida di stile del *Chronicle* o dobbiamo abbassare il livello per i lettori dell'*Express*?»

La Direttrice sbatté le palpebre. «Oh, c'è un brief. È nella cartella condivisa.» Non disse se l'avesse letto. «Ma in realtà, è una questione di chimica. Voi due avete un passato, giusto? Ho pensato, perché non usarlo a nostro vantaggio?»

Tossii nella mano. «Non sono sicuro che strumentalizzare una tensione sessuale irrisolta sia conforme al regolamento delle Risorse Umane.»

La penna di Grace si fermò. Non mi guardò, ma le sue guance si arrossarono di una tonalità più scura.

La Direttrice andò avanti imperterrita. «Beh, ecco... pensatela come un esperimento. Tutte le migliori rubriche hanno un po' di attrito, no? I lettori ne vanno pazzi.»

Dissi: «Quindi vuole che bisticciamo sulla carta stampata e lo chiamiamo giornalismo.»

Lei alzò le spalle. «Ha funzionato per il *Telegraph* per anni.»

Grace intervenne prima che potessi ribattere. «Ha in mente un titolo per la rubrica?»

La Direttrice esitò. «Beh. Il marketing ha qualche opzione,

ma ho pensato che sarebbe stato meglio se fosse venuto da voi. Più autentico. I lettori amano l'autenticità.»

Disse «lettori» come i politici dicono «il popolo». Non ero convinto ne avesse mai incontrato uno.

Grace annuì, già elencando opzioni sul suo taccuino. Potevo vedere i suoi ingranaggi girare: non era una che si tirava indietro dal gioco, a patto di poter scrivere lei le regole. Considerai l'idea di accendere una sigaretta, solo per vedere cosa sarebbe successo. Invece, mi sporsi in avanti e lanciai la mia proposta sul tavolo.

«Lui Ha Detto, Lei Ha Sbagliato.»

La Direttrice sbiancò, lo sguardo che saettava verso Grace, la quale, a suo merito, non batté ciglio.

Grace posò la penna, allineandola con il bordo del taccuino. «O forse qualcosa di meno... incendiario. 'Le Due Facce della Medaglia'?»

Le sorrisi. «La tua proposta è più diplomatica. La mia farà click.»

«La mia non ci farà finire in tribunale.»

La Direttrice espirò, una lunga e lenta perdita di speranza. «Perché non fate un brainstorming e me li mandate entro la fine della giornata? Li faccio controllare dall'ufficio legale, per sicurezza.» Il suo sorriso era ormai quello da video di un ostaggio.

Fece scivolare due cartelline sul tavolo, una per ciascuno di noi. «Mollate tutto quello a cui state lavorando. Il vostro primo argomento è 'La Morte della Verità'. Siate taglienti. Massimo milleduecento parole, cinquanta e cinquanta.» Guardò Grace, poi me, poi di nuovo Grace, come se stesse implorando uno di noi di comportarsi da adulto. «Avete settantadue ore. C'è un evento di lancio venerdì, quindi per favore cercate di consegnare prima di allora.»

Grace aprì la cartellina, già prendendo appunti. Diedi

un'occhiata alla mia, poi la ficcai nella borsa senza aprirla. L'avrei letta più tardi, o mai.

La Direttrice giocherellò con il telefono, poi alzò lo sguardo. «Qualche domanda?»

Chiesi: «Questa è una prova, o siamo in punizione per qualcosa?»

Lei rise, ma suonò come un rantolo di morte. «Un po' di entrambi, suppongo.»

Grace sorrise, professionale fino alla fine. «Grazie, Sarah. Non La deluderemo.»

Annuii, non del tutto d'accordo. «Non vedo l'ora.»

La Direttrice sembrava sul punto di vomitare. «Bene. Allora. Potete andare.»

Ci alzammo, Grace che raccoglieva le sue cose in perfetto ordine, io che rovesciavo il mio bicchiere d'acqua per fare scena. Grace non commentò, si limitò a porgermi un fazzoletto dalla sua borsa. Asciugai la pozza, ma lasciai il bicchiere dov'era, una mezzaluna d'acqua che si allargava lentamente verso il centro del tavolo.

Tornati nell'open space, la tensione si era allentata. La redazione sportiva stava discutendo di qualcosa di non pertinente, gli stagisti giocavano sui loro telefoni e la gente degli Approfondimenti era tornata al suo stato naturale di malinconia. Seguii Grace fino alla scrivania e, per un momento, camminammo allo stesso passo, come se lo avessimo sempre fatto.

Lei si sedette, poi mi guardò. «Dovremmo vederci dopo il lavoro. Per fare davvero brainstorming, se ne sei capace.»

«Ti ho offerto una serata al pub.»

Sospirò. «Va bene. Ma scelgo io il posto.»

«Affare fatto. Alle nove?»

Esitò, poi annuì. «Alle nove.»

La guardai risistemare la sua postazione, apportando piccole correzioni invisibili finché tutto non fu allineato. Mi chiesi se facesse lo stesso con la sua vita: aggiustamenti infiniti e minuscoli, sperando che un giorno tutto andasse semplicemente al suo posto.

Non sarebbe successo. Non con me lì a mandare tutto a puttane.

Aprii il mio taccuino e iniziai la mia bozza, sottolineando le parole: «*Morte della Verità*». Resistei all'impulso di disegnare una lapide.

Invece, immaginai come sarebbe stato se avessimo vinto davvero. Se avessimo scritto la rubrica, fossimo diventati di nuovo delle leggende e avessimo dimostrato a tutti che si sbagliavano. Il pensiero era così alieno che quasi risi.

Guardai Grace. Stava già scrivendo, il volto contratto, la mascella serrata, come se si stesse preparando a un terremoto.

Potrei avere di peggio come avversaria.

Probabilmente mi capiterà.

TRE

♥

GRACE

Il mio appartamento sembra essere stato svaligiato da un tipo di ladro molto specifico: uno interessato solo alla carta stampata, alla caffeina e alla fugace possibilità di dormire. Sul bancone c'è una bottiglia di vino mezza vuota, un cimitero di tazze allineate sul davanzale e una diaspora selvaggia e vorticosa di taccuini su ogni superficie orizzontale disponibile. L'unico punto non colonizzato dalla carta è il portatile, che mi fissa dal centro del tavolino da caffè, con le e-mail di lavoro che mi guardano torve dal suo schermo impassibile.

Sono al terzo bicchiere di vino e alla seconda ora di quella che mamma ama chiamare una «chiacchierata di aggiornamento». In realtà, è il suo tentativo di trovare la mia felicità tramite crowdsourcing via Bluetooth. È in vivavoce, la sua voce è così chiara che sembra quasi appollaiata sulla mia spalla.

«Penso solo che sia un buffo scherzo del destino» sta dicendo ora, per la quarta volta. «Tu, lui, di nuovo insieme finalmente, dopo tutti questi anni! È come se l'universo vi stesse dando una seconda possibilità.»

«Mm» dico, tracciando il bordo del mio bicchiere. Lascia un cerchio umido e perfetto su un blocco già inzuppato di idee cancellate per la nostra rubrica *congiunta*.

Lei non si lascia scoraggiare. «E dire che ho sempre detto che voi due avevate una questione in sospeso! Anche quando insistevi che si era trattato solo di una "lite professionale".» Pone così tanta enfasi sulla frase che riesco quasi a vederla fare le virgolette con le dita.

Dalla sua parte si sente un fracasso — probabilmente il gatto che si lancia contro un vaso condannato — e poi di nuovo la sua voce, più vicina al microfono, sdolcinata dalla nostalgia. «Era sempre così bello, anche con quei capelli ridicoli. Li ha ancora?»

«Purtroppo» dico. «Adesso sono più lunghi. Sembra che abbia vissuto in una tenda.»

Lei ride. «Gli sta bene! Ha sempre avuto un'indole ribelle. Ricordo quando venne a cena e tuo padre stava per soffocare con il suo risotto perché Paul indossava una maglietta dei Sex Pistols.»

«Papà ha quasi rischiato di soffocare perché Paul ha raccontato per dieci minuti di quella volta che aveva cercato di sindacalizzare il personale della mensa della sua vecchia scuola.»

Lei ridacchia, con una risata acuta e allegra. «Beh, non capita tutti i giorni di incontrare un giovanotto con dei principi.»

«O una fedina penale da minorenne» borbotto.

Mi sente, ma mi ignora. «Sai cosa penso? Penso che in segreto tu ne sia elettrizzata. È come Romeo e Giulietta, ma con più virgole.»

«Anche con più vittime» dico, versandomi un altro po' di vino e pentendomene subito. Devo dormire prima o poi questa settimana, ma le probabilità non sono a mio favore.

Ormai è partita in quarta, ignorando il mio sarcasmo come

un carro armato. «So che dici che siete solo colleghi, ma io li leggo i tuoi articoli, tesoro. Nessuno può fare a pezzi un uomo in modo così splendido se non ne è innamorata.»

Chiudo gli occhi. «Mamma, ti prego.»

Lei alza solo di più la voce. «Promettimi solo che gli darai una possibilità, okay? Siete entrambi più grandi, più saggi, più... emotivamente disponibili.» Pronuncia le ultime parole come se fossero una prescrizione medica, sapendo benissimo che non sono né più saggia né emotivamente disponibile, in nessun senso che non implichi l'addebito diretto.

Bevo un lungo e deciso sorso. «Mamma. Questa non è una commedia romantica. Tecnicamente non è nemmeno il mio ex.»

«Questioni di lana caprina» dice lei, come se stesse liquidando una multa per divieto di sosta. «Ti perdi sempre in un bicchier d'acqua.»

Ho le nocche bianche sul bicchiere di vino. Mi immagino come un cartone animato, con i denti stretti, i capelli ritti, e piccole nuvole temporalesche sopra la testa. Getto uno sguardo allo specchio sopra il termosifone e vedo solo una donna in pigiama, con il mascara rimosso a metà, circondata da scartoffie come un mago fallito che non è riuscito a far sparire i suoi problemi.

Sta ancora parlando: «Hai pensato a cosa indosserai stasera? Dovresti fare colpo. Ricordo che avevi quel bel vestito rosso...»

«È una riunione, Mamma. Non un matrimonio. E il vestito non mi entra più.»

Fa una smorfia di disapprovazione, come se questa fosse una mia mancanza morale. «Sei troppo dura con te stessa. Lo sei sempre stata.»

«Non abbastanza, a quanto pare» dico, pensando alla rubrica che devo scrivere, alla riunione con il Caporedattore, al fatto che Paul Callaghan sia ormai un personaggio ricorrente nella misera telenovela della mia carriera.

Lei percepisce il cambiamento di umore e tenta una nuova tattica. «Cosa c'è che non va, tesoro?»

Esito. Potrei dirle la verità — che il lavoro mi sta divorando viva, che sono bloccata in un circolo vizioso, che scommetterei la mia prossima busta paga che Paul imploderà portandomi a fondo con lui — ma invece dico: «Niente. Sono solo stanca.»

Lei non ci crede. Non ci crede mai. «Hai sempre dovuto lavorare il doppio, vero? Anche da bambina, riscrivevi i compiti se la calligrafia non era perfetta.»

Vorrei dire: *Li riscrivevo solo perché mi obbligavi tu*. Ma non lo dico. Sorseggio e basta, fissando il bagliore arancione dei lampioni oltre la mia finestra. C'è una volpe che fruga nei bidoni dall'altra parte della strada, con gli occhi che brillano e la coda che è un tripudio di spavalda insolenza. La invidio.

Mamma sospira. «Devi essere più buona con te stessa. E con Paul.»

Questa è nuova. «Perché lui ha bisogno della mia bontà?»

«Perché è sempre stato un po' smarrito, no? L'hai detto tu stessa. Forse sei proprio ciò di cui ha bisogno per ritrovare sé stesso.»

Rido, ma è una risata vuota. «Allora può usare Google Maps come tutti noi, Mamma.»

Mi ignora, è ormai al rettilineo finale. «Provaci, Grace. Per me. Dagli una possibilità. Non si sa mai cosa potrebbe succedere.»

«So esattamente cosa succederà» dico. «Saremo costretti a lavorare insieme finché uno di noi due non scoppierà e verrà trovato morto in una tromba delle scale, probabilmente io, e tu penserai ancora che sia un segno di tensione sessuale repressa.»

Lei ride come se avessi raccontato una barzelletta, non una profezia. «Sei così drammatica! Comunque, devo andare. Sta iniziando una nuova serie su BBC One, e il gatto ha già mangiato quasi tutte le teste delle peonie.»

Mi manda un bacio attraverso il vivavoce, e lo prendo al volo per abitudine. «Ti voglio bene» dice.

«Anche io» dico, anche mentre chiudo la chiamata e lancio il telefono sul divano.

Per un istante, il silenzio è così denso che sento il ronzio del frigorifero. Rimango lì, bicchiere in mano, cercando di lasciare che il vuoto si depositi. Invece, il mio corpo vibra di un'energia irrequieta e inutile. Giro lentamente su me stessa, come se sperassi che la forza centrifuga possa appiattire i miei sentimenti.

Intravedo il mio riflesso nello schermo nero della TV: una donna sull'orlo di una crisi, con i capelli che esplodono fuori dalla loro presa, il rossetto sbiadito fino a diventare il contorno di una scena del crimine. Sembro una a cui ha appena dato buca il fattorino delle pizze.

Poso il bicchiere di vino con più forza del necessario. Si scheggia contro il bordo di una tazza, spruzzando una pioggia rossa sulla pila di rubriche scritte a metà. Lo fisso per un secondo, poi afferro uno strofinaccio e tampono la macchia, con movimenti frenetici, come se strofinare abbastanza forte potesse cancellare gli ultimi dieci minuti dall'esistenza.

Quando il bancone è pulito quanto può esserlo, ci appoggio le mani sopra, mi chino in avanti e lascio cadere la fronte sulla superficie fresca. Per la prima volta in tutta la serata, mi permetto di sentirmi davvero stanca.

Dopo un minuto, mi tiro su, mi metto il portatile in grembo e fisso il cursore lampeggiante della mia casella di posta. C'è una nuova e-mail del Caporedattore, oggetto: «BRIEF PER RUBRICA CONGIUNTA (URGENTE)». La apro, e il corpo del messaggio è un unico punto elenco: «Che sia incisiva. I vertici la terranno d'occhio.»

Chiudo la scheda, ne apro una nuova e digito: «Come non

commettere un omicidio professionale.» I risultati della ricerca riempiono lo schermo all'istante, una sfilata di articoli acchiappaclic e numeri di assistenza psicologica.

Per un momento, rido davvero. Non è un bel suono, ma è meglio di niente.

Finisco il vino rimasto, chiudo il portatile e mi dico che domani sarà più facile.

So che non lo sarà. Ma sono sempre stata una brava bugiarda, quando conta.

L'Inkwell è piuttosto affollato quando arrivo, con le finestre appannate di condensa e il bancone pieno di gente più interessata alle IPA che a una vera conversazione. Il locale è esattamente come lo ricordavo dai tempi del tirocinio: pannelli di legno scheggiati ai bordi, sottobicchieri con slogan passivo-aggressivi e una vera lavagna sopra il bar, che vanta ancora i nomi dei giornalisti che si sono ubriacati fino a entrare nella leggenda. Trovo l'unico tavolo libero — un tavolino da due in un angolo, stretto tra una pianta finta e una parete di titoli di giornale incorniciati — e lo reclamo.

Disfo i bagagli: taccuino al centro, ordine del giorno stampato in triplice copia, tre penne di colori diversi (blu per gli appunti, verde per le azioni da intraprendere, rosso solo per le emergenze). Ordino una mezza pinta di Camden Hells e la poso su un sottobicchiere con la scritta: «Alcol: La Causa e la Soluzione di Tutti i Problemi di Redazione». Il tavolo è appiccicoso; riposiziono tutto due volte prima che mi sembri accettabile.

Paul, naturalmente, arriva con venti minuti di ritardo. A quel punto, ho già visto il barista chiudere il conto di un corrispondente di guerra quasi in pensione, ho notato un ex conduttore del *Newsnight* nella saletta e mi sono persa in un vortice di tweet sulla nostra imminente rubrica. La maggior parte sono scettici, alcuni velenosi, uno ci definisce «i Sandra e Raimondo della polemica professionale». Faccio uno screen-shot e lo mando a mamma, che risponde con un'emoji a cuore e, per ragioni che solo lei conosce, una GIF di pinguini che cadono.

Quando finalmente Paul appare, è riuscito a sembrare ancora più malandato che al lavoro: camicia sbottonata al colletto, maniche arrotolate, capelli che sembrano essere sopravvissuti a una presa di ostaggi. Non ha con sé altro che un telefono con lo schermo crepato e un'aria di assoluta, immeritata sicurezza.

Mi individua con un sorriso sbilenco, come se essere in ritardo fosse un tratto della personalità. «Non pensavo che ti saresti davvero presentata.»

«Non pensavo che saresti stato abbastanza sobrio da notarlo» rispondo, alzandomi appena quel tanto che basta per rendere la stretta di mano imbarazzante. Lui la ignora, si lascia cadere sulla sedia e ordina una pinta con un gesto di due dita.

«Allora» dice, «il famoso Inkwell. L'hai scelto per il simbo-lismo o solo per l'alcol?»

Ignoro la domanda e gli faccio scivolare il mio ordine del giorno sul tavolo. «Ho fatto una lista di possibili argomenti per la rubrica. Pensavo che potremmo esaminarli, scegliere quelli con del potenziale.»

Prende il foglio, lo scorre per mezzo secondo e poi lo mette a faccia in giù sotto il gomito. «*Morte della Verità nei Media Moderni.* Cristo, Grace, perché non chiamarla semplicemente "Vi Prego, Amatemi"?»

«Avevi un'idea migliore?»

«Ne ho diverse» dice, con un sorriso ancora più ampio. «Potremmo fare un live blog delle serate di pub quiz. Ho sentito dire che i Millennial adorano il giornalismo parte-cipativo.»

Lo fisso, impassibile. «Pensi che dovremmo basare una rubrica congiunta su recensioni di pub.»

Lui scrolla le spalle, sorseggia la sua pinta, poi si sporge in avanti con aria cospiratoria. «Oppure potremmo fare una serie in cui recensiamo le bufale virali di internet e vediamo chi è il primo a cadere nel catfishing. Oggigiorno i soldi si fanno con l'umiliazione.»

«Allora sei già in vantaggio.»

Ride, una risata piena e schietta, e il suono è contagioso. Mi sorprendo quasi a sorridere, poi mi controllo, imbarazzata.

Lui se ne accorge, ovviamente, e addolcisce il tono quel tanto che basta per farmi sapere che non è un completo bastardo. «Senti, Grace. Se vuoi fare una rubrica sul declino morale della società, va bene. Ma dovrai lasciarmi prendere per il culo almeno una volta a paragrafo, altrimenti non la leggerà nessuno.»

«Non è vero» dico, ma so che lo è. La gente legge i suoi articoli per le battute, l'autolesionismo, la gioia di guardare qualcuno dare fuoco alla propria carriera al rallentatore. Io scrivo per le persone che sottolineano le frasi e mandano cortesi rettifiche alla casella di posta della redazione.

Mi osserva mentre elaboro questo pensiero, la testa inclinata, gli occhi socchiusi come se stesse leggendo i miei pensieri e li stesse correggendo con una penna rossa.

Ci scambiamo idee per venti minuti, il tavolo si riempie di appunti e bicchieri vuoti. Io propongo, lui ribatte, io rivedo, lui svia. È estenuante e stranamente esaltante, come giocare a tennis con granate vere. I baristi capiscono al volo; al terzo giro, i nostri drink appaiono senza essere ordinati, e i clienti abituali hanno iniziato a scommettere su chi sferrerà il primo vero insulto.

Alla fine, Paul si appoggia allo schienale e si stira, braccia dietro la testa, la camicia che si solleva quel tanto che basta per mostrare un tatuaggio sbiadito e l'accenno di una cicatrice.

«Sai qual è il tuo problema?» dice, non scortesemente. «Vuoi salvare il mondo, ma non sopporti di sporcarti le mani.»

Sbuffo. «E tu vuoi dare fuoco al mondo, ma solo se qualcun altro fornisce i fiammiferi.»

Lui mi guarda allora, mi guarda davvero, e per un secondo vedo qualcosa di vecchio, vulnerabile e quasi dolce. Dice: «Forse è per questo che funzioniamo.»

Le parole restano sospese nell'aria, così improvvise e sincere che quasi mi cade la penna. Allungo invece la mano verso la birra, sperando che il freddo soffochi il calore che mi sale lungo il collo.

Restiamo seduti in un raro silenzio, il rumore del pub che turbina intorno a noi, e per un momento mi permetto di immaginarlo: noi, non come avversari, ma come qualcosa di più vicino a degli eguali. Partner, forse, se non proprio amici.

Poi Paul rovina tutto. «Come sta tua madre, comunque?» chiede, fingendo disinvoltura.

Mi irrigidisco, subito diffidente. «Sta bene.»

Lui sorride. «Le piacevo, sai.»

«Ha pessimi gusti.»

Lui scrolla le spalle. «Vizio di famiglia.»

È una bella battuta, e dovrei lasciar correre, ma non posso. Non stasera, non dopo la settimana che ho avuto — ed è solo martedì. «Pensi che sia tutto uno scherzo, non è vero?»

Finge di rifletterci, ma la risposta è ovvia. «Non uno scherzo. Solo... meno tragico di come lo fai sembrare tu.»

Chiudo il taccuino di scatto, un rumore abbastanza forte da attirare gli sguardi. «Alcuni di noi non possono permettersi il lusso di trattare la propria vita come un programma di sketch fallito, Paul.»

«Ohh. Permalosa.»

«Prova con responsabile.»

L'atmosfera è rovinata, il breve incantesimo spezzato. Inizio a impilare i miei appunti, fingendo che non mi importi che abbia vinto lui, di nuovo. Mi osserva in silenzio, gli occhi che seguono ogni mio movimento, finché non ne posso più.

«Non ti stanchi mai di essere così stronzo?» dico, con un tono di voce più basso di quanto intendessi.

Si china in avanti, i gomiti sul tavolo appiccicoso, tutto finta sincerità. «No, quando porta a dei risultati.»

«Pensi che sabotare chiunque ti circondi sia un risultato?»

«È meglio che stare seduti ad aspettare che qualcun altro ti dia il permesso.»

Vorrei gettargli la birra in faccia. Invece, faccio un respiro profondo, conto fino a cinque e mi alzo. «Sai una cosa, Paul? Non ne ho bisogno.»

Mi guarda, con un'espressione indecifrabile, mentre raccolgo le mie cose. «Dove vai?»

«A casa» dico. «A differenza di te, io ho del lavoro da fare.»

Non cerca di fermarmi. Non allunga nemmeno la mano verso il mio braccio mentre gli passo accanto. Raggiungo la porta con tre falcate rapide, fermandomi solo sulla soglia per voltarmi.

È ancora seduto al tavolo, le spalle curve, la pinta intatta. Sembra più piccolo di come lo ricordavo.

Esco nella notte, l'aria pungente di pioggia e possibilità. Non mi volto più.

QUATTRO

PAUL

Niente suggerisce una carriera in caduta libera come un giovedì mattina in una tavola calda dove il pavimento in linoleum ti si appiccica alle scarpe e i fagioli sono così dozzinali che dovrebbero fornirli con un consulente per traumi annesso. Ero a metà di un panino con la salsiccia che sapeva di puro sodio e rimpianto, e non ero ancora sicuro del perché avessi accettato di incontrare Jamie lì. Lui era sempre stato più un tipo da Pret-a-Manger, il genere di uomo che leggeva *Wired* sul cesso e credeva nel potere curativo degli elettroliti. Ma oggi era lì, spaparanzato su una panca di vinile con entrambe le braccia dietro la testa, le gambe aperte in un modo aggressivamente eterosessuale, a osservarmi con l'espressione di uno squalo annoiato.

«Hai sempre masticato il cibo così, o è una cosa iniziata dopo la fusione?» domandò, senza alzare lo sguardo dal telefono.

Deglutii, mi pulii la bocca e lo fulminai con lo sguardo. «Dicono che la digestione inizi in bocca, Jamie. Non vorrei farmi venire un infarto, non ora che in ufficio stanno organizzando una scommessa.»

Lui sogghignò, continuando a scorrere lo schermo. «Ti rendi conto che non è obbligatorio ammazzarti di lavoro fino a finire in una tomba prematura, vero? È solo un suggerimento, come portare fuori la spazzatura in tempo.»

Lo ignorai, rivolgendo la mia attenzione alla tazza che avevo davanti. Il tè era del colore dell'acqua di fiume a valle di una conceria. Ne presi comunque un sorso. Mi bruciò la lingua e la voglia di vivere in egual misura.

La bettola era tranquilla a quell'ora; gli unici altri avventori erano un gruppetto di pensionati impegnati in una battaglia campale a chi si lamentava più forte delle restrizioni sui parcheggi. L'aria vibrava della forza combinata di toast bruciato, pastella fritta e disinfettante d'annata. Inspirai, poi tossii. Jamie alzò lo sguardo verso di me, un sopracciglio inarcato, come se ciò dimostrasse una qualche teoria che solo lui capiva.

Posai la tazza, con le mani che tremavano leggermente. «Onestamente, la fusione è una barzelletta. Continuano a parlare di innovazione e disruption, ma è solo una scusa per tagliare i costi liberandosi di tutti i giornalisti di ruolo e facendo fare tutto il lavoro vero agli stagisti.»

Jamie sbuffò. «Hai sempre avuto un sano rispetto per le cazzate aziendali. Adesso sei dentro alla fabbrica di salsicce.»

«Già, be'. Almeno all'*Express* si capiva chi stava cercando di fotterti.» Infilzai il cibo con la forchetta. «Ora sono tutti su LinkedIn a fare i 'Thought Leader', ma dietro le quinte ci sono solo email passivo-aggressive e sabotaggi di gruppo.»

Finalmente posò il telefono e mi concesse tutta la sua attenzione. «Si tratta del tuo nuovo capo o di Grace?»

Mi bloccai, con la forchetta a mezz'aria. Per un attimo, pensai di negare, ma ero troppo stanco per mentire in modo convincente. «È impossibile, amico.»

Lui sogghignò. «Vuoi dire che è migliore di te, e la cosa ti infastidisce.»

«Voglio dire che è una bacchettona, maniaca del controllo e della microgestione, che passa più tempo a codificare per colori la sua casella di posta che a fare del vero giornalismo.» Spinsi con la forchetta gli ultimi fagioli sul toast e me ne pentii subito. «È ossessionata dai sistemi. Ha un fottuto foglio di calcolo per ogni cosa, comprese le sue preferenze per il caffè. Chi cazzo lo fa?»

Jamie si sporse in avanti, con i gomiti sul tavolo appiccicoso. «Allora, qual è il vero problema?»

Presi un respiro profondo, poi lo lasciai uscire in una perdita lenta e controllata. «È una pessima collaboratrice. Non mi fa avvicinare all'articolo, continua a darmi compiti di ricerca e mi fa fare il copy-editing delle *sue parole* come se fossi l'ultimo arrivato. E adesso dobbiamo condividere una postazione ogni giorno, così mi tocca sentire il suo respiro 'efficiente' tutto il santo giorno.»

Fece uno sbuffo secco. «Forse è solo più brava nel suo lavoro.»

Presi in considerazione l'idea di tirargli in testa una crocchetta di patate, ma decisi di lasciar perdere. «Non è quello. È sempre stata così. Abbiamo frequentato lo stesso corso, lavorato al giornale studentesco — lei alle Notizie, io agli Approfondimenti — e ogni settimana attaccava briga per la prima pagina. Non importava che lo scoop fosse mio, o che lei tecnicamente lavorasse a un'altra sezione. Lei semplicemente... se lo prendeva.»

«Mi suona familiare», disse Jamie, con un'aria fin troppo soddisfatta.

Lo fulminai con lo sguardo. «Cosa?»

«Niente. Solo che... hai un debole per un certo tipo, tutto qua.»

Lo fissai, poi distolsi lo sguardo, tracciando cerchi con la salsa sul mio piatto. Non volevo ammettere che avesse ragione. Invece, mi concentrai sui poster scrostati sopra il bancone. Uno prometteva «Wi-Fi gratuito» in Comic Sans, un altro pubblicizzava la sponsorizzazione da parte della tavola calda di una squadra di calcio giovanile. A giudicare dallo stato del menù, dubitavo che il Wi-Fi funzionasse e la squadra di calcio era probabilmente sotto sorveglianza.

Jamie tornò al suo telefono, ma sentivo che mi stava osservando da sopra lo schermo. Non parlava, il che era quasi peggio di quando lo faceva.

Sospirai, in modo lungo e teatrale. «Guarda, non è che mi importi. È solo che... dopo la fusione, le cose dovevano migliorare. Nuova gestione, nuovi soldi, forse un'opportunità per qualcosa che assomigliasse a una vera carriera. Invece, sono solo le stesse stronzate, con un logo diverso. Ora sono al guinzaglio, e lei è quella che lo tiene.»

Jamie posò di nuovo il telefono. «Sai, c'è gente che pagherebbe un extra per questo.»

Gli lanciai una patatina. Lui l'afferrò, la mangiò, senza mai distogliere lo sguardo. «Allora, ancora niente psicologo, eh?»

«Vaffanculo. Comunque, ci sei tu.»

Sogghignò e schioccò le dita. «Non sei arrabbiato con lei. Sei arrabbiato con te stesso, perché le permetti di darti fastidio.»

«Stai scrivendo un libro? Tienitelo per il tuo Substack.»

Finse di digitare sul telefono. «Sto solo dicendo, magari smettila di comportarti come se fossi l'unico a essere stato fregato dal sistema. Se lo odi così tanto, vattene.»

«Mi servono i soldi.»

«Allora, torna a fare il freelance.»

Risi, una risata breve e amara. «Sai cosa significa essere freelance di questi tempi? Significa che devo lottare per lavoretti acchiappaclick con adolescenti che pensano che SEO sia una posizione sessuale. E se sono davvero fortunato, mi accaparro un elenco di cinquecento parole sui '10 migliori posti dove piangere in pubblico'.»

Jamie rise, attirando l'attenzione dei pensionati. «Saresti bravissimo in quello, a dire il vero.»

«Grazie, amico.» Accartocciai il tovagliolo e lo gettai sul piatto, poi mi appoggiai allo schienale, con la panca che gemette in segno di protesta. «Sai qual è la parte peggiore? Lei finge che non sia mai successo niente. Come se non avessimo passato due anni a odiarci a morte, e poi altri cinque senza parlarci. Adesso si limita a... sorridere e a chiedermi se 'mi è passata'.»

Jamie tamburellò con le dita sulla formica. «Ti è passata?»

Ci pensai, ci pensai davvero, poi scossi la testa. «Neanche per sogno.»

Lui sorrise, lentamente, con fare saputo. «Sai cosa penso?»

«No, ma sono sicuro che me lo dirai.»

Aspettò, tirando il momento per le lunghe finché non divenne insopportabile. Poi disse: «Penso che tu sia ancora incazzato per lo stage.»

Tutto il mio corpo si tese. «Quello è successo anni fa.»

«Sì, ma tu non lasci mai correre. Mai per davvero. È come la placca emotiva: hai bisogno di una pulizia professionale ogni sei mesi.»

«Disse che non voleva nemmeno quel posto, poi me lo soffiò da sotto il naso. E quando glielo rinfacciai, fece la vittima. Come se fossi io quello irragionevole.»

Jamie alzò le spalle. «Forse era solo più brava a giocare.»

«Non sono arrabbiato perché ha vinto. Sono arrabbiato perché ha mentito.»

Mi osservò, di nuovo in silenzio. Poi, dopo una lunga pausa: «Forse non ha mentito. Forse voleva solo vincere e non riusciva ad ammetterlo. Ci hai mai pensato?»

Non risposi. Invece, fissai il contenuto della mia tazza,

desiderando di potermi trasformare in uno stato della materia inferiore e semplicemente evaporare.

Lui cambiò argomento. «Stai uscendo con qualcuna?»

Sbattei le palpebre, spiazzato. «Cosa c'entra questo con tutto il resto?»

«Semplice curiosità. L'ultima volta che *cercavi compagnia*, usavi ancora quella foto dell'università per il tuo profilo Tinder.»

Sentii il viso avvampare. «È una bella foto.»

«È una foto di te in toga, con in mano una lattina di Red Bull mentre cerchi di non vomitare.»

«Alle ragazze piace la sicurezza.»

Jamie scoppiò a ridere, diede un colpo al tavolo, poi riprese in mano il telefono. «Controllo solo che tu sia ancora vivo, amico. A volte mi preoccupo che ti dissolverai in puro cinismo non diluito e andrai alla deriva in mare.»

Non risposi. Invece, misi le posate sul piatto, che poi allontanai. I pensionati erano passati a confrontare le tariffe dei parcheggi degli ospedali e la tavola calda cominciava a riempirsi della folla di mezza mattina: operai, tassisti, donne con cordini del servizio sanitario nazionale dall'aria completamente esausta.

Jamie si alzò, si stiracchiò e gettò due banconote da dieci sul tavolo. «È meglio che torniamo in ufficio. Vieni a divertirti venerdì sera?»

«Ne dubito. Devo mettermi sotto per una settimana o due, dimostrare alla direzione che sono affidabile.»

Lui fece spallucce. «Come vuoi. Basta che non la lasci vincere, ok?»

Volevo dire qualcosa di tagliente, qualcosa che lo rimettesse al suo posto. Invece, mi limitai ad annuire, improvvisamente esausto.

«Ci vediamo.»

Se ne andò, la porta che sbatteva alle sue spalle. Rimasi

seduto per un po', fissando la macchia oleosa sulla superficie del mio tè, e mi chiesi se fosse possibile essere nostalgici per qualcosa che non aveva mai funzionato davvero.

Alla fine, raccolsi le mie cose e mi diressi verso la porta, le mani infilate in tasca. Appena uscii nel grigiore, una folata di vento per poco non mi fece cadere di lato e per un secondo mi sentii senza peso.

Poi il mio telefono vibrò, una nuova email da Grace, oggetto: «RE: Scadenza di domani.»

La cancellai senza leggerla e continuai a camminare.

È sempre l'odore a colpirmi per primo: un sentore di sudore, ozono bruciato di computer moribondi e il debole, tragico muschio di bevande energetiche che hanno superato sia il loro apice che la data di scadenza legale. Sette anni dopo, ed è lo stesso mix chimico che mi assale ogni volta che entro in una redazione. All'epoca, nel seminterrato dell'edificio di Lettere e Filosofia, era più forte, quasi inebriante, ma forse è solo così che funziona la nostalgia: fa sembrare anche la puzza del fallimento qualcosa che vale la pena imbottigliare.

Era mezzanotte. Ero in ufficio da solo, o così credevo. Le luci al neon tremolavano, proiettando ombre epilettiche sulla moquette e sulla carcassa di una pizza da asporto che in qualche modo era stata sia incenerita che lasciata cruda. Stavo fissando la bacheca, con la mascella serrata, la mano stretta attorno a un evidenziatore come se potessi usarlo come un'arma.

Avevano appena affisso la lista. «Candidature per lo stage: fase finale.» Quattro nomi, due per dipartimento. Sapevo ancora prima di guardare che il mio non c'era. Sapevo anche, con la nauseante certezza di un condannato a morte che assiste al proprio funerale, quale nome ci fosse.

Grace Hampton, scritto a biro, con un piccolo asterisco accanto. Volevo dare fuoco alla bacheca, invece, strappai semplicemente il foglio dal sughero e cominciai a farlo a striscioline.

La porta cigolò aprendosi alle mie spalle. Non mi voltai. Sentii il passo cauto — il ticchettio dei tacchi, poi una pausa, come se stesse decidendo se fossi un cane rabbioso o solo uno normale.

Disse: «L'hai vista?»

Le tenni la schiena, gettando la carta stracciata nel cestino e pentendomi subito della melodrammaticità del gesto. «Congratulazioni», dissi, ma uscì così piatto da sembrare una diagnosi.

Lei attese, poi si spostò alla scrivania accanto alla mia, le mani giunte, gli occhi fissi sul cestino. Sembrava stanca. Peggio, sembrava preoccupata.

«Non ho fatto domanda», disse.

«Certo», dissi ridendo. «Come no.»

Scosse la testa. «No, davvero. Volevo prendere un anno sabbatico. Gliel'ho detto. Il mio piano era prendermi un anno di pausa, viaggiare, magari fare la freelance...»

«E il *Chronicle* ha estratto magicamente il tuo nome da un cappello?» Mi voltai di scatto, le parole taglienti. «Smettila, Grace. Non lo vuoi nemmeno? Ci stai puntando dalla prima settimana.»

Il suo viso divenne rosso. «Non è giusto.»

Sbattei una mano sulla scrivania. Fece male, il che fu un bene. Almeno qualcosa faceva male. «Sai cosa non è giusto? Mi sto facendo un culo così da tre anni. Redazione Notizie, Approfondimenti, Sport, persino le fottute parole crociate quando ne avevano bisogno. Ma appena ti fai viva tu... oh, è Grace, è così matura, ha 'potenziale di leadership'. Loro ti amano. Ti hanno sempre amata.»

Abbassò lo sguardo. Mi resi conto che stavo urlando e che

l'unico altro suono nella stanza era il ronzio del vecchio iMac vicino alla finestra, che cercava di caricare la homepage della BBC. Volevo fermarmi, ma qualcosa dentro di me non me lo permetteva.

Ci riprovò, a bassa voce: «Mi dispiace, Paul.»

Volevo crederci, ma tutto ciò che riuscivo a vedere era il suo nome, a penna, sottolineato, permanente.

«Non è vero», dissi, e improvvisamente non si trattava più dello stage, o del lavoro, o di nient'altro tranne il fatto che per una volta avevo bisogno che lei fosse dalla mia parte e non lo era stata.

Afferrai la mia borsa, quasi strappando la cerniera, e mi diressi verso la porta. Lei non mi seguì. Rimase semplicemente lì, immobile come una statua, mentre le passavo accanto spintonandola.

Nel corridoio, sentivo il mio stesso battito cardiaco. Sbattei comunque la porta, perché era l'unica vittoria rimasta.

Solo quando fui a metà del campus, con il freddo che mi mordeva le dita, mi resi conto che non l'avrei mai, mai perdonata per questo.

CINQUE

GRACE

Se avessi saputo che la giornata sarebbe finita con me a pianificare come uccidere Paul Callaghan e farlo sembrare un tragico errore delle Risorse Umane, avrei indossato qualcosa che non andasse lavato solo a secco.

La riunione della redazione Articoli era fissata per le 9:00 in punto, perché Sarah, la caporedattrice, che si diceva fosse un vampiro, credeva che la puntualità formasse il carattere. Alle 9:04, la sala conferenze dalle pareti di vetro era una sauna di energia nervosa, e ogni giornalista presente produceva una tensione sufficiente a rendere senziente un contatore Geiger. Il lungo tavolo era circondato da volti: alcuni vecchi, altri nuovi, tutti che fingevano di controllare le e-mail oppure stringevano i bicchieri da asporto con le nocche bianche come se fossero salvagenti. Le luci erano da emicrania. L'aria odorava di caffè istantaneo, deodorante e terrore.

Presi posto dove mi sedevo di solito, la terza sedia da sinistra, e disposi il blocco note, il tablet e la biro con la meticolosità di una persona che una volta aveva passato un'estate a imparare la calligrafia agonistica. Le mie pulsazioni erano udibili. Lanciai un'occhiata a Paul, che era sprofondato sulla sedia come se fosse un'amaca, con le gambe distese e le braccia conserte. I suoi capelli erano, sorprendentemente, anche peggio di ieri. Si accorse della mia attenzione, mi fece l'occhiolino e mimò con le labbra la parola «buongiorno» come se stesse facendo un'allusione spinta. Distolsi lo sguardo prima che la mia espressione potesse essere citata come prova in tribunale.

Sarah attese fino alle 9:05 esatte, poi batté le mani una volta. Il suono fu secco come uno sparo.

«Grazie a tutti per essere venuti, e grazie soprattutto per aver portato un'energia così positiva» disse con un tono che sfidava chiunque a mettere in discussione il suo sarcasmo. Scrutò la stanza, soffermandosi con lo sguardo sui collaboratori esterni più vulnerabili, come un gatto di casa che valuta quale topo torturare per primo.

«Sarò breve. Come sapete, il *Chronicle* è in uno stato di...» e qui fece il gesto delle "jazz hands" «...evoluzione. Il che significa, sì, che siamo tutti un po' terrorizzati, ma anche che c'è l'opportunità di innovare. Buona notizia! La sezione Articoli è in testa per engagement digitale per la prima volta da quando sono entrata in questo giornale. Cattiva notizia: l'engagement non basta se vogliamo conservare il posto di lavoro ed evitare di essere sostituiti dall'intelligenza artificiale.»

Ci fu un'ondata di risate forzate. Io non mi unii. Invece, lanciai un'altra occhiata a Paul, che stava osservando Sarah con l'interesse rapito di chi non ha mai letto un manuale del dipendente in vita sua.

Sarah continuò. «Il nuovo approccio attira clic. Questo è un bene. Ma quello che la direzione vuole è un picco. Qualcosa di virale. Controverso. Condivisibile. Quindi, meno articoli di approfondimento e più articoli-bomba.» Sorrise della sua stessa battuta, poi fece un cenno a me e a Paul. «Ed è qui che entrate in gioco voi due. Siete entrambi veterani dell'economia dell'indignazione. Allora, l'argomento della prossima settimana?»

Calò un silenzio profondo, rotto solo dal tamburellare sincopato del pollice di qualcuno sulla custodia del telefono. Aspettai un secondo, poi due, poi mi sporsi in avanti.

«Dato il clima» esordii «ho pensato che potremmo fare qualcosa sull'etica del giornalismo nell'era della disinformazione. Forse un'inchiesta congiunta sul costo umano delle bufale virali. Se riuscissimo a ottenere interviste, o anche resoconti di prima mano...»

Paul mi interruppe, non con le parole, ma con uno sbadiglio teatrale, stiracchiando le braccia sopra la testa fino a scoprire completamente un tatuaggio che ero ragionevolmente sicura fosse nuovo e fatto senza dubbio nella cucina di qualcuno.

«Oppure» disse «potremmo fare un pezzo-show. Giornalismo dal vivo, in tempo reale. I lettori dell'*Express* amano i combattimenti all'ultimo sangue.»

Gli occhi di Sarah si illuminarono. «Continua.»

Paul si raddrizzò, improvvisamente animato. «Mandaci fuori insieme, gettaci in una situazione e facci fare un resoconto con prospettive alternate. Tipo giornalismo gonzo, ma con più danni emotivi.»

Ci fu un mormorio d'interesse intorno al tavolo. Volevo obiettare, ma sentivo la mia idea scivolare via, annegata nella marea del facile spettacolo. Sarah stava già annuendo.

«Mi piace» disse. «Che tipo di situazione?»

Paul mi lanciò un'occhiata e, per un secondo, vidi il bambino indemoniato che doveva essere stato. «Speed dating. O, in alternativa, qualsiasi cosa che ci metta a stretto contatto e in forte imbarazzo. Un appuntamento al buio, una lezione di yoga di coppia, magari anche un terapista di coppia...»

Fece una pausa, lasciò che la stanza ridesse, poi sganciò la vera bomba. «Oppure potremmo provarle tutte e tre. Vedere quale ci uccide per prima.»

Stavolta ci fu una vera risata, e persino la vecchia guardia del *Chronicle* in fondo al tavolo, quelli che portavano ancora taccuini veri e parlavano con frasi di senso compiuto, sorrideva. Mi conficcai le unghie nella coscia, attenta a non lasciare un segno visibile.

Sarah batté di nuovo le mani. «Perfetto! Questo è l'approccio. Lo chiameremo 'Amore Moderno: un Esperimento del *Chronicle*'. Fatelo diventare un trend. Fate piangere i millennial.»

La mia tazza di caffè tremò un po' nella mia mano. La tenni ferma a forza. «Potremmo fare un pezzo parallelo» proposi. «Confrontare le prospettive esperienziali e quelle basate sui dati. Aggiungere qualche statistica vera...»

Paul, che già si godeva l'attenzione, fece un gesto con la mano. «Oppure potremmo semplicemente documentare l'umiliazione in tempo reale. Senza filtri. I lettori vanno pazzi per questa roba.»

Sarah stava prendendo appunti, la sua penna era una macchia indistinta. Disse: «Voglio la prima bozza sulla mia scrivania entro lunedì. E Grace, puoi fare un pezzo di contorno sul contesto culturale? Paul, tu occupati del thread in diretta. Di' ai social di registrare tutto. Lo lanceremo come un evento multipiattaforma.»

Annuii. Avevo la mascella così serrata da potermi spaccare i molari. Accanto a me, Paul si appoggiò allo schienale, soddisfatto, con le maniche arrotolate come se si stesse preparando per un'operazione a cuore aperto. Incrociò il mio sguardo e il sorrisetto tornò, a piena potenza, senza pietà.

«Non vedo l'ora, Hampton» disse, abbastanza piano da farsi sentire solo da me.

«Altrettanto» risposi, con una voce gelida come il ghiaccio secco.

Sarah chiuse la riunione con un: «Facciamo in modo che questo passi alla storia, squadra!» e tutti si alzarono in un'onda lenta e rassegnata. Le sedie stridettero contro il pavimento, la gente uscì in fila, il ronzio dei pettegolezzi preventivi che cominciava prima ancora che avessimo varcato la porta. Raccolsi le mie cose, le mani ora ferme per pura forza di volontà.

Paul mi aspettava in corridoio, con una spalla appoggiata al muro, come se fosse lì per caso. Teneva in mano una lattina di qualcosa di caffeinato, e il modo in cui aprì la linguetta era al tempo stesso infantile e spaventosamente sicuro di sé.

«Bella mossa» dissi, senza guardarlo.

Fece spallucce. «Tutto è lecito, eccetera. E poi, tu potrai scrivere il tuo trattato sull'amore e i fogli di calcolo. Io sono qui solo per i contenuti.»

Non gli diedi la soddisfazione di una risposta. Invece, gli passai davanti a grandi passi, a testa alta, e mi diressi verso l'ascensore. Riuscivo a sentire i suoi occhi sulla mia schiena, una pressione che rimase a lungo anche dopo che le porte si furono chiuse.

Tornata alla mia scrivania, fissai il cursore lampeggiante di un documento vuoto e immaginai, al rallentatore, i vari modi in cui questo incarico avrebbe potuto andare storto. La mortificazione, i meme virali, l'inevitabile presunzione di Paul Callaghan quando tutto fosse andato a rotoli e l'esercito dei commentatori avesse chiesto sangue.

Ma c'era anche un briciolo di curiosità. Una parte di me, sepolta sotto strati di cautela e amarezza, voleva vedere come sarebbe andata a finire.

Forse, per una volta, sarei stata io ad avere l'ultima parola.

L'evento di speed dating si teneva in un bar che sembrava allestito dallo scenografo di *Love Island* dopo aver finito i soldi, per poi rimediare con un Groupon per delle strisce LED. Il nome ufficiale era "Tavolo di Cupido", ma a giudicare dall'arredamento—specchi con aloni, divanetti in pelle appiccicosa, una freccia al neon decorativa sopra il bagno degli uomini—sospettavo che la sua principale pretesa di fama fosse trovarsi a un conato di vomito dalla stazione degli autobus.

Arrivai con cinque minuti di anticipo, perché c'era ancora una parte di me, nel profondo della mia anima, che credeva che la puntualità potesse scongiurare il disastro. Il resto di me era rassegnato al fatto che quella notte sarebbe stata un esercizio di autosabotaggio, mitigato solo dal numero di ricevute che avrei potuto presentare per la nota spese. Esaminai la stanza, notando una fascia demografica che andava dal "neolaureato ottimista" all'"agente immobiliare divorziato con cravatta bizzarra". I tavoli erano disposti in file ordinate, ognuno decorato con una singola candela, una pila di mini matite e un single dall'aria nervosa. C'era un campanello sul podio dell'organizzatrice, che prometteva ulteriori umiliazioni a venire.

Indossavo una giacca da tailleur, abbinata all'unica camicetta che possedevo che non mostrava macchie di vino sotto la luce blu. Il mio blocco note entrava nella borsa, ma optai per tenerlo in mano, in bella vista, uno scudo e un avvertimento. Non riuscivo a decidere se sembravo un poliziotto in borghese o qualcuno in procinto di condurre un'acquisizione ostile di una cooperativa di cibo vegano.

Paul non era ancora arrivato. Presi posizione al bar, ordinai un Campari spritz (per non destare sospetti) e osservai la stanza riempirsi fino alla sua capienza massima di solitudine. L'organizzatrice era una donna con un vestito longuette a fiori, cartellina in mano, sorriso fisso e impenetrabile come quello di Sarah durante una riunione generale. Stava smistando gli arrivi in code divise per sesso. Provai un momentaneo barlume di solidarietà, poi lo soffocai.

Paul arrivò alle 18:58, con l'aria di chi fosse corso fin lì attraversando i tre atti di una tragedia greca. Capelli selvaggi, camicia fuori dai pantaloni, l'ombra della barba delle cinque che si stava trasformando in quello che poteva essere il pizzetto più pigro del mondo. Mi notò al bar, si avvicinò ciondolando e riuscì ad appoggiarsi al bancone con la massima nonchalance e il minimo supporto strutturale.

«Ma guarda chi si vede» disse. Il suo alito sapeva di gomma da masticare e, debolmente, di qualcosa di medicinale.

Alzai il bicchiere. «Non pensavo ce l'avresti fatta.»

Lui sogghignò. «Non potevo mancare. È da un po' che non ho l'occasione di rovinarti la serata di persona.»

L'organizzatrice ci notò, colse la dinamica e si precipitò da noi. «Benvenuti! Nomi sulla lista, prego. Vi metteremo il braccialetto e sarete pronti a socializzare.»

Paul mi lanciò un'occhiata. «È lei quella competitiva» disse, facendomi un cenno. «Io sono qui solo per la ricerca.»

Alzai gli occhi al cielo, gli porsi i miei dati e mi lasciai marchiare con un braccialetto rosa fluorescente. Quello di Paul era blu. «Tradizionale» notò a bassa voce, come se fosse un messaggio in codice.

Fummo condotti alle estremità opposte della griglia di posti a sedere. «Gli uomini si spostano, le donne restano ferme» annunciò l'organizzatrice. «Cinque minuti per tavolo, poi suona il campanello e via verso la prossima avventura!» Ci fu una risata sommessa, e vidi Paul allungare una banconota da dieci euro al barista prima di sedersi. Ero per metà impressionata, per metà disgustata.

Il mio primo "appuntamento" fu un medico specializzando di nome Olly, che guardò il mio blocco note come se stesse per diagnosticargli una malattia terminale. Trascorse tutti e cinque i minuti a recitare il suo CV, interrompendosi solo per controllare il telefono. Presi due appunti: "Il burnout del servizio sanitario è reale" e "possibili problemi irrisolti con la madre". Gli chiesi dei suoi hobby; ammise di fare giochi di guerra, poi arrossì e cercò di recuperare sostenendo che stava scrivendo un romanzo. Sospettai che mentisse.

Il mio pretendente successivo fu un avvocato, laconico, tutto d'un pezzo, che passò metà del tempo a interrogarmi sul GDPR. Deviai la conversazione spiegando la differenza tra calunnia e diffamazione, cosa che sembrò eccitarlo. Il campanello suonò prima che potesse farmi una proposta, ma mi infilò un biglietto da visita sotto il blocco note mentre si alzava.

Il terzo fu un contabile di nome Rohan, che cercò di sminuirmi con commenti sul fatto che i giornalisti fossero "le vere fake news". Risposi citando le sue referenze su LinkedIn finché non si mise a sudare. Il campanello suonò, misericordiosamente, in fretta.

A ogni cambio di tavolo, intravedevo Paul. Stava facendo lo stesso: affascinante, battagliero, a volte fissandomi dritto negli occhi e facendo smorfie per far ridere i suoi appuntamenti. Era un talento naturale in questo, cosa che non avrebbe dovuto infastidirmi, ma lo faceva.

Dopo il quinto turno, fu annunciata una pausa e ci incrociammo al bar. Aveva una macchia di rossetto sulla guancia, di cui o non era consapevole o che sfoggiava come una medaglia d'onore.

Guardò il mio blocco note e disse: «Prendi appunti? Davvero molto da Grace Hampton.»

«Almeno uno di noi due sta lavorando» replicai seccamente.

Si avvicinò. «Davvero? Perché sembra che tu stia solo raccogliendo materiale per un ricatto.»

«Questo è il giornalismo, Paul. Un ricatto, ma con le note a piè di pagina.»

Lui rise, una risata piena, poi ordinò un gin tonic per

entrambi. «Questo posto è un inferno» disse, con tono colloquiale.

«Allora ti si addice.»

Prima che potesse rispondere, il campanello suonò di nuovo. Eravamo di nuovo in circolazione.

A metà del settimo turno, incontrai un uomo così bello che dovetti controllare che non fosse un figurante dell'ufficio stampa dell'evento. Si chiamava Jan. Lavorava nell'urbanistica e aveva un accento svedese che faceva suonare "infrastruttura" come un'avance. Per la prima volta in tutta la serata, ascoltai davvero.

Mi chiese cosa mi portasse lì. Valutai se mentire, poi ammisi la verità, o una sua versione: «Una scommessa di lavoro. Dovrei raccontare la morte dell'amore per il mio giornale.»

Jan annuì, divertito ma non scoraggiato. «E stai trovando quello che ti aspettavi?»

«Per lo più» dissi. «Un sacco di uomini che pensano che una personalità sia la stessa cosa di una qualifica professionale.»

Lui rise, poi indicò discretamente Paul, che si trovava al tavolo accanto, gesticolando animatamente mentre intratteneva una donna con una tuta scozzese. «È il tuo collega?»

«Dio, no» dissi, con troppa veemenza.

Jan sollevò un sopracciglio. «Sembrate una coppia. Il modo in cui continuate a cercarvi con lo sguardo.»

Sforzai una risata, forte e poco convincente. «È solo un amico. Siamo... rivali. Professionalmente.»

Jan sorrise, come se avesse già sentito quella storia. «Sai, quando la gente nega con troppa insistenza...»

Il campanello suonò. Salvata dal gong metaforico.

Il resto della serata si confuse. Ci fu un uomo che sosteneva di essere un "angel investor" ma non sapeva spiegare in cosa investisse; un comico che provò su di me il suo materiale e fece una figura meschina dopo l'altra; e uno sviluppatore di videogiochi che passò quattro minuti di fila a spiegare la differenza tra VR e AR. Stavo esaurendo la pazienza e il gin.

Nell'ultimo turno, fui abbinata a un architetto di nome Daniel. Era gentile, riflessivo e parlava di edifici come alcune persone parlano di animali domestici. Mi chiese se fossi mai stata a Barcellona e mi parlò della Sagrada Familia, della bellezza nell'opera incompiuta. Fu quasi disarmante.

A metà della sua descrizione degli archi rampanti, sentii un pizzicore alla nuca e guardai dall'altra parte della stanza. Paul mi stava osservando, non con scherno o un sorrisetto, ma con una dolcezza indecifrabile. I nostri sguardi si incrociarono e, per un momento, il rumore del bar svanì, l'aria si fece densa di domande non poste.

Persi il filo del discorso. Daniel se ne accorse.

«Scusa» disse. «Divago quando sono nervoso.»

«No, va bene» dissi. Ma il mio cervello era bloccato sul modo in cui Paul mi aveva appena guardata, come se volesse dire qualcosa ma non potesse. O non volesse.

Il campanello suonò per l'ultima volta. Daniel si alzò, mi strinse la mano e mi ringraziò per la piacevole chiacchierata. Lo guardai allontanarsi, poi raccolsi le mie cose e mi diressi al bar, dove Paul stava sorseggiando una birra e fissando la schiuma.

Mi lasciai cadere sullo sgabello accanto a lui, non sicura di cosa volessi dire.

Parlò per primo. «Com'è andata? Hai incontrato l'amore della tua vita?»

Feci spallucce. «Forse. Se sviluppo un'improvvisa passione per i fogli di calcolo.»

Lui sorrise, stanco. «Ma tu ce l'hai, una passione per i fogli di calcolo.»

Volevo fare una battuta per smorzare il momento, ma non lo feci. Invece, restammo seduti in un silenzio meno imbarazzante di quanto mi aspettassi. Dopo un po', Paul picchiettò il bordo del suo bicchiere.

«Sai, quasi mi dispiace per alcuni di loro» disse. «È come se non si rendessero conto che il gioco è truccato.»

Annuii. «Siamo tutti qui solo per essere giudicati.»

Allora mi guardò, mi guardò davvero, e per un secondo vidi la versione di lui dell'università, quella a cui importava troppo e lo diceva a voce troppo alta. Quella che rompeva le cose quando non sapeva come aggiustarle.

«Hai mai pensato» disse, a voce bassa «che forse il problema siamo noi?»

Risi, ma il suono uscì un po' incrinato. «Solo ogni giorno.»

Finimmo i nostri drink. Pagò lui. Uscimmo insieme, la freccia al neon che tremolava sopra di noi come una battuta cosmica.

Sulla strada verso la fermata dell'autobus, nessuno di noi due parlò. Non c'era più niente da dire che non fosse pericoloso.

Tornai a casa prima di mezzanotte. Posai la borsa sul pavimento, mi tolsi la giacca e mi lasciai cadere sul divano. Fissai il soffitto, ripercorrendo la serata nella mia testa.

Quando chiusi gli occhi, non vidi l'architetto, o il medico, o l'uomo con la cravatta bizzarra.

Vidi Paul, e l'espressione sul suo volto quando pensava che non lo stessi guardando.

Mi dissi che non significava niente. Mentii così bene che quasi ci credetti.

SEI

PAUL

Non è ancora mezzogiorno, ma l'interno del Blue Anchor potrebbe essere la mezzanotte sul pianeta Nettuno. Tutte le lampadine sono fulminate o in fin di vita, e l'unica concessione alla luce del sole è una singola finestra imbrattata da uno strato così spesso di condensa e di unto di fritture secolari da essere diventata una membrana che diffonde la luce. Mi siedo al solito tavolo, un pozzo circolare con una gamba più corta delle altre, così ogni volta che appoggio i gomiti, l'intera struttura sussulta come se fosse in crisi d'astinenza. Appropriato.

Jamie compare dalla penombra, portando con sé la carica statica di chi stamattina si è già fatto tre caffè e una litigata su Twitter. Indossa una camicia a quadri stropicciata e una giacca di All Saints usurata che probabilmente è costata più del mio affitto, ma i suoi capelli sono di quell'ordinato che si ottiene solo dopo un caos deliberato e ad alta manutenzione. Rimane in piedi per un istante, esaminando il cimitero di pinte lasciate dal turno del mattino presto — perlopiù pensionati e infermiere fuori servizio — poi si lascia cadere sulla sedia di fronte, con una smorfia, come se stesse per subire un piccolo intervento chirurgico.

«Hai una faccia di merda» dice, senza cattiveria.

«Grazie. Anche per me è un piacere vederti.» Ho la lingua che pare carta vetrata. Sento l'impulso di farla schioccare contro i denti solo per vedere se ne ho perso qualcuno durante la notte.

Jamie appoggia il telefono sul tavolo — a faccia in giù, un raro atto di rispetto — e si sporge in avanti, con le mani giunte, come faceva quando preparava un intervistato a un interrogatorio coi fiocchi.

«Allora, hai resistito per una seconda settimana. Ti sembra ancora di fare un turno in miniera?»

«Preferirei essere in una miniera vera e propria» dico, pentendomi subito dell'autocommiserazione. «Va bene. Il giornalismo è un settore in crescita, se lo misuri in straordinari non pagati.»

Jamie sorride. «Ho visto la tua rubrica la settimana scorsa. Non ero sicuro se fosse satira o autolesionismo molto postmoderno.»

«Immagino ci sia mercato per entrambi» dico, cercando di sorridere e probabilmente fallendo. I postumi della sbornia stanno operando a un livello che violerebbe la Convenzione di Ginevra. «Comunque, è tutta roba acchiappaclic. Nessuno legge oltre il titolo, quindi perché preoccuparsi di scrivere il corpo dell'articolo?»

Mi studia con lo sguardo socchiuso di un uomo che una volta ha provato il microdosing per un articolo e non si è mai ripreso del tutto. «Hai un fan nei commenti. Un certo 'HampsterFan69' continua a scrivere trattati sulla tua mancanza di fibra morale. Penso che potrebbe essere un bot russo, ma la sintassi è troppo competente.»

«HampsterFan è mia madre» dico, impassibile.

Jamie mi lancia un'occhiata che dice *plausibile.*

Faccio un cenno alla barista — la stessa di sempre, eyeliner pesante, che lavora al bancone con un'espressione di martirio imminente — e ordino un caffè nero e qualunque colazione siano ancora disposti a servire dopo le undici. La barista annuisce, con la coda di cavallo che oscilla come il martelletto di un giudice, e svanisce.

Jamie osserva lo scambio con blanda curiosità, poi si volta di nuovo verso di me. «Allora, la nuova rubrica in coppia. Tu e Grace. Quella sì che è stata una produzione di contenuti di alto livello. Davvero virale.»

Reprimo un gemito. «Era appuntamenti lampo, non un incontro di pugilato.»

Lui fa spallucce. «Se non è zuppa è pan bagnato. Da dove ero seduto io, sembrava una resa dei conti.»

«Dove eri seduto?»

Lui sorride, mostrando i denti. «In fondo a sinistra. Accanto all'addio al celibato con le magliette da 'Testimone dello sposo'. Stavamo facendo una scommessa su chi avrebbero buttato fuori per primo, te o il tizio in abito marrone alla Mr Bean.»

«Mr Bean era decisamente il favorito» dico, chiudendo gli occhi. Il ricordo dell'"evento" di venerdì scorso è un mosaico di umiliazione e gin ad alta gradazione. Non so decidere se sia peggio il fatto che Grace fosse effettivamente brava, o che io fossi così palesemente fuori luogo.

Jamie picchietta le dita sul tavolo, cinque rapidi colpi staccati. «Sai che ti tradisci, vero? Ogni volta che salta fuori il suo nome, fai quella cosa con l'occhio sinistro. Come se ti stessero interrogando con una lampada da tavolo.»

Reprimo l'impulso di toccarmi il viso. «Non fare lo strano.»

Lui mi ignora, prendendo il telefono ma senza sbloccarlo. «Ti piace, o semplicemente la odi abbastanza da farle i raggi X alla vita sessuale?»

«Non è...» comincio, per poi interrompere la frase prima

che possa autodistruggersi. «Non mi piace. È solo... una vecchia storia. Siamo entrambi professionalmente obbligati a fingere di non ricordare l'università, o il... putiferio che ne è seguito.»

Jamie inarca un sopracciglio, il segno universale per "spiegati meglio".

Guardo accigliato il tavolo, i cerchi di birra incrostati e la rozza dichiarazione d'amore incisa nel legno ("FAYE 4 KELVIN 4EVAH", con "FAYE" successivamente obliterato da una bruciatura di sigaretta). «Mi ha fregato un lavoro, anni fa. L'ha fatto sembrare un incidente, ma è stato un sabotaggio da manuale. Non l'ha mai ammesso, nemmeno dopo.»

Lui lascia che il silenzio marini per un momento. «Sei ancora arrabbiato per il lavoro, o per lei?»

«Stai scrivendo un profilo o stai solo cercando di farmi piangere in pubblico?» Il mio tono è troppo aspro, ma sono troppo stanco per correggerlo.

Jamie sorride. «Sono solo curioso. Ti comporti come se l'avessi superata, ma non fai che parlare di lei.»

La barista torna con il mio caffè — extra forte, nero come il petrolio — e un panino per la colazione così denso che sta letteralmente affondando nel piatto. Sbatte il piatto sul tavolo con enfasi, poi si allontana senza aspettare un grazie.

Do un morso al panino, soprattutto per guadagnare tempo, ma anche perché non mangio dal wrap di Pret di ieri. Il pane è solido, il bacon è vero, e il tutto è tenuto insieme da un eccesso strutturale di ketchup. Quasi mi fa venire le lacrime agli occhi.

Jamie mescola il suo caffè, che deve aver ordinato mentre entrava, e mi fissa con uno sguardo a metà tra il divertito e il preoccupato. «Senti. Ho capito. Lei è *Quella Che Ti È Sfuggita*, solo che non ti è tanto sfuggita quanto ti ha battuto sul traguardo, per poi tatuarti la sua vittoria sul culo.»

Sbuffo. «Bella metafora.»

«Prego.» Si appoggia allo schienale, con le braccia conserte.

«È solo che... forse ti sentiresti meglio se le parlassi davvero invece di lanciare granate dalla tua rubrica ogni settimana.»

«Forse» ammetto. «Ma poi dovrei sentire la sua versione. E se la sua versione fosse...»

«Vera?» suggerisce Jamie.

Faccio spallucce, fissando il vuoto del mio caffè. «È questo che mi spaventa.»

Cadiamo in un silenzio che non è proprio complice, ma nemmeno ostile. C'è un certo conforto nella penombra e nell'anonimato sicuro di un pub fuori orario. Qui, nessuno si aspetta che tu sia niente, tranne che vivo.

Alla fine, Jamie dice: «Ha una bella risata, sai? Non è come te l'aspetteresti.»

Sbatto le palpebre. «Che vuoi dire?»

«Non è snob, non è finta. È una specie di... deflagrazione. Spazza via tutte le stronzate. Come se non avesse paura di farsi sentire.»

Ci penso per un momento, al modo in cui la sua risata allo appuntamenti lampo aveva attraversato il bar, al modo in cui era echeggiata dopo che si era già spostata al tavolo successivo. Non riesco a ricordare l'ultima volta che ho riso così.

Jamie mi sta osservando, aspettando una reazione. Invece, spizzico il mio panino, poi dico: «Usa ancora lo stesso profumo. Una roba francese. Continuavo a sentirne delle zaffate, anche quando era dall'altra parte della stanza.»

Lui inarca un sopracciglio, senza nemmeno provare a nascondere il suo sorriso. «Sei un vero poeta quando hai i postumi.»

«Vai all'inferno.»

«Prima tu, amico.»

Restiamo seduti così per un po', io a sorseggiare il mio caffè, Jamie con il telefono ancora a faccia in giù, entrambi a fingere che non ci sia niente in agguato sotto la superficie. Guardo l'orologio. Il tempo ha ricominciato a muoversi.

Infine, Jamie dice: «Scriverai di lei, non è vero? Non del lavoro, non della rivalità, solo di lei.»

«Non so come» dico onestamente. «Ogni volta che ci provo, viene fuori un pezzo diffamatorio. O un elogio funebre.»

Lui fa spallucce. «Allora scrivi una lettera d'amore e fingi che sia un resoconto di guerra. Nessuno noterà la differenza.»

Sbuffo di nuovo, ma questa volta la risata mi si blocca in gola e rimane lì, roca e imbarazzante. Allungo la mano verso il caffè, ma è vuoto.

Jamie si alza, spazzolandosi via un pelucco immaginario dalla manica. «Sei fritto» dice, sorridendo. «Se fossi in te, mi abituerei all'idea.»

Si allontana, dirigendosi verso il bancone, e io rimango a fissare il tavolo, tracciando con il pollice i vecchi solchi di coltello.

Si sbaglia, penso. *Posso ancora farcela. Posso ancora tenere tutto insieme.*

Ma le mie dita non smettono di tamburellare sul legno, e l'odore del suo profumo è ancora nella mia testa, dolce e pungente e impossibile da dimenticare.

Dopo il pub, cammino per la città per un'ora, poi un'altra. Alla fine, decido che non vale nemmeno la pena di tornare in redazione. La giornata è un bastardo indeciso: mezza pioggerellina, mezzo vento secco che mi trafigge la giacca e risveglia vecchi lividi non guariti. Quando raggiungo il mio appartamento, il sapore della birra da quattro soldi di ieri sera ha finalmente smesso di tornarmi su.

Dietro la porta d'ingresso c'è un silenzio stantio, denso come la polvere dell'anno scorso. Mi sfilo gli stivali, salgo le scale due gradini alla volta e mi lascio entrare nel minuscolo appartamento che chiamo casa da quando sono fuggito da

Sheffield e sono sbarcato a Londra. L'arredamento non è migliorato. Ancora un collage di mobili di seconda mano e pareti macchiate di condensa, ancora la stessa lampadina tremolante in cucina che minaccia l'epilessia ma non mantiene mai la promessa.

Mollo la borsa e mi lascio cadere sulla poltrona, che è più vecchia della maggior parte delle democrazie europee e ha il supporto spinale di una medusa. La stanza è metà luce, metà penombra, tutta malessere. L'unico vero cambiamento è la pila di lettere non aperte sul tavolo: bollette, estratti conto, i detriti non reclamati della vita moderna. Le sfoglio per abitudine, non per speranza.

Ricordo l'unica volta che ho letto qualcosa che ho ricevuto per posta:

Una cartolina malconcia, l'adesivo blu della posta aerea, il francobollo esotico un po' sbiadito dalla pioggia. Il mio nome è scritto con una grafia inclinata e spigolosa. La riconosco prima di leggere l'indirizzo del mittente: Vientiane. Laos. Stringo la mano, il pollice che preme nella piega al centro. La foto è di un monastero al tramonto, tutto oro e arancione, come un portale verso un'altra dimensione, meno vendicativa.

Il messaggio è breve. La grafia di Grace è più ordinata di quando eravamo all'università, ma ancora in qualche modo urgente, come se le parole cercassero di superare l'inchiostro.

Paul—

Non volevo mandarti un'email. Ho pensato che una cartolina sarebbe stata più personale. Il Laos è bellissimo. La luce qui è diversa. Ti ho pensato, ho pensato a tutto. Spero che un giorno potremo parlare, come si deve.

—G

La "G" ha un ricciolo, una firma ma anche un punto interrogativo.

La fisso. La stanza vibra un po', o forse è il mio polso che riecheggia attraverso il pavimento. La mia bocca sa di rame e rimpianto.

La cartolina è arrivata poche settimane dopo aver visto per la prima volta il suo nome sulla stampa, poco dopo che lei aveva ottenuto lo stage al *Chronicle* e io ero stato scartato a favore di qualcuno che usava disegnare un cuore al posto del puntino sulla "i". La settimana in cui ho iniziato a lasciare che l'amarezza mettesse i denti.

Ricordo anche il giorno in cui è arrivata. Avevo visto la sua firma sull'edizione digitale del *Chronicle,* un articolo di opinione sulla post-verità e l'illusione dell'obiettività. Avevo letto ogni parola, sezionato ogni clausola, segnato gli errori di battitura e le goffe espressioni. Alla fine, vibravo di una rabbia così pura che avrei potuto imbottigliarla e venderla come rabbia artigianale.

La cartolina era lì ad aspettare nella cassetta delle lettere, luminosa e innocente, come una bomba fatta di speranza. La portai di sopra, la fissai sotto la luce difettosa della cucina, poi lanciai una pinta contro il muro con una tale forza che il vetro si crepò a ragnatela, per poi cadere in pezzi su tutto il pavimento. Il rumore attirò il mio coinquilino, che mi guardò, guardò il casino e disse: «La prossima volta puoi provare a non farlo prima delle dieci del mattino?»

Lo ignorai. Mi sedetti al tavolo e lessi la cartolina ancora, e ancora, e ancora, finché non potei recitarla nel sonno. L'ultima volta, la strappai a metà, poi in quarti, poi in sedicesimi, come se riducendola in atomi potessi cancellare il fatto che mi avesse scritto.

Ho ancora i pezzi, da qualche parte. Ne ho tenuti alcuni

nel portafoglio per anni, tra le mie cinque sterline di emergenza e una vecchia tessera universitaria. Li vedevo ogni volta che pagavo un kebab o ricaricavo la mia Oyster card: piccoli promemoria dai bordi taglienti della cosa che ho distrutto piuttosto che affrontare.

Ora, nella penombra del mio appartamento, apro il cassetto dove tengo vecchi scontrini e fototessere. I frammenti sono ancora lì, sbiaditi ai bordi, la "G" appena visibile su un brandello strappato. Li allineo sul tavolo, un puzzle di ciò che sarebbe potuto essere, e mi rendo conto con una chiarezza nauseante che io sono così: una persona che fa a pezzi le seconde possibilità prima ancora di averle lette fino in fondo.

Dovrei scrivere una rubrica, un articolo virale sull'amore moderno, ma tutto ciò a cui riesco a pensare è questo: la volta in cui ho ricevuto un messaggio dall'unica persona che mi avesse mai visto davvero, e l'ho fatto a pezzi per dispetto.

Prendo il portatile, apro un nuovo documento e fisso il cursore lampeggiante finché lo schermo non mi sembra vuoto come il mio cervello.

Fuori, ha ricominciato a piovere, prima piano, poi più forte, come se la città stessa stesse facendo un'audizione per il ruolo dello sfondo più triste del mondo.

Non scrivo niente. Invece, immagino la cartolina intera, le parole non spezzate, il messaggio intatto.

Immagino cosa direi se potessi risponderle.

Mi dico che risponderò la prossima volta. Mento così bene che quasi sembra speranza.

SETTE

GRACE

Capisci sempre di essere lo zimbello di tutti perché nessuno vuole guardarti negli occhi, ma tutti vogliono vedere la tua reazione. L'ufficio è un diorama vivente di maligna allegria mentre entro, con dieci minuti di anticipo e già pentita: scrivanie raggruppate in capannelli serrati, il ronzio di risate soffocate, la luce di una dozzina di schermi di cellulari inclinati quel tanto che basta per nascondere il contenuto ma non l'intento. Il mio tragitto verso l'open space della redazione Esteri è un percorso a ostacoli fatto di «hai visto...?» e «aspetta, aspetta, eccola che arriva...» punteggiato dal tipo di sorriso che si riserva a un cadavere in una bara aperta.

Sulla mia scrivania, qualcuno ha attaccato un post-it al monitor: #GRALLAGHAN. Lo stacco, con il palmo viscido di sudore, e scivolo sulla sedia. Il titolo del nostro primo pezzo insieme è ancora sullo schermo: «L'amore nell'era delle metriche: due scrittori, dodici appuntamenti, zero chimica». Sotto, il contatore dei social gira come quello del gas in un appartamento con una perdita. Settantaseimila condivisioni. La sezione dei commenti è una landa desolata radioattiva.

Paul è già qui. Ha i piedi appoggiati sulla cassettiera mobile, la sedia inclinata all'indietro così tanto che le rotelle dovrebbero fargli causa per maltrattamenti. Sta leggendo l'articolo con una specie di pigra allegria, scorrendo esattamente alla velocità necessaria per farmi pensare che non stia leggendo affatto. I suoi capelli sono ancora peggio di ieri e la sua maglietta dice: «Error 404: Motivation Not Found». Non alza lo sguardo, ma so che sta aspettando che sia io a parlare per prima.

Invece, mi seppellisco nelle email del giorno, sperando che magari scoppi una vera crisi per eclissare il disastro di pubbliche relazioni in corso che è la mia vita. Niente da fare. I primi sei messaggi sono delle comunicazioni interne, oggetto: «STA DIVENTANDO VIRALE!» e «Manteniamo lo slancio!». I quattro successivi sono delle Risorse Umane, per ricordare al personale che il codice di abbigliamento esiste ancora, anche se il giornale è ormai «multipiattaforma».

Un dolore piccolo e acuto mi colpisce il braccio. Un elastico, sparato con maestria. Non ho bisogno di guardare per sapere che è stato Paul.

«Hai visto?» dice, con un tono di voce studiato per la massima udibilità.

«Purtroppo» rispondo, rispedendogli l'elastico. Gli rimbalza sulla fronte. Lui sogghigna.

Solleva il telefono, con lo schermo rivolto verso di me. «Siamo in tendenza. Siamo finiti anche su TikTok.»

Tocca un link e parte un video: una coppia di adolescenti con parrucche orrende che rievocano i nostri tentativi di speed-dating davanti a un lavello della cucina, una di loro che strilla in una piatta parodia del mio accento, l'altro che sorride con aria compiaciuta e monosillabica in un modo che in realtà lusinga Paul. I commenti sono un capolavoro di empatia digitale, che spazia da «OTP» a «questi due devono scopare o morire provandoci».

Chiudo il portatile con più forza del necessario. «Ricordami di nuovo perché lo stiamo facendo?»

Lui fa spallucce, con un'aria di finta innocenza. «Pensavo che ti importasse della missione. Elevare lo standard del dibattito pubblico. Svelare l'anima delle relazioni moderne.»

«Divertente. Pensavo che l'obiettivo fosse il giornalismo, non una performance artistica per la Generazione Z.»

Accusa il colpo, ma a malapena. «È un modo per campare.»

«A stento» dico, ma lui è già tornato all'articolo, scorrendo con il pollice mentre compone un tweet con l'altra mano. Vorrei chiedergli come riesca a funzionare con così poca vergogna, ma conosco la risposta: pratica.

Alle 9:32 esatte, Sarah irrompe dal corridoio, lasciandosi dietro una scia di bergamotto e ambizione. Indossa il suo caratteristico tailleur verde, a doppio petto, e porta una pila di statistiche stampate, ogni pagina con le orecchie e segnata da un evidenziatore. Sbatte il plico sulla mia scrivania, facendo volare il post-it sul pavimento.

«Gente!» gracida, come se si rivolgesse al Senato romano. «Siamo ufficialmente un fenomeno.»

Spiega i grafici a ventaglio, ognuno una curva esponenziale, tutte ripide ascese e traguardi annotati. «Guardate qui. Guardate! L'engagement è aumentato del cento per cento. I tempi di permanenza sulla pagina sono alle stelle. Da soli avete raddoppiato la nostra copertura tra gli under trenta.»

Sento la calda ondata del successo, seguita dal rivolo gelido del terrore. «È... una buona cosa?»

«Buona? È virale, tesoro. È il Santo Graal.» Si gira verso Paul, che si è messo in posizione verticale in attesa di lodi. «Voi due siete il nuovo volto del *Chronicle*. Le schermaglie. La chimica. La violenza. È tutto ciò che abbiamo sempre desiderato da una rubrica e anche di più.»

«Fantastico» dice Paul, reprimendo un sorriso. «Quando iniziamo?»

Sarah batte le mani, un suono secco e definitivo. «La prossima settimana. No, questa settimana, se riusciamo a organizzarci. La chiameremo 'Connessioni Moderne' o qualcosa di più acchiappaclick. Vogliamo che la scriviate insieme, in tempo reale, magari anche in livestream. I ragazzini ne vanno matti.»

Sento lo stomaco sprofondare, e continuare a sprofondare, come se il pavimento fosse improvvisamente scomparso. «Non sono sicura di...»

Sarah mi interrompe. «Siete giornalisti. Osservate, provocate, create connessioni. È quello che facciamo. Voglio dire, potremmo passare a notizie più serie, ma chi vuole leggere del G7 quando c'è questo?» Indica le statistiche come un mago che rivela un coniglio fatto di dati puri.

Paul si appoggia allo schienale, con le braccia conserte. «Qual è il brief?»

«Qualsiasi cosa» dice Sarah, con gli occhi che le brillano. «Incontri, amicizia, persino lettere d'odio. Dio, soprattutto le lettere d'odio. Proviamo a esplorare luoghi alternativi per gli incontri moderni. Non so, un corso di cucina, una palestra di arrampicata, qualcosa del genere. Due cuori solitari, quattro ore, nessuna via di fuga. Potete farlo?»

Lui sogghigna. «Non è che non abbiamo fatto di peggio.»

Vorrei protestare, rivendicare l'ultimo barlume di dignità professionale, ma le parole mi si bloccano in gola. Invece, guardo Sarah picchiettare le unghie sulla scrivania, il ritmo come un conto alla rovescia verso un disastro inevitabile.

«È previsto un aumento di stipendio?» chiedo, conoscendo già la risposta.

Il sorriso di Sarah non vacilla. «Non direttamente, ma l'esposizione è impagabile.»

La parola «esposizione» mi atterra addosso come una mano gelida sulla nuca. Gli occhi di Paul guizzano verso di me, poi via. Mi chiedo se stia pensando la stessa cosa: che ci siamo già passati, inseguendo la notorietà in un tunnel buio, senza sapere se la luce in fondo sia un'alba o solo un altro maledetto treno.

Sarah raccoglie i suoi grafici, lancia una pallina antistress dalla sua borsa e se ne va con la stessa rapidità con cui è arrivata. La pallina rimbalza sul bordo della mia scrivania e rotola sotto la sedia di Paul. Lui la raccoglie e la stringe forte.

Restiamo seduti in silenzio per un lungo minuto, mentre l'ufficio torna al suo solito ronzio. Controllo il telefono, col pollice che esita sulla notifica della casa di riposo, poi blocco lo schermo e lo ficco in tasca.

Paul rompe il silenzio per primo. «Tutto bene?»

Vorrei dire di sì, fingere che la cosa che mi si agita dentro sia solo ansia professionale, non orrore esistenziale. Invece, dico: «Pensavo che avrei scritto qualcosa che contasse».

Lui palleggia la pallina antistress da una mano all'altra. «Forse lo farai. Prima o poi.»

«O forse è tutto qui. Forse adesso lo scherzo siamo noi, non lo zimbello.»

Mi guarda, mi guarda davvero, e per un momento vedo qualcosa di quasi simile alla comprensione. «Almeno questa volta ci pagano.»

Sbuffo. Non è divertente, ma aiuta. Mi passa la pallina antistress. La prendo, la stringo finché le nocche non mi fanno male.

Dall'altra parte dell'ufficio, qualcuno inizia a riprodurre a ripetizione la parodia di TikTok. Le risate si alzano, poi si abbassano, poi ricominciano. Paul sogghigna, ma ora il suo sorriso è più morbido, meno usato come un'arma.

Guardo i numeri sul mio schermo, il contatore che sale in

tempo reale, e mi chiedo quanti di quelli siano persone che fanno il tifo per noi, e quanti vogliano solo vederci bruciare.

Stringo la pallina antistress fin quasi a spaccarla, poi apro la mano e la lascio cadere.

«Pronta per il prossimo round?» chiede Paul.

Guardo lui, poi l'articolo, poi un'altra notifica della casa di riposo che lampeggia sul mio telefono.

«Neanche per sogno» dico.

Ma quando la successiva email di Sarah suona nella mia casella di posta, oggetto: «Voi due siete oro», la apro e comincio a leggere.

Sette anni fa, non ero ancora il tipo di persona che sapeva usare un sorriso come un'arma.

Stavo in piedi fuori dalla fortezza di vetro della sede del *Chronicle*, con le braccia premute lungo i fianchi come se mi aspettassi di essere perquisita, cercando di non fissare il mio riflesso nelle porte automatiche. Sembravo una turista nella mia stessa vita: giacca troppo nuova, capelli che si rifiutavano ancora di stare a posto dopo due mesi di umidità tropicale, la pelle sorprendentemente pallida sotto l'abbronzatura superficiale che stava già svanendo. La mia borsa, un'imitazione di una Mulberry che odorava del profumo di qualcun altro, era così palesemente non originale che avrei voluto bruciarla. L'aria della città sapeva di metallo freddo e possibilità, ma la sensazione principale che provavo era un sottile e pulsante senso di disastro imminente.

Controllai di nuovo il telefono. Una nuova notifica da mia madre, tre messaggi su WhatsApp da amici dell'università (tutte varianti di «li stenderai»), e il segnaposto su Google Maps fissato su questo punto esatto. Nessun messaggio in segreteria. Nessuna chiamata dell'ultimo minuto per dirmi che si era trattato di un errore amministrativo e che dovevo tornare a casa. Non ero sicura di esserne delusa.

All'interno, la reception era tutta marmo e silenzioso giudizio. La donna al desk indossava il tipo di eyeliner che ti avrebbe fatto espellere dalla mia vecchia scuola, e scannerizzò il mio badge con un laser che non lasciava traccia se non la vergogna. «È in anticipo» disse, poi indicò una panca vicino agli ascensori. «Attenda lì, per favore. Qualcuno verrà a prenderla.»

Attesi, con le ginocchia strette e le mani in grembo come una suora particolarmente diligente. La panca era posizionata strategicamente per la massima esposizione: ogni membro dello staff di passaggio, ogni visitatore, ogni vero giornalista mi vedeva, mi valutava e passava oltre. Un uomo con una maglietta dei Rolling Stones mi diede una rapida occhiata e prese nota sul telefono. Due stagisti, ancora umidi di pioggia, bisbigliavano dietro le mani, con gli occhi che saettavano verso le ciocche bionde della mia frangia. Sorrisi a nessuno in particolare e cercai di sembrare una che apparteneva a quel posto.

Dopo undici minuti, una donna con una tuta color cuoio apparve e mi fece un cenno. «Grace? Da questa parte, per favore.»

I suoi tacchi echeggiarono nel corridoio, superando postazioni open-space e sale riunioni vetrate piene di gente che fingeva di non fissarmi. Facemmo le scale a due a due. Ero senza fiato prima ancora di arrivare in cima.

L'ufficio del direttore era una serra: tripli vetri, esposizione a sud, ogni superficie progettata per accecare. L'uomo dietro la scrivania era più piccolo di quanto mi aspettassi, con i capelli che erano un viluppo di fili d'argento e gli occhiali posati sulla punta di un naso che sembrava fatto apposta per la condiscendenza. Non si alzò, si limitò a indicarmi di sedere su una sedia che cigolò e scivolò indietro di un paio di centimetri mentre mi ci accomodavo.

Sfogliava il mio CV con un barlume di interesse. «Hampton, giusto? Sheffield. Qualche articolo per *The Independent*. Quel pezzo sullo Sri Lanka era molto...» agitò una mano «...sicuro.»

«Grazie» dissi, consapevole che ogni parola veniva soppesata.

Annuì, picchiettando il CV con un'unghia. «Lei non ha fatto domanda per questo stage, vero?»

Non era una domanda. La gola mi si serrò. «No. Non avevo... Avevo programmato di viaggiare per dodici mesi e fare domanda l'anno prossimo. Poi ho ricevuto la lettera, e...»

Sollevò un dito. «Qui abbiamo una solida tradizione. Se vediamo qualcosa che vogliamo, la chiediamo. Non tutti i candidati sono così... proattivi. O onesti, se è per questo.» Mise da parte il foglio. «Lo vuole?»

Ci pensai: all'affitto che non potevo permettermi, alle liti con mia madre, all'ultima discussione con Paul, che aveva detto che il sistema avrebbe sempre scelto il suo preferito. Pensai al foglio di calcolo che tenevo sul portatile, dove tracciavo i successivi cinque anni come una missione della NASA.

«Sì» dissi, ed era la cosa più onesta che avessi detto in tutto il mese.

Il direttore guardò la parete di vetro, poi di nuovo me. «Aveva una referenza di tutto rispetto. Il professor Harlow, credo. Ha detto che Lei era...» controllò un appunto «...'ripugnantemente efficiente. Più determinata della metà degli uomini a cui ho mai insegnato'.»

Una goccia gelida mi scivolò lungo la schiena. Harlow. L'eroe di Paul. L'uomo che gli aveva detto che aveva «il dono». Cercai di mantenere il viso impassibile, ma il direttore stava aspettando proprio una mia reazione.

«Il mondo è piccolo» dissi, con una voce che mi suonò metallica.

Lui non sorrise. «Molto. E questo mondo lo è ancora di più, signorina Hampton. Comprende la pressione?»

Annuii. «Sì, la comprendo.»

Mi squadrò per un altro istante, poi si alzò. «Inizia lunedì. Ore otto in punto. Porti un taccuino, non un portatile.» Tese una mano. La sua pelle era fredda e secca, come un fiore pressato.

Gliela strinsi, poi mi alzai. La sedia fece lo stesso rumore indecoroso di prima. Avrei voluto sprofondare, ma invece lo ringraziai, due volte, e uscii.

Il corridoio era vuoto. Indugiai vicino alle scale, con le mani che tremavano quel tanto da rendere difficile afferrare il telefono. C'era un messaggio del professor Harlow («Sarai splendida, ragazza mia... ricorda, niente è mai accidentale come sembra»), e un'email dall'ufficio amministrativo del Chronicle che confermava la mia data d'inizio. Scorsi il testo, cercando qualcosa, un indizio, una clausola nascosta, ma era tutto perfettamente ordinario, perfettamente ineluttabile.

Fuori, Londra era del suo solito colore bianco sporco. Aveva smesso di piovere, but le strade erano ancora lucide, con l'acqua che si raccoglieva nelle fessure del selciato come minuscoli laghi incompiuti. Mi strinsi nella giacca e cominciai a camminare, incerta sulla direzione. I suoni della città mi sembravano più forti di quanto ricordassi. Sentivo il peso dell'edificio alle mie spalle, di tutti i fili invisibili che mi avevano trascinata indietro.

Al primo semaforo rosso, sbloccai di nuovo il telefono. Il contatto di Paul era quasi in cima alla lista, ancora contrassegnato come preferito. Tenni il pollice sospeso sul pulsante di chiamata, pronto al disastro. In un altro universo, lo avrei premuto: gli avrei detto la verità, gli avrei chiesto se sapeva, gli avrei chiesto se mi odiava ancora. In questo, misi il telefono in tasca e continuai a camminare.

Il vento mi scompigliò i capelli, sollevando le ciocche

bionde finché non furono quasi bianche. Mi vidi riflessa nella vetrina di un negozio, con giacca e tutto, e sembravo una bambina che giocava a fare l'adulta. O forse un fantasma, che già stava svanendo.

Continuai a camminare, con gli occhi fissi davanti a me. Non c'era altra direzione in cui andare se non avanti.

OTTO

PAUL

Se le caffetterie fossero persone, questa sarebbe la figlia di papà a una festa in una casa di studenti d'arte: ostentata, bisognosa e convinta di aver inventato il cinismo. Il menù è in minuscolo, i baristi hanno tutti le nocche tatuate e la password del Wi-Fi cambia ogni giorno perché «la sicurezza digitale è prendersi cura di sé».

Mi fermai all'ingresso, scrutando la solita popolazione di arrivisti mattinieri e sceneggiatori falliti, e notai Grace in fondo. È sempre in fondo: più vicina a una presa di corrente, più lontana dalla porta, impossibile da cogliere di sorpresa. Se non la conoscessi, penserei che ha davvero paura di me.

Ovviamente era già lì, anche se ero in ritardo di soli sette minuti, che nel nostro linguaggio comune significa praticamente in orario. Il suo portatile era aperto, un giardino disciplinato di Post-it colorati che spuntavano dai bordi. Accanto, il suo taccuino: ogni pagina un atto di violenza calligrafica, i titoli sottolineati con tre colori diversi. Riuscivo a vedere il programma da qui, anche senza occhiali: 1. Brainstorming. 2.

Scaletta. 3. Scadenze. 4. Controllo del tono. Aveva persino disegnato una casellina accanto a ogni punto, pronta per la scarica di dopamina del completamento.

Non alzò lo sguardo mentre mi avvicinavo, ma sapeva che ero lì. Lo sapeva sempre. Era come se fossimo collegati da un filo invisibile, permanentemente impostato su «sarcasmo imminente».

Finsi platealmente di leggere il menù, ignorando la coda dietro di me, poi ordinai un caffè doppio macchiato con latte d'avena e «lo sciroppo più costoso che avete». La barista alzò gli occhi al cielo, digitò l'ordine con una sorta di svolazzo delle dita che suggeriva un corso breve di danza interpretativa e mi fece scivolare davanti il POS.

Gli occhi di Grace scattarono verso di me mentre mi avvicinavo. Indossava un dolcevita nero e una giacca così precisa che sarebbe potuta essere stata progettata in una galleria del vento. Sembrava stanca, ma di quella stanchezza su cui si è lavorato attivamente; il suo rossetto era pittura di guerra, il suo eyeliner una sfida.

«Giorno», dissi, lasciando cadere la borsa e prendendo la sedia di fronte. La lasciai stridere sul pavimento di cemento, puramente per fare effetto.

«Sei in ritardo», disse, spuntando la prima casella sul suo programma prima ancora di guardarmi in faccia.

Alzai le spalle. «Il tempo è un costrutto sociale, Grace. Così come le scadenze».

Chiuse il taccuino di scatto. «Questo è lo spirito giusto. A proposito, il brief di questa settimana è nella tua casella di posta. Ho già creato un Google Doc. Ho notato che non hai aggiunto niente. Fammi sapere se ti serve aiuto per accedere».

Ignorai l'esca, esaminando invece il contenuto del suo tavolo. Accanto al portatile c'era un cappuccino, bevuto per due sorsi, e una vaschetta di plastica di fiocchi d'avena lasciati in ammollo per la notte con semi di chia e mirtilli disposti secondo uno schema sospettosamente simile alla spirale di Fibonacci. Mi sporsi in avanti e lo scompigliai con il bordo della mia tazza di caffè.

Mi fulminò con lo sguardo, ma non corresse la disposizione. Un progresso.

«Allora», dissi, «qual è l'orrore esistenziale di oggi?»

Aprì il brief, le dita che quasi non facevano rumore sulla tastiera. «Come Fingere una Relazione (e Perché Non Dovresti Farlo). Milleduecento parole. La redazione lo vuole entro venerdì, ma si accontenteranno di lunedì se riusciamo a "generare sufficiente clamore" sui social prima di allora».

«"Clamore"», feci eco. «È così che lo chiamiamo adesso?»

Non sorrise. «Sai com'è Sarah. Vuole dramma. Conflitto. Un po' di scandalo, idealmente con un contorno di nudità emotiva».

«Non mi spoglierò di nuovo in un bar. C'è un'ordinanza restrittiva».

«Vediamo solo di finire. Ho fatto una lista di possibili prospettive». Mi fece scivolare davanti il suo taccuino. Soffocai l'impulso di scarabocchiarci sopra.

Prospettiva 1: La psicologia delle relazioni performative: coppie di Instagram, finti amori, ecc.

Prospettiva 2: Le conseguenze emotive della finzione: stiamo fingendo tutti o solo quelli che vengono scoperti?

Prospettiva 3: Casi di studio tratti dalle nostre vite (*vedi sotto*).

Aveva scritto "vedi sotto" in corsivo, come se fosse un messaggio segreto.

Diedi un colpetto alla lista con la penna. «Ne hai saltata una. Prospettiva 4: Dire la verità per una volta e vedere se qualcuno muore».

Sollevò le sopracciglia. «Questa sarebbe la tua proposta?»

«È un titolo provvisorio».

Si appoggiò allo schienale, incrociando le braccia. «D'accordo. Come la presenteresti?»

Riflettei per un istante. «Partirei dal presupposto che tutti mentono, sempre. Specialmente le persone che dicono di non farlo. Poi risalirei all'origine: l'infanzia, i social media, la scuola, l'università. Tutte le relazioni che abbiamo finto per sopravvivere. Poi sceglierne una e farla saltare in aria nel paragrafo finale, come una demolizione controllata».

Valutò la cosa, annuendo lentamente. «È desolante».

«Desolante è autentico. Autentico è virale».

Appuntò qualcosa sul suo programma. «Che ne dici di un contrappunto? Una difesa dell'onestà, o almeno del tentativo?»

Mi chinai verso di lei. «Il contrappunto non è la battuta finale? Che nessuno riesce più a notare la differenza?»

Mi lanciò uno sguardo che non riuscii a decifrare del tutto: metà ammirazione, metà esasperazione. «Saresti dovuto entrare in politica».

«L'ho fatto. Il giornalismo è solo politica per gente che non sa rimanere seria».

Ci scambiammo idee per i successivi venti minuti, la conversazione così veloce da essere quasi anaerobica. Ogni volta che cercava di condurci verso qualcosa di concreto, io sterzavo di nuovo verso il caos. Nemmeno lei si faceva scrupoli a giocare sporco; per due volte, finse di essere d'accordo con la mia idea solo per vedere come mi sarei auto-sabotato. Era la cosa più vicina al flirtare che ci fosse tra noi.

Finalmente arrivò il mio caffè, decorato ostentatamente con una foglia d'oro e una spruzzata di qualcosa che supposi fosse commestibile. Lo fissai, poi fissai Grace, poi il prezzo scritto a penna sullo scontrino. «Sai», dissi, «quando tutto questo sarà finito, dovremmo aprire un posto come questo. Chiamarlo Schadenfreude».

Non alzò lo sguardo dallo schermo. «Troppo diretto».

«Se non altro, sono letterale».

Sorrise a quella frase, solo un accenno. «Sei impossibile».

Sorseggiai la mia bevanda, poi mi appoggiai allo schienale della sedia. «Sai qual è la vera truffa?», chiesi, a proposito di niente.

Digitò senza fermarsi. «Oltre al capitalismo?»

«Oltre a quello. La vera truffa è quanto sia facile fingere di non essere più arrabbiato per qualcosa successo anni fa. Basta parlare abbastanza, bere abbastanza, scopare abbastanza e alla fine quasi ci credi».

Smettette di digitare. Il silenzio fu improvviso, pesante.

Continuai, incapace di trattenermi. «Ci pensi mai? A noi?»

Rimase immobile per un secondo, poi chiuse il portatile e congiunse le mani sopra. «Paul—»

Alzai una mano. «Scusa. Ignorami. È la foglia d'oro. Tossica ad alte dosi».

Sospirò, un sospiro lungo e sottile. «Cosa stai chiedendo esattamente?»

Io guardai il pavimento, poi lei. «Abbiamo mai smesso di fingere?»

La domanda rimase sospesa lì, brutta e reale. Potevo vederla misurare lo spazio tra noi, calcolare il raggio dell'esplosione emotiva. Per un momento, sembrò che potesse rispondere.

Poi, aprì di nuovo il taccuino, voltando a una pagina nuova. «Torniamo all'articolo. Abbiamo una scadenza».

«Certo», dissi, ma la parola aveva il sapore di vecchie monetine.

Lavorammo in silenzio per un po', ognuno nella propria bolla di autogiustificazione. Continuavo a voler dire qualcos'altro, a togliere la sicura e vedere se saremmo sopravvissuti entrambi, ma non lo feci. Invece, la guardai scrivere, il modo in cui la sua mano si stringeva sulla penna, il modo in cui la sua bocca si muoveva quando cercava la frase giusta.

Alla fine, ruppe il silenzio. «Se dobbiamo essere onesti, non sei l'unico a chiederselo».

Sbattei le palpebre. «Riguardo a cosa?»

Non mi guardò. «Se fosse reale. Se qualcosa lo sia mai stato».

Avrei voluto dire: «Lo era». Avrei voluto dire: «Mi dispiace». Avrei voluto dire: «Proviamoci di nuovo, questa volta senza tutte le bugie e la cautela». Ma feci una battuta, qualcosa sulla sindrome di Stoccolma e le scadenze.

Rise, ma la sua risata fu fragile. Il momento era svanito.

Finimmo la scaletta, ci accordammo sulla scadenza per la prima bozza e mettemmo via le nostre cose in un silenzio sincronizzato. Sulla via d'uscita, vidi che aveva lasciato un post-it sul mio portatile: «Non fare più tardi». Aveva sottolineato "tardi" tre volte.

La guardai allontanarsi, i suoi tacchi che echeggiavano sul cemento lucido, e mi chiesi per quante altre volte avrei potuto fingere che stessimo solo fingendo.

Probabilmente solo per questa volta.

Forse nemmeno per quella.

Il corridoio di giornalismo a Sheffield odorava sempre di caffè istantaneo e panico. Le pareti erano uno zoo di volantini del dipartimento, manifesti di protesta e vignette satiriche sbiadite che nessuno si era preso la briga di togliere dai tempi del governo Brown.

Ero in ritardo, perché ero sempre in ritardo, ma sapevo che ai docenti non importava, purché mi presentassi con un titolo accattivante o i postumi di una sbornia decente. La mia borsa era semiaperta, l'ultimo terzo di un wrap al pollo che spuntava fuori, e non mi ero preoccupato di mettere un cappotto perché la camminata tra il dormitorio e il Media Block era di tre minuti al massimo.

Ero a metà corridoio quando qualcuno — Matt? Max? — mi diede una pacca sulla schiena così forte che quasi mi strozzai con l'ultimo boccone di pollo. Stava sogghignando, con la camicia fuori dai pantaloni, il pugno stretto attorno al collo di una bottiglia da due litri di Tango come se fosse un trofeo.

«Congratulazioni, amico!», disse, con gli occhi che brillavano per l'emozione del pettegolezzo. «Non pensavo che tu e la Hampton ce l'avreste fatta all'ultimo round, ma lo staff adora il dramma».

Deglutii, poi mi pulii la mano sui jeans. «Cosa?»

Rise, scuotendo la testa come se stessi facendo il difficile. «Non fare lo scemo. È su tutta la chat di gruppo. È dentro, no? Pensavo che stessi già festeggiando».

Sentii uno strano sussulto nel petto, un'avaria meccanica, ma lo lasciai passare. «Sì, be'. Sto aspettando la comunicazione ufficiale».

Lui alzò le spalle. «Vai a controllare la bacheca. L'hanno affissa prima». Poi se ne andò, salendo gli scalini due a due, gridando «leggenda» a una ragazza con cui non aveva mai parlato da sobrio.

Sapevo dannatamente bene che il suo nome era sulla bacheca, l'avevo visto io stesso ieri e poi avevo strappato l'avviso in mille pezzi.

Aspettai che avesse svoltato l'angolo, poi finii il wrap, infilando la stagnola nel cestino più vicino. Avevo le mani appiccicose e il corridoio sembrò improvvisamente più freddo, ma non ci feci caso, dando la colpa all'aria riciclata.

L'aria fuori era pungente. Mi ci volle un minuto per rendermi conto che avevo iniziato a camminare verso il suo edificio, un percorso così battuto da essere praticamente una memoria muscolare. Avrei dovuto dirle qualcosa, invece di superarla di slancio come un bambino capriccioso. Pensai di fermarmi, di mandarle un messaggio, ma l'idea di un «congratulazioni» via WhatsApp mi faceva venire la pelle d'oca.

Il suo edificio era di mattoni rossi, del dopoguerra, il tipo di architettura progettata per schiacciare i sogni con delicatezza. Le porte principali erano tenute aperte da un estintore. Salii le scale tre gradini alla volta e bussai alla sua porta prima di potermi tirare indietro.

Fu la sua coinquilina, Zoe, ad aprire. Indossava una vestaglia, un occhio cerchiato dal mascara della sera prima, una tazza di tè in mano.

«Ehi», disse, sbattendo le palpebre. «Cerchi Grace?»

Annuii, ingoiando il bruciore in gola.

Zoe sorseggiò il tè, poi indicò il corridoio vuoto dietro di lei. «Se n'è andata».

La fissai, senza capire.

«È partita stamattina», chiarì Zoe. «Presto. Ha detto che andava da sua madre. Ha lasciato un biglietto, credo». Scomparve per un secondo, poi tornò con un pezzo di carta a righe. Non me lo porse, lo lesse semplicemente ad alta voce, con tono piatto e indifferente.

«"Scusa, Z. Avevo bisogno di cambiare aria. Ti scrivo quando arrivo a casa. Non lasciare che Paul mi mangi i Weetabix."»

Sentii il mio nome, ma solo come un rumore di fondo.

«Non torna?», chiesi.

Zoe alzò le spalle. «Ne dubito, il semestre è praticamente finito. Era piuttosto nervosa ieri sera. Si è scolata un'intera bottiglia di vino da due soldi e ha iniziato a recitare poesie alle piastrelle della cucina. Sai com'è».

Non so com'è. O forse lo so, ma non combacia con la storia che mi sono sempre raccontato su di lei.

«Grazie», dissi, e me ne andai senza aspettare altro.

Di nuovo fuori, camminai finché il freddo non divenne

così tagliente da sembrare che mi stesse scavando l'interno della bocca.

Costruii la narrazione nella mia testa mentre camminavo: doveva aver fatto domanda alle mie spalle. Forse non mi aveva mai voluto, le interessava solo la vicinanza alla cosa che voleva davvero. O forse per lei era tutto un gioco, e io ero stato l'ultimo a capire la battuta.

Avrei potuto mandarle un messaggio. Avrei potuto chiamarla, o persino prendere un treno e presentarmi a casa di sua madre. Ma ciò avrebbe significato ammettere che mi importava, che avevo bisogno di una sua spiegazione. Avrebbe significato accettare una versione della storia in cui non ero io l'eroe.

Così non feci nulla.

Invece, tornai a casa a piedi, e mi dissi che l'avevo superata. Che non importava. Che la prossima volta che avessi visto il suo nome, sarebbe stato su un articolo che non mi sarei nemmeno preso la briga di leggere.

Tornato nella mia stanza, chiusi la porta a chiave, mi tolsi le scarpe calciandole via e mi sedetti sul bordo del letto. Fissai a lungo le crepe sul soffitto, contandole come se fossero giorni su un muro di prigione.

Alla fine, tirai fuori il telefono, digitai il suo numero in un nuovo messaggio, poi lo cancellai prima che potesse diventare qualcosa.

Da qualche parte, in una parte del mio cervello che non riuscivo a spegnere, rivivevo la scena alla bacheca. Ogni volta, mi aspettavo che finisse diversamente. Ogni volta, non succedeva.

Mi chiesi se fingere fosse questo: conoscere la verità, ma scegliere la bugia migliore.

Mi dissi che non le avrei mai dato quella soddisfazione.

Mentii così bene, che quasi ci credetti.

NOVE

♥

GRACE

Ci sono solo due modi per entrare in una redazione dopo essere diventati virali: con la disinvolta arroganza di un imperatore romano di ritorno dalla Gallia, o con la rassegnazione a muso duro di chi si avvicina alla gogna. Io ho sempre preferito la seconda.

Stamattina entrai in perfetto orario, flat white mano, occhi fissi appena sopra l'orizzonte della mia scrivania, e scavalcai un groviglio di cavi elettrici con la grazia di una condannata che compie il suo ultimo viaggio. L'open space era al massimo del suo frastuono — telefoni che squillavano, tastiere che ticchettavano, la redazione Attualità già nel suo quotidiano stato di combustione controllata — ma, nel secondo in cui entrai nel loro spazio aereo, calò un silenzio momentaneo, come la quiete prima che una celebrità di second'ordine si spiaccichi la faccia sul ghiaccio.

Non era che tutti smettessero di lavorare, esattamente. Era solo che la loro attenzione si ricalibrava, inclinando leggermente verso di me, come le piante d'appartamento si piegano verso il sole. Persino gli stagisti, sempre pronti a fiutare l'odore del sangue nell'acqua, diventarono di colpo iper-diligenti, fingendo di ignorarmi mentre memorizzavano ogni dettaglio per il loro prossimo post sul gruppo di WhatsApp.

Mi lasciai cadere sulla sedia, uno strumento di tortura ergonomico con un supporto lombare simile alla canna di una pistola, e feci l'accesso al PC più lento del mondo. Lo schermo impiegò trenta secondi buoni per avviarsi, offrendo tutto il tempo necessario perché il teatrino sociale andasse in scena. Alla mia destra, percepii un intenzionale schiarirsi di gola; a sinistra, il sospiro pesante di qualcuno che voleva farmi sapere che la mia mera esistenza stava causando un accumulo di arretrati nel suo lavoro fondamentale. Il tipo alla scrivania accanto (alto, abbronzato, che aveva indossato una finta fasciatura per sei settimane dopo un banale incidente in bici) sbirciò da sopra il monitor e mi rivolse un sorrisetto così storto da sembrare quasi un atto d'aggressione.

«Buongiorno, Grace», disse. Il suo tono era mellifluo, ma conteneva un barlume di autentica malizia.

«Buongiorno», risposi, calma e professionale. Mi assicurai di allineare il blocco note al bordo della scrivania, stappando la penna con un gesto esperto. Avevo già controllato il programma della giornata — due riunioni di pianificazione, un'intervista telefonica e un brainstorming per la "rubrica virale" — ma seguii comunque la routine. Quel giorno più che mai, desideravo ardentemente la routine, il conforto di un sistema senza spazio per errori o umiliazioni.

Sorseggiai il caffè, che era diventato troppo amaro e troppo freddo, e cercai di non ascoltare mentre un piccolo gruppo di redattori junior sussurrava ad alta voce dei "prossimi Brangelina". Il mio nome fu usato, ma non in un modo che richiedesse una risposta diretta.

Alle 9:03, apparve la Caporedattrice. Si fermò davanti alla fossa dei leoni, le luci fluorescenti che rafforzavano la tonalità disumana di verde del suo tailleur. Sarah era, come sempre, perfettamente impostata per la massima intimidazione psicologica: capelli tirati indietro fino a sfiorare il fascismo, tablet tenuto in mano come una sacra reliquia, voce calibrata per raggiungere l'ultima fila senza mai sudare una goccia.

«Buongiorno, squadra. Se poteste tutti mettere in pausa il vostro doom-scrolling per dieci secondi?»

La stanza obbedì. I telefoni furono nascosti nel palmo della mano, le schede del browser ridotte a icona. Tutti gli sguardi si puntarono davanti, tranne un paio.

Paul Callaghan era seduto esattamente al centro della prima fila di scrivanie, gambe distese davanti a lui, braccia conserte come se stesse guardando un mago segare in due una persona. Indossava la divisa standard di Paul — jeans neri che gli stavano male, una camicia stropicciata che probabilmente era stata pulita quel mese e un impermeabile malconcio gettato sullo schienale della sua sedia. A prima vista, non stava prestando attenzione, ma io lo conoscevo meglio. Se c'era una cosa in cui Paul era bravo, era osservare la stanza senza guardarla.

Sarah iniziò con il suo solito discorso d'apertura: numeri, statistiche di engagement, la minaccia esistenziale della "stanchezza da contenuti". Ci fu una rapida e concisa revisione del successo virale della settimana precedente. Indicò lo schermo, dove un grafico a barre saliva così ripidamente da sembrare un crollo del mercato azionario al contrario. «La nostra rubrica Modern Romance è un successo strepitoso. Il tempo di permanenza sulla pagina è ancora superiore ai tre minuti, le condivisioni sono il doppio della settimana scorsa e la nostra copertura organica tra gli under trenta è ufficialmente 'leader del settore'. Quindi, congratulazioni ancora una volta, Grace e Paul». Non pronunciò i nostri cognomi insieme, ma l'hashtag implicito aleggiò nell'aria, radioattivo e immortale.

Seguì un applauso, ma di quelli sarcastici, stile golf club. Sorrisi, un sorriso piccolo e contenuto, e combattei l'impulso di andarmene a casa e basta.

«Ora», disse Sarah, «vogliamo mantenere lo slancio. Siamo all'ordine del giorno per il briefing del consiglio di amministrazione, ed è stato fortemente suggerito di dare seguito alla chimica degli ultimi due articoli settimanali con qualcosa di ancora più... coinvolgente». Guardò me, poi Paul, poi di nuovo me, come una partita a tennis in cui io ero sempre il giocatore perdente.

A queste parole, un fremito percorse la stanza. Il sorrisetto del tipo della bici tornò, amplificato dalla risatina della social media editor, che si sporse sulla sua scrivania con la grazia predatoria di un gatto che si stira prima di uccidere.

«Possiamo aspettarci altre delle tue 'opinioni senza filtri' in questo pezzo, Grace?», chiese, con voce mielata ma carica di malizia.

Mantenni un'espressione neutra. «Sono sicura che la redazione avrà un sacco di commenti da fare, come sempre», risposi, poi aggiunsi: «Speriamo che la sezione commenti non superi l'articolo stesso, questa volta».

Stava per rispondere, ma dal fondo della stanza giunse una risatina forte e senza filtri. «Almeno finalmente lo ammettete», disse qualcuno, abbastanza forte da farmi sentire.

Sentii il viso avvampare, una rapida e calda fioritura di imbarazzo. Questo era il problema di diventare virali: si diventava proprietà di tutti. Ogni battuta, ogni sguardo privato, ogni pixel della tua vita veniva trasformato in meme e sezionato. Alzai lo sguardo verso Sarah, aspettandomi che mettesse fine alla cosa, ma era già passata al punto successivo della sua scaletta. Per lei, la mia umiliazione era solo un'altra metrica di engagement.

Rischiai un'occhiata a Paul. Adesso mi stava guardando, direttamente, con un mezzo sorriso che poteva essere interpretato sia come solidarietà che come sabotaggio. Fece un piccolo saluto con la tazza, poi mimò con le labbra: «Sopravvivi?».

Avrei voluto alzare gli occhi al cielo, ma mi limitai ad annuire. Era il massimo di intimità che potevamo concederci in una stanza piena di sciacalli.

La riunione andò avanti in modo monotono. Furono distribuiti incarichi, posticipate scadenze, "riallineate" risorse. Niente di tutto ciò aveva importanza; l'unica cosa che chiunque nella stanza avrebbe ricordato era il modo in cui Sarah aveva pronunciato i nostri nomi insieme, l'implicazione di una relazione così trasparente da poter essere usata come una finestra.

Quando ci congedò, avevo la mascella così serrata da poter spaccare un dente. Mi alzai, raccolsi le mie cose e mi diressi verso l'area cucina, alla disperata ricerca di un momento di silenzio e forse di una tazza di caffè fresco che non sapesse di bile. Mentre passavo davanti alla scrivania della redazione Attualità, la stagista — una di quelle ambiziose, con un CV più lungo della gonna — si sporse e sussurrò: «Congratulazioni, a proposito. Ora siete tipo i reali dell'ufficio».

«Grazie», dissi, non fidandomi di aggiungere altro.

In cucina, la nuova macchina del caffè era già rotta e perdeva una sottile pozzanghera marrone sul laminato. La fissai per un secondo, poi decisi che era una metafora della mia mattinata buona come qualsiasi altra. Sciacquai la tazza, la riempii con acqua del rubinetto e contai fino a dieci. Le mie mani erano ferme, ma il mio cuore no.

Il rumore proveniente dalla fossa dei leoni aumentava e diminuiva, punteggiato da occasionali grida o risate nervose. Sentii di nuovo il mio nome, poi quello di Paul, e poi la frase "lo faranno o non lo faranno" pronunciata con quel tono beffardo riservato ai riassunti delle soap opera e agli scandali politici.

Mi chiesi se qualcuno credesse davvero che la rubrica fosse finta, o se avessero già deciso che ogni relazione, dopotutto, era per metà una messinscena.

Mi appoggiai al bancone e chiusi gli occhi, solo per un momento. Quando li riaprii, Paul era sulla soglia, braccia conserte, che mi guardava con un'espressione che non riuscii a decifrare. Non disse nulla, si limitò a sollevare le sopracciglia come per chiedere: *Allora?*

Scossi la testa. «Uno penserebbe che la gente abbia di meglio da fare».

Lui sbuffò. «Lo sai benissimo che non è così. È una settimana di magra per le notizie. Siamo tutto quello che hanno».

Rimanemmo lì in silenzio per un istante, nessuno dei due disposto a cedere terreno. Poi lui si staccò dal muro e venne a mettersi accanto a me, spalla a spalla.

«Stai bene?», disse, a voce bassa.

Mi sforzai di sorridere. «Mai stata meglio».

Mi lanciò uno sguardo lungo e indagatore, poi disse: «Non lasciare che ti entrino in testa. Passeranno oltre quando esploderà la prossima notizia».

«Già, beh. Magari la prossima volta toccherà a te», dissi, cercando un tono leggero ma mancandolo.

Lui sogghignò. «Ne dubito. Sei tu quella interessante».

Avrei voluto ribattere, ma la verità era che ero troppo stanca. Invece, riempii di nuovo la tazza d'acqua, gli feci un cenno col capo e tornai alla mia scrivania. Mentre mi sedevo, colsi la coda di un'altra conversazione: qualcuno che speculava su quanto tempo sarebbe passato prima che le Risorse Umane dovessero intervenire ed emettere un "memo sulla fraternizzazione".

Serrai la mascella, aprii Word e iniziai a scrivere la bozza del prossimo pezzo. Il cursore lampeggiava, paziente e senza giudicare. Ripensai a ciò che aveva detto Sarah — sulla chimica, sull'engagement, sulla necessità implacabile dello spettacolo — e mi chiesi se forse, solo per una volta, avrei potuto scrivere qualcosa di abbastanza onesto da sopravvivere al ciclo dei meme.

Probabilmente no. Ma iniziai a scrivere comunque.

A mezzogiorno, i sussurri si erano placati. Il ciclo delle notizie andava avanti a scossoni, trascinando con sé l'attenzione dell'ufficio. Ero, ancora una volta, solo un'altra parte della scenografia.

Ma per tutto il tempo, potevo sentire i loro occhi su di me — in attesa, misurandomi, sfidandomi a fare un passo falso.

Non avrei dato loro quella soddisfazione.

Almeno, non ancora.

Nel pomeriggio, la mia scrivania era un'isola di caos controllato. Avevo tre taccuini aperti, tutti in diverse fasi di esaurimento nervoso, e una pila di copie in anteprima dalla redazione Libri, tutte contrassegnate da Post-it secondo il mio personale sistema di triage e vergogna. Il riflesso del mio monitor era un dolore persistente alla base del cranio, e l'aria dell'ufficio era densa dell'odore di caffè filtro bruciato e deodorante applicato senza convinzione.

Da qualche parte in sottofondo, il clic della chat di gruppo della redazione Attualità era come un picchio digitale che scavava buchi nella mia concentrazione. Ma mantenni gli occhi sullo schermo, scrivendo e riscrivendo la frase di apertura della nostra prossima rubrica "Modern Romance" finché ogni variante non suonò o passivo-aggressiva o leggermente oscena.

Ero immersa per due frasi nella terza riscrittura quando il mio telefono vibrò. La notifica si illuminò dalla scrivania: "Prof Harlow". Era solo un SMS — *Ciao, ho visto l'ultima rubrica, spero che questa giungla d'asfalto non ti stia divorando. Se vuoi parlare, io ci sono sempre. x H.* — ma l'effetto fu immediato e sismico.

Fissai il messaggio, con il pollice pronto a rispondere, ma non riuscii a digitare nulla. Invece, la mia mente ripercorse un carosello di ogni pessima decisione che avessi mai preso all'università, ogni seminario in cui avevo bluffato su una lettura che avevo solo sfogliato, ogni complimento casuale che Harlow mi aveva fatto e che avevo segretamente scritto sul muro del mio dormitorio. Potevo sentire l'odore di muffa dell'aula del Media Block, sentire il debole lamento metallico dei termosifoni, sentire il calore secco del suo sguardo mentre ci diceva che eravamo il futuro del giornalismo britannico.

Avrei voluto rispondere — qualcosa di brillante e autoironico, magari anche una battuta sulla sindrome di Stoccolma mediatica. Ma non potevo. Avevo una rubrica da scrivere, una reputazione da costruire e una facciata attentamente coltivata da mantenere. Così bloccai il telefono e lo ficcai a faccia in giù nel cassetto, poi feci finta che non fosse lì.

Un'ombra cadde sul mio schermo. Alzai lo sguardo, sorpresa, e vidi Paul, tazza in una mano, Moleskine malconcio nell'altra.

Non si sedette, si appoggiò semplicemente al lato della mia scrivania, invadendo il mio spazio personale di una quantità misurabile solo in nanometri. «Sei libera per parlare di logistica?»

Inarcai un sopracciglio. «Non è il tuo modo in codice per dire 'procrastinare e minare il programma'?»

Lui sorrise, imperterrito. «Non stavolta. Sarah vuole che il prossimo articolo sia un appuntamento vero e proprio: solo noi due, cena, drink, magari qualcosa di imbarazzante con il karaoke se siamo fortunati. Pensa che i lettori impazziranno».

Gemetti, lasciando cadere la testa tra le mani. «Preferirei cospargermi di pancetta cruda e correre attraverso un'area cani».

«Non si può escludere che sia l'incarico della prossima settimana», disse lui. «Ma per ora, dobbiamo solo far finta di provarci. Apparentemente, ci sono delle 'aspettative'».

Mimò le virgolette sull'ultima parola e, per un secondo, mi sorpresi quasi a sorridere.

Poi disse: «Se può consolarti, possiamo mettere in nota spese i drink. E il cibo. E, a detta di Sarah, qualsiasi lavaggio a secco che risulti da 'divergenze creative'».

Mi lanciò un'occhiata, di quelle che dovrebbero disarmare, ma che invece mi fece venire i nervi a fior di pelle.

«Dovremmo probabilmente scegliere una sera», disse. «Fare una prenotazione, concordare un alibi, provare le nostre battute».

Qualcosa nel modo in cui disse "alibi" mi irritò. «Sei incapace di prendere qualcosa sul serio o è una scelta?».

Il suo viso si fece inespressivo per un istante, poi il sorriso spavaldo ritornò a guizzare. «Non mi ero reso conto che fossimo già passati al Metodo Stanislavskij».

Le parole mi uscirono di bocca prima che potessi fermarle. «Ho solo dato per scontato che avresti preferito improvvisare, per poi dare la colpa a me quando fosse andato tutto storto».

Lui sbatté le palpebre, colto alla sprovvista. «Non è giusto».

«Niente di tutto questo è giusto», sbottai, e ora la mia voce era acuta, sottile e riecheggiava nell'aria morta tra di noi.

Per un secondo, Paul non si mosse. Abbassò lo sguardo sulla sua tazza, poi su di me. I suoi occhi si strinsero, non arrabbiati, solo stanchi, come se avesse già sentito quel copione e avesse sempre sperato in una riscrittura migliore.

«Perché presumi sempre il peggio di me?», chiese a bassa voce.

Mi bloccai. Per un momento irrazionale e da batticuore, mi sembrò che l'intero ufficio stesse trattenendo il respiro, aspettando di vedere chi di noi due sarebbe scoppiato a piangere per primo.

Volevo scusarmi, ma l'abitudine all'autodifesa era troppo profondamente radicata. Invece, dissi: «Perché il peggio è di solito ciò che ottengo».

Lui aprì la bocca, poi la richiuse. Il silenzio si allungò, teso e sgradevole.

Poi, senza preavviso, si raddrizzò, gettò il taccuino sulla mia scrivania e si voltò. «Bene. Occupatene tu. Ho un altro articolo su cui lavorare. Fammi sapere che sera devo presentarmi».

Se n'era andato prima ancora che potessi elaborare la frase. Fissai il suo taccuino, le pagine con le orecchie e costellate di schizzi a penna di animali arrabbiati. Per un momento, avrei voluto strapparlo a metà, solo per provare qualcosa di diverso da questo senso di colpa denso e doloroso.

La redazione Attualità, improvvisamente e ostentatamente, non mi stava guardando. Persino il tipo della bici fingeva di avere un interesse spontaneo e rivoluzionario per il diritto tributario. Sentii il vecchio, familiare impulso di scappare — fuori dall'ufficio, fuori dalla città, indietro a quel primo momento davanti alla bacheca, quando nulla era stato ancora deciso.

Invece, presi la penna e la strinsi così forte che la plastica si piegò. Cercai di tornare alla rubrica, ma le parole continuavano a confondersi, le lettere a ricomporsi in vecchie discussioni e scuse non dette.

Alla fine, aprii il telefono, rilessi il messaggio di Harlow e quasi — quasi — digitai una risposta.

Poi chiusi l'app, bloccai il telefono e fissai le impronte a mezzaluna che la penna aveva lasciato nel mio palmo.

Per il resto della giornata, tenni la testa bassa e le parole per me.

Ma ogni tanto, mi sorprendevo a lanciare un'occhiata allo spazio vuoto dove prima c'era la tazza di caffè di Paul.

Volevo credere che non significasse nulla.

Volevo credere di averla superata.

Ma i segni sulla mia mano non sbiadivano, e le parole continuavano ad arrivare, più forti ogni volta, finché tutto ciò che potei fare fu lasciarle accumulare e sperare che un giorno sarei stata abbastanza coraggiosa da dirle ad alta voce.

DIECI

PAUL

Se fisso il cursore lampeggiante ancora per un secondo, dovrò chiamare un prete. Lo "spazio di lavoro collaborativo" del *Chronicle* è un esercizio di distruzione reciproca: scrivanie in open space disposte a scacchiera, dove ogni mossa è visibile e suscettibile di essere contrastata, l'aria pervasa di disperazione e deodorante di seconda mano. Ho impostato la luminosità dello schermo al minimo, ma il documento mi fissa lo stesso come un faro.

Scrivo «Il problema dell'amore è», poi cancello così in fretta che le lettere non fanno in tempo a fissarsi nella memoria. Prossimo tentativo: «Nell'era algoritmica, le relazioni sono...». Perdo interesse prima che la frase sia finita e martello il tasto Canc finché non rimane altro che il bianco. Se la produttività si misurasse in battute all'ora, dovrei avere diritto a una promozione.

Dall'altra parte dello spazio quad, la scrivania di Grace è vuota. Probabilmente è in riunione, o forse si sta nascondendo nel vano scale, un noto rifugio per le anime tormentate. Dico a me stesso che non mi importa, ma la mia visione periferica è sintonizzata sulla sua assenza. La sedia è accostata, la sua borraccia mezza piena e imperlata di condensa su un post-it. C'è un unico, perfetto cerchio di condensa, di quelli che si vedono nelle pubblicità dell'acqua in bottiglia e che vorresti poter assaggiare.

La scadenza per la rubrica è tra meno di ventiquattr'ore. Ogni volta che torno indietro con lo sguardo, il paragrafo iniziale sembra più piccolo, come se l'atto stesso di rileggerlo lo stesse riducendo a una scheggia. La chat di Slack della redazione continua a far vibrare il mio telefono, spingendolo sempre più vicino al bordo della scrivania: «Rendilo piccante, Paul!», «Ottima prima bozza, ma possiamo avere un po' più di... attrito?», «Non dimenticare l'aperitivo di squadra stasera!». Silenzio la conversazione, poi la riattivo subito, perché il silenzio è peggio.

Sono rimasto due ore senza parlare, un record personale dal primo superiore. La cosa non passa inosservata. Sento le occhiatacce del team dei Social, il ragazzo di Notting Hill con gli occhiali vistosi, gli stagisti che trattano ogni giornata come un provino dal vivo per *The Apprentice*. Di solito, fornisco un rumore di fondo: sarcasmo, verifiche dei fatti pronunciate con tono impassibile, un commento continuo sull'idiozia dei media moderni. Oggi sono un vuoto.

In questo vuoto si inserisce Jamie. Attraversa la redazione con la grazia disinvolta di un uomo che sa di poter tornare di sopra al reparto Finanza quando vuole, e che si sta abbassando al nostro livello qui con le api operaie solo per il dramma e i pettegolezzi. Ha in mano due caffè, il vassoio di cartone abbandonato per una consegna più teatrale, a pugno singolo. Si piazza sul bordo della mia scrivania, si appoggia al divisorio e aspetta che io riconosca la sua esistenza.

«Tre settimane intere. Non pensavo che saresti stato ancora qui», dice, spingendo una tazza verso di me. «Pensavo che a quest'ora saresti già crollato e ti saresti buttato dalla finestra».

Prendo il caffè ma non alzo lo sguardo. «Aspettavo un pubblico più ricettivo».

Lui osserva il campo di battaglia: lo schermo bianco, il margine rosso rabbioso sul documento Google, il ronzio basso e costante della mia gamba che saltella sotto la scrivania.

«Hai l'aria di uno che è innamorato o stitico».

Accenno un mezzo sorriso, tutto mascella, e ingoio metà del caffè in un sorso. È bruciato, e per questo migliore. «Le due cose non si escludono a vicenda», dico, pentendomi subito di aver parlato.

Jamie si siede accanto a me senza invito e allunga le gambe sotto la scrivania, urtandone la struttura. È l'unica persona in ufficio che può permettersi questo livello di invadente familiarità senza che nessuno chiami le Risorse Umane.

«Grace è fuori oggi?», chiede, con una voce impostata per la massima negabilità plausibile.

«È qui», dico. «Semplicemente non è qui». La distinzione sembra importante.

Annuisce, scrutando la stanza alla sua ricerca come se potesse materializzarsi dal nulla. «Hai intenzione di dirglielo, prima o poi?».

Fingo ignoranza. «Dirle cosa?».

Scrolla le spalle. «Che sei incapace di scrivere qualcosa di carino su chiunque tranne lei. Che spii il suo Instagram nei fine settimana. Che hai ancora il suo vecchio biglietto di compleanno attaccato con il nastro adesivo all'interno della custodia del portatile. Scegli tu».

Valuto se mentire, ma lo sforzo è più di quanto io possa radunare. «Lo sa», dico. «Non è stupida».

«No, amico», dice lui, «ma tu sì. A pensare che non fare nulla sia la stessa cosa che non importarsene».

Questa è un'osservazione più onesta di quella che sono

pronto a sentire alle undici e quaranta del mattino. Guardo le mie mani, che tremano leggermente, poi la tazza, su cui è scritto "LO SCRITTORE PIÙ OKAY DEL MONDO". Era uno scherzo, ma lo scherzo è andato a male.

Jamie dà un'occhiata allo schermo, dove il cursore lampeggia in un campo di neve. «Bloccato?».

Annuisco. «Dovrebbe essere un'opinione forte sulle relazioni finte, ma non riesco nemmeno a fingere di avercela, un'opinione forte».

Ride una volta, abbastanza forte da far sobbalzare lo stagista alla scrivania accanto. «Se c'è qualcuno che può farcela, sei tu, amico. Sei finto da quando hai iniziato a farti la barba».

Mi concedo un piccolo sorriso meschino. «Stai proiettando».

Scrolla le spalle, indifferente. «Forse. Ma almeno io finisco quello che inizio». Controlla il telefono — sempre in vibrazione, sempre in crisi — e si alza. «Vieni al pub dopo?».

Esito. «Forse».

«Non dire forse», dice, «di' di sì. Sei più divertente dopo due pinte, quando non pensi così fottutamente tanto».

Si allontana, un fronte temporalesco che si sposta su un terreno più interessante.

Fisso lo schermo ancora per un po', poi ci riprovo.

«Il problema dell'amore è che è una storia che raccontiamo a noi stessi. La verità è ciò che viene dopo la fine della storia, quando devi convivere con la versione di te stesso che hai inventato solo per superare la situazione».

Lo rileggo tre volte, poi lo cancello.

Da qualche parte nell'ufficio una risata si leva, taglia il ronzio e muore. Aspetto che il suono si dissolva prima di ricominciare.

Non so se sono stitico o innamorato, ma in entrambi i casi il risultato è lo stesso: una testa piena di niente, un cuore che non è nemmeno nel CAP giusto, e una rubrica che si rifiuta di scriversi da sola.

Il bar dei cani è così scontato che sembra una messa in scena. "Paws & Pause" si trova all'angolo di una strada che non sa decidersi tra Shoreditch e Hackney, la facciata dipinta di un blu guscio d'uovo, le finestre già appannate dal calore corporeo di cinquanta instagrammer e dei loro accessori a quattro zampe. All'interno, l'aria è un'emulsione di caffè, pelo bagnato e quella nota di fondo di panico sommesso che si avverte ogni volta che più di tre creativi sono costretti a fare conversazione.

Sono in anticipo. Non intenzionalmente, ma è così che va. Mi aggiudico un divano malconcio vicino alla finestra, ordino il caffè nero più economico del menù e cerco di non sembrare il tipo di uomo che siede da solo in un bar per cani e aspetta. Non è facile. Ci sono almeno sette cani nella stanza, ognuno con un vezzo più ridicolo dell'altro: un Whippet con una giacca scozzese, uno Shih Tzu con fiocchi rosa, un Corgi a cui il padrone sta offrendo un "puppuccino" mentre narra ogni mossa in diretta su TikTok. L'unico altro essere umano non accompagnato è un uomo in pile, curvo su una copia con le orecchie di *Infinite Jest* e intento a sorseggiare acqua minerale con la cautela di chi si è già scottato.

Passo il tempo riscrivendo mentalmente l'introduzione della rubrica. «L'amore moderno è una gara a chi riesce a essere meno se stesso, per il maggior tempo possibile». Troppo cupo. «Gli appuntamenti nel ventunesimo secolo: è tutto un gioco finché qualcuno non viene doxxato». Troppo d'attualità. Arriva il caffè. Non è caldo, ma è di un amaro corroborante, il che sembra appropriato.

Grace arriva con dieci minuti di ritardo. Si materializza sulla soglia con un blazer blu navy sartoriale, capelli raccolti all'indietro, occhiali che luccicano sotto le lampadine malate del soffitto. Per un secondo, mi guarda dritto negli occhi, con il vecchio sistema di puntamento laser in piena efficienza. Poi mi mette a fuoco e si fa strada attraverso il percorso a ostacoli di guinzagli e Schnauzer sovraccarichi di caffeina.

Si siede, impeccabile come sempre, e non si preoccupa di togliersi il blazer anche se dentro ci sono almeno cinque gradi in più. Sembra più fuori posto dell'uomo con *Infinite Jest*, e in qualche modo questo la fa apparire ancora più padrona della situazione.

«Ciao», dice.

«Ciao», le faccio eco, alzando la tazza come per brindare alla nostra sofferenza comune.

Si guarda intorno, labbra strette, ispezionando il locale con una sola occhiata. «Sono solo io, o qui dentro c'è odore di ospedale?».

Ci penso, inspiro. «Potrebbe essere l'antisettico. O la flatulenza canina».

Scrive qualcosa sul telefono, il pollice che si muove veloce. Cerco di non immaginare gli appunti: "PAUL: CAOTICO, BAR DEI CANI: ALTRETTANTO TRAGICO". Ordina un tè, poi incrocia le mani sul tavolo, con una postura così rigida che potrebbe fare un provino per la riedizione nel West End di 'Statua'.

«Allora», dice, «lo stiamo facendo davvero».

«A quanto pare».

«Ci servono delle foto», dice, come se fosse la cosa più naturale del mondo.

Faccio una smorfia. «Preferirei infilare la testa nella piscina di palline».

Lei non ride. «Conosci il copione. I lettori ci vanno pazzi».

Suppongo di sì. C'è una fotocamera su ogni superficie della stanza, inclusa quella nella mia stessa mano, che registra tutto questo per i posteri e/o per la conformità con le Risorse Umane.

Punta il telefono, ci inquadra in modo da escludere gran parte dell'orribile arredamento, e scatta tre foto in rapida successione. Faccio una smorfia in tutte, ma lei sceglie la meno orribile e la pubblica sull'Instagram della rubrica congiunta con una didascalia che farebbe rabbrividire persino l'algoritmo.

«Sorridi», mi ordina, anche se è già troppo tardi.

Cadiamo in un silenzio quasi amichevole. Un Labrador si avvicina al nostro tavolo, mi annusa il ginocchio e poi appoggia la sua enorme testa sul grembo di Grace. Lei non trasalisce, si limita ad accarezzarlo distrattamente, nello stesso modo in cui si preme il pulsante di un ascensore. La padrona, una donna con cuffie enormi e una felpa con la scritta "GRL PWR", ci fa un pollice in su e torna al suo caffellatte d'avena.

«Allora», dico, «come va?».

Lei scrolla le spalle, senza distogliere lo sguardo dal cane. «Bene».

Ci riprovo. «Hai avuto qualche riscontro da Sarah?».

Annuisce. «Vuole più battute. E magari più foto in esterna, se riusciamo a fingere di non odiarci per cinque minuti».

«Non ti odio», dico, troppo in fretta.

Mi guarda, mi guarda davvero. «No?».

Scuoto la testa. «Se lo facessi, sarebbe più facile».

Il cane solleva la testa, annoiato dalla mancanza di snack, e si trascina via per leccare la mano di un bambino chiaramente allergico.

Grace lo guarda andare, poi controlla il telefono. «Dobbiamo far sembrare tutto bello», dice. «Saremo in homepage la prossima settimana».

«Non vorremmo deludere i fan», dico, e vorrei immediatamente non averlo fatto.

Deve averlo percepito, perché la sua voce si addolcisce. «È solo un lavoro».

Non lo è, ma le lascio fingere.

Una cameriera con un grembiule a pois porta il tè di Grace. La tazza ha la forma della faccia di un Carlino, il che è o in linea con il locale o un crimine d'odio, a seconda del punto di vista sulla ceramica da collezione. Grace sorseggia, poi fa una smorfia.

«Ci hanno messo la cannella», dice, posandola come se fosse una prova.

Sorrido. «Potresti lamentarti».

Scuote la testa. «Non faccio lamentele. Solo piani d'azione».

«Un classico», dico, e dovrebbe essere una battuta, ma cade nel vuoto.

Cerco di portare la conversazione su un terreno meno imbarazzante, ma ogni strada riconduce alla cosa che non stiamo dicendo. Lei sta ancora scrollando il telefono, probabilmente smistando email, ma ogni tanto mi lancia un'occhiata da sopra la montatura degli occhiali, come se stesse aspettando che succeda qualcosa.

E succede.

Un cucciolo di Golden Retriever, poco più di un mocio senziente, si schianta contro il lato del nostro tavolo e guaisce sorpreso. Il padrone — un uomo con l'aria di chi un tempo lavorava in finanza e ora vende oli essenziali — si scusa profusamente, poi passa subito a vezzeggiare il cane con un linguaggio da neonato. Il cucciolo si scuote, poi mi lecca la mano in segno di solidarietà.

Grace ride, una risata vera, acuta e inaspettata. Fende la foschia come un colpo di pistola alla partenza di una gara.

«Una volta odiavi i cani», dice, ancora sorridente.

«Odiavo la metafora», la correggo. «La lealtà, l'amore incondizionato, tutta quella roba. Mi è sempre sembrata la premessa per una delusione».

Annuisce. «Sei bravo in questo. A vedere il disastro in ogni cosa».

«È un'abilità», dico.

«Dovresti metterlo su LinkedIn».

Per un momento, siamo di nuovo nella redazione del giornale studentesco, circondati da scadenze, noodles istantanei e la certezza che tutto conti. Sto quasi per dirlo, ma il cucciolo ha trovato un pezzo di pasticcino vagante e lo sta divorando con l'intensità di un condannato a morte. Il momento passa.

Una donna al tavolo accanto si sporge verso di noi, sorridendo. È di mezza età, con una ciocca argentata tra i capelli, e indossa una sciarpa che costa più della mia spesa mensile. «Scusate», dice, «ma voi due siete semplicemente adorabili. Siete sposati?».

La domanda atterra con il peso di un mattone lanciato. Apro la bocca per rispondere, ma Grace è più veloce.

«Non ancora», dice lei, con una voce brillante e fredda come l'acqua tonica.

La donna batte le mani. «Oh, che meraviglia! Mi ricordate mia figlia e il suo fidanzato. Innamorati dai tempi dell'università. Il mese prossimo avranno un matrimonio a tema canino. Dovreste vedere le partecipazioni».

Fruga nella borsa, tira fuori il telefono e inizia a scorrere le foto. La mano di Grace è improvvisamente sul mio avambraccio, un avvertimento o un'ancora di salvezza, non saprei dire.

«Ci siamo conosciuti all'università», dico, e le parole sono abbastanza vere. «Lavoravamo insieme al giornale studentesco».

«Oh, che romantico!», esclama la donna. «Da rivali ad amanti, quindi?».

Guardo Grace, che sostiene il mio sguardo più a lungo di quanto io possa sopportare.

«Qualcosa del genere», dice lei.

Lasciamo cadere l'argomento. La donna ci mostra tre foto

di Carlini in smoking, poi rivolge la sua attenzione al Labradoodle ai suoi piedi. Il rumore di fondo si alza, poi si placa.

Grace lascia andare il mio braccio, ma il fantasma della sua mano rimane.

Svuota il suo tè, poi posa la tazza, allineandola perfettamente con il bordo del piattino. «Dovremmo andare», dice.

Annuisco. «Chiedo il conto».

Al bancone, il barista batte lo scontrino, poi ci chiede se vogliamo comprare una tazza con il logo per beneficenza. Dico di sì, perché è più facile che dire di no. Grace aspetta vicino alla porta, a braccia conserte, persa nel suo telefono.

Fuori, l'aria è frizzante e il cielo sta appena iniziando a scurirsi. Restiamo lì per un minuto, nessuno dei due pronto a muoversi.

«Sai», dico, «potremmo semplicemente scrivere la verità».

Inarca un sopracciglio. «Su cosa?».

«Sul perché lo stiamo facendo davvero».

Ci pensa, poi scuote la testa. «Nessuno ci crederebbe».

«Forse è questo il punto», dico.

Ride di nuovo, questa volta più dolcemente. «Sei impossibile».

Chiama un taxi, e la guardo scomparire nella città, lasciandomi con in mano la tazza, il conto e il ricordo della sua risata.

Torno a casa a piedi. Le strade sono piene di cani, e per la prima volta da un po' di tempo, non mi dispiace.

Torno al mio appartamento, apro il portatile e inizio a scrivere.

«Il problema dell'amore moderno è che non sono le bugie a fregarti. Sono i momenti in cui la verità scappa fuori, cruda e senza copione, e tu devi fingere di non averla sentita. È questo che ti fa tornare a chiedere di più».

Non lo cancello.

Continuo semplicemente ad andare avanti, parola dopo parola, finché la verità non è l'unica cosa che rimane.

UNDICI

GRACE

Inizia una nuova settimana e arrivo alla mia scrivania dove trovo due cavi nuovi e un Post-it fresco del reparto Manutenzione che mi avverte di «evitare la presa n. 6: possibili scintille». Infilo la borsa sotto la scrivania, mi attacco comunque alla corrente e inizio il mio rituale quotidiano di sincronizzare quattro calendari, cinque caselle di posta e un cimitero in continua crescita di comunicati stampa sotto embargo. L'unica prova della mia esistenza, a parte il bagliore al sodio del mio monitor, è un bicchiere di caffè del Pret nell'atrio, ancora troppo caldo per berlo.

L'aria è già carica di tensione. Si sente odore di momento virale, come l'ozono metallico prima di una tempesta. La battuta ricorrente di oggi — oltre al fatto che nessuno vede le Risorse Umane da settimane — è che la nostra rubrica di appuntamenti "Modern Connection", nata come parodia, ha superato in utenti unici l'intera redazione politica. Il titolo sulla lavagna, a lettere magnetiche, recita: «Il sesso vende, ma solo se sei triste». L'ho scritto io. Sarah l'ha appeso. Paul ci ha disegnato un pene con una Biro.

Fletto le mani, apro Slack e inizio a scorrere metodicamente i ping della notte. C'è la solita manciata di correzioni, un subtweet ricorrente sullo stato dei miei capelli («l'eterna coda di cavallo») e tre promemoria distinti da parte dell'editore sulla riunione per l'«allineamento dei contenuti» delle 10:30. Rispondo con un'emoji passivo-aggressiva, poi passo ai brief di giornata.

La rubrica di questa settimana sarà «Conflitti di coppia: perché ci piace litigare». Scorro la scaletta che ho battuto ieri sera. I miei appunti sono meticolosi, quasi patologici, e li leggo come un paziente legge il foglietto illustrativo di un farmaco: in cerca di rassicurazioni, ma aspettandosi soprattutto effetti collaterali. La prima bozza è scritta a metà e revisionata due volte; la detesto già.

Il rumore nell'open space sale di un'ottava e sento il mio nome. Non direttamente, ma detto con quel registro da fischietti per cani che usano i giornalisti che sanno spettegolare senza fare nomi.

«Ha una chiamata con l'ufficio legale alle undici», dice la donna della Finanza, abbastanza forte da farsi sentire dalla redazione Inchieste. «A quanto pare, riguarda...» si guarda intorno, abbassa la voce, «lo Scandalo delle Liquidazioni».

«È lo stesso del caso Divorcegate?» chiede uno stagista del settore Dati.

«No, quello è un altro incubo legale. Questo ha di mezzo accordi di non divulgazione e dei donatori ombra. Potrebbe essere una truffa a un ente di beneficenza».

Entrambi ridono, di quella risata che serve più a scacciare la sventura che a divertire davvero. Tengo il viso impassibile, gli occhi fissi sullo schermo. Il caffè ha raggiunto la temperatura ottimale; ne prendo un sorso e mi brucio comunque la lingua.

Nell'angolo dello schermo compare una notifica: #legal-hotfix. Il messaggio è di Sarah, ma ha taggato me e Paul.

URGENTE: Mollate tutto quello che state facendo, è appena scoppiato il caso sulla truffa a un ente di beneficenza, ma la fonte è secretata. Potenziale scoop enorme. Vedi se i contatti di Callaghan riescono a scovare l'ID del donatore.

Sto per tuffarmici a capofitto, ma mi fermo. Perché dovrei essere io a iniziare? Se Paul deve condividere la firma, può fare un po' di quel dannato lavoro, per una volta. Scrivo a Paul, gli chiedo di inviarmi le sue prime idee, afferro la borsa e decido che è un buon momento per andare a trovare mamma.

Il viaggio di ritorno nel Surrey è esattamente come lo ricordavo: due ore a passo d'uomo nei sobborghi, quaranta minuti di puro inferno sulla M25, poi le lunghe e dissestate stradine che attraversano villaggi con nomi che suonano come un sospiro da borghese. Accosto nel vialetto, le gomme che affondano negli stessi solchi fangosi che rovinarono il mio primo paio di scarpe da ginnastica bianche in seconda media. La casa sembra più piccola ogni volta che torno, come se si restringesse per solidarietà con le ossa di mia madre, che mi aspetta sulla porta con un canovaccio su una spalla e il giornale locale nell'altra mano.

«Grace, tesoro, sembri sfinita», dice, stringendomi in un abbraccio che lascia una spolverata di zucchero a velo sul mio blazer.

Vorrei protestare, dire che è solo la luce, ma c'è uno specchio nell'ingresso e vedo le macchie sotto gli occhi, la coda di cavallo che già si ribella alle ore di costrizione. La seguo in cucina, il vero cuore della casa, dove il forno è sempre acceso e il frigo è tenuto insieme da calamite di beneficenza. La tavola è apparecchiata per due, il tè in infusione nella teiera con la crepa sul fianco.

Si siede e mi fa cenno di fare lo stesso. «Spero ti piaccia la torta al limone. Tuo padre ha il colesterolo alto, quindi ho sostituito il burro, ma non dirglielo. È a giocare a golf, gli dispiacerà non vederti». Taglia una fetta con precisione chirurgica e me la passa. La glassa al limone è così aspra da farmi dolere le gengive.

Intavoliamo il solito copione: convenevoli, le notizie, il tempo, la politica locale: «Vergognoso, il consiglio comunale», dice, «corruzione allo stato puro». Mi chiede del lavoro, della nuova rubrica, se vado d'accordo con "la squadra". Le dico che va tutto bene, che la nuova gestione è «innovativa», che la sfida mi piace. Tutte bugie facili, i cui solchi sono stati levigati da anni di pratica.

Strizza gli occhi, come fa sempre quando sente odore di sangue. «Stai di nuovo lavorando troppo. Me ne accorgo. Si vede dalla mascella».

Mi tocco il viso, sorpresa. «Sono solo stanca. Scadenze».

«Sono sempre le scadenze con te, Grace». Versa altro tè, il liquido del colore di vecchi penny. «Ho letto il tuo ultimo articolo, sai. Quello su *Modern Romance*».

Il mio viso prima avvampa, poi si gela. «Davvero?»

«Certo. Ho pensato che fosse intelligente, il modo in cui tu e il signor Callaghan vi siete scontrati. Molto acuto, molto vivace. È ancora un... qual è la parola... un piantagrane?»

Rido, stavolta per davvero. «È un rischio professionale, ma lo pagano per esserlo».

Annuisce, soddisfatta. «Beh, ci sa fare con le parole. Non è intelligente come te, ma è divertente. Ho sempre detto che ti serviva qualcuno che ti tenesse sulla corda».

Prendo una seconda fetta di torta, più che altro per avere qualcosa da fare con le mani. «Mamma, ti prego».

Mi ignora, inizia ad armeggiare con la posta sul bancone,

poi ci ripensa. «Mi preoccupo per te, sai. Non devi essere perfetta tutto il tempo. Nessuno lo è».

Emetto un suono vago, fingendo di leggere i titoli del suo giornale, ma lei sta già sferrando il colpo di grazia.

«C'è una scatola nell'ingresso», dice, con voce disinvolta. «L'ho trovata in soffitta. Contiene alcune delle tue vecchie cose: pagelle, quegli orribili biglietti di compleanno, foto dell'università. Ho pensato che magari volessi dargli un'occhiata prima che butti via tutto».

Dice «butti via tutto», ma so che conserverà ogni singolo pezzo e che ripeteremo questa stessa scena tra circa quattro anni. Annuisco, sperando che lasci cadere l'argomento.

Non lo fa. «A dire il vero, c'è una foto di te e Paul lì dentro. Quella del ballo. Ricordi?»

Ricordo. Ricordo tutto di quella notte: il vino scadente, le scarpe perse, il modo in cui Paul mi fece ridere così tanto che quasi mi strozzai con un vol-au-vent. Ricordo la foto perché fu la prima volta che mi vidi felice in una foto, non solo in posa. Ricordo anche come l'avevo cancellata dal mio vecchio Facebook il giorno dopo che ci eravamo lasciati — se così si può dire — come un chirurgo che asporta un tumore.

«Mamma, davvero, io non—»

Si alza, torna con la scatola e la posa sul tavolo tra noi. «Dagli solo un'occhiata, Grace. Per me».

Sospirando, apro il coperchio. Dentro: una confusione di biglietti color pastello, tutti scritti nella perfetta calligrafia francese di mia madre; una manciata di diplomi di merito scolastici (perlopiù per "Impegno" o "Frequenza"); una copia malconcia de *Il giovane Holden* con il mio nome e l'anno scolastico scritti sulla copertina interna. La foto è in fondo, a faccia in giù, come se si fosse intrufolata di nascosto.

La giro. Eccoci: io in un abito da sera blu scuro, Paul in uno smoking a noleggio, con i capelli di otto centimetri troppo lunghi e un sorriso così ampio da poter essere scambiato per sincerità. Il suo braccio è intorno alle mie spalle, la mia mano sul suo petto. Guardiamo entrambi l'obiettivo, ma ricordo che stavamo ridendo di qualcos'altro: forse il disastroso tentativo di flirt del fotografo, o il ricordo dei drink che avevamo appena rubato dal bar.

Il petto mi si stringe. Non voglio provare nulla, ma la sensazione c'è comunque. Nostalgia, forse, o la sua cugina maligna, il rimpianto.

«Era un bel ragazzo», dice mia madre, sbirciando da sopra la mia spalla. «Anche con quei capelli ridicoli».

Sbuffo una risata, poi nascondo la foto sotto una pila di vecchi biglietti di compleanno. «Non siamo proprio amici adesso, mamma».

Lei fa spallucce, senza preoccuparsene. «È la vita. Perdi le persone, ma non le dimentichi mai veramente».

Vorrei ribattere, dire che ho dimenticato un sacco di cose, ma invece mi limito a tracciare il bordo della foto con il pollice, il cartoncino ammorbidito da anni di manipolazione.

Versa l'ultimo tè, si appoggia allo schienale e mi scruta. «Andrà tutto bene, Grace. Smettila solo di sforzarti tanto di dimostrarlo».

Sorrido, del tipo educato, e non dico nulla.

Dopo pranzo, trovo la scusa di dover «controllare le email» e mi ritiro nella stanza degli ospiti. L'aria è densa del profumo dei sacchetti di lavanda e della debole traccia spettrale del dopobarba di mio padre. Mi siedo sul letto e fisso il telefono, ma tutto ciò che riesco a vedere è la foto di me e Paul, che ridiamo di qualcosa che solo noi capivamo.

Mi passo una mano tra i capelli, lisciando la coda, poi la sciolgo. I capelli mi cadono in una cortina selvaggia e aggrovigliata, come li portavo all'università. Mi fisso allo specchio, cercando di ritrovare la ragazza della foto. È lì, ma sbiadita, come se qualcuno avesse abbassato la saturazione a zero.

Per molto tempo, resto semplicemente seduta, con la

scatola aperta sul letto, la vecchia vita e la nuova separate da nient'altro che una sottile membrana di tempo e negazione.

Quando finalmente torno in cucina, mia madre sta riponendo la torta, canticchiando al ritmo della radio. Alza lo sguardo, con gli occhi brillanti. «Hai trovato qualcosa che valga la pena tenere?»

Scuoto la testa, ma infilo comunque la foto nella borsa.

«Solo roba vecchia», dico.

Annuisce, come se quella risposta spiegasse tutto.

Passiamo il pomeriggio a togliere le erbacce dal giardino, una tregua silenziosa tra generazioni. Mi racconta dei vicini, del cane che continua a scappare, del nuovo vicario di St. Mark. Io ascolto, presente a metà, la mente ancora intenta a rigirare il passato come una pietra scacciapensieri.

Quando finalmente me ne vado, il sole è basso sopra le siepi. Mia madre mi abbraccia sulla porta, poi rimane sul gradino, salutandomi con la mano finché non giro l'angolo, scomparendo alla vista.

Prima di immettermi in autostrada, accosto per controllare il telefono. C'è un messaggio di Sarah («l'ufficio legale vuole una riscrittura della bozza sulla rubrica rosa») e uno di Paul («devo aggiornarti. la truffa alla beneficenza sta esplodendo. chiamami se hai tempo.»)

Non rispondo a nessuno dei due, non ancora.

Invece, apro la borsa e guardo di nuovo la foto. Traccio i nostri volti, il goffo intreccio di braccia, i sorrisi ampi, selvaggi, senza difese.

Poi la metto via, al sicuro e in segreto, e mi prometto che un giorno capirò cosa farne.

Per ora, mi lascio semplicemente sentire il dolore, quel livido familiare, e guido con esso in grembo per tutto il tragitto di ritorno a Londra.

DODICI

♥

PAUL

Capisco sempre di stare per fare una cazzata dal sapore che ho in bocca. Stamattina era rame, monete bagnate e tè freddo: un gusto che significa che sto per cadere in trappola, ma non so ancora chi l'abbia preparata.

Lavoravo a questa storia da settimane, buttandoci dentro brandelli della mia vita come carbone in una fornace morente. Notti in bianco, telefonate non ufficiali, una dozzina di piste che non avevano portato a nulla, finché una non lo fece. Grace pensava che me la stessi prendendo comoda, che non stessi facendo la mia parte con la rubrica, ma lei non sapeva. Non poteva sapere. Questa non è una cosa che condividi. Non finché non è reale. Non finché non hai qualcosa che nessun altro ha.

Solo che ora, qualcun altro ce l'aveva.

Le voci erano iniziate il giorno prima: un altro giornalista, un altro giornale, stesso obiettivo. La storia sulla beneficenza, la *mia* storia sulla beneficenza, non era più mia, a meno che non mi fossi mosso in fretta.

Perciò eccomi qui, a dare la caccia ai fantasmi, sperando che il mio contatto avesse ancora ciò che aveva promesso. Prove. Documenti. Qualcosa di tangibile prima che l'intera faccenda mi sfuggisse di mano. Dovrei dirlo a Grace. Dovrei dirlo a Sarah. Cazzo, dovrei dirlo a qualcuno. E lo farò, se avrò le prove per sostenerlo.

La tipografia era esattamente dove era sempre stata: sul retro di un viadotto ferroviario a Hackney, i mattoni maculati da un secolo di fumo di carbone, l'insegna sopra la saracinesca d'acciaio così sbiadita che avrebbe potuto essere in qualsiasi lingua. Trovavi questo posto solo se lo stavi già cercando, e lo cercavi solo se eri disperato, squilibrato, o un giornalista free-lance con troppo tempo libero e non abbastanza fifa.

Dentro, c'erano quaranta gradi ed era senza aria. La pressa era in funzione e l'intero locale puzzava di plastica bruciata, olio vecchio e di quel sentore chimico e amaro che viene dal toner lasciato a macerare. Sopra la testa, un neon ronzava come se si stesse preparando per la sua esibizione finale. L'unica fonte di ventilazione era una finestra a vasistas tenuta aperta da un pezzo di legno nodoso, attraverso la quale riuscivo a malapena a vedere i piedi di un uomo che fumava sul marcia-piede più in alto. Chiusi la porta alle mie spalle e il rumore raddoppiò, come una minaccia.

L'uomo alla pressa non alzò lo sguardo. Non lo faceva mai; non finché non gli eri abbastanza vicino da poterlo afferrare o da essere afferrato. Era un tipo asciutto, piegato in due da un decennio passato al torchio, con le mani tatuate da vecchie bruciature chimiche e inchiostro fresco. Indossava una maglietta con le maniche strappate e uno slogan sui sindacati che ti avrebbe fatto finire sulla lista nera di tre quarti di Fleet Street. Il suo nome, ai fini del mio taccuino, era «Stan», ma nessuno l'aveva mai chiamato così in mia presenza.

Aspettai che finisse qualsiasi delicata operazione stesse fingendo di compiere, poi mi schiarii la gola in un modo che

speravo suonasse casuale e indifferente. Il suono uscì un po'
roco. All'inizio non reagì, si limitò a colpire il lato della pressa
con il dorso della mano e lasciò che la macchina si fermasse
con un brivido. Il silenzio fu immediato e così forte da risultare
doloroso.

Si voltò, si pulì le mani su uno straccio che un tempo
poteva essere stato una Union Jack e mi ispezionò attraverso il
Perspex macchiato dei suoi occhiali di protezione.

«Callaghan» disse, scandendo le sillabe come se stesse
assaporando del sangue. «Non pensavo ti saresti fatto vivo.»

«Settimana di magra con le notizie» replicai. «Ed ero in
zona.»

Sogghignò, mostrando una fila di denti che sembravano
vecchi pezzi d'avorio di una scacchiera. «Non sei mai in zona,
amico. Non se non ti pagano per esserci.»

Non aveva torto, ma la cosa mi punse più del dovuto. Mi
chiesi se sapesse che i lavoretti da freelance si stavano prosciu-
gando o se semplicemente pensasse che ormai tutti si arrangia-
vano come potevano.

«Hai la roba?» domandai, perché i convenevoli erano il
nemico.

Fece un cenno verso la scrivania di metallo ammaccata in
fondo. «Laggiù. In una busta, proprio come hai detto. Ma non
hai detto il perché.»

Feci del mio meglio per sembrare un uomo che aveva di
meglio da fare. «Sai com'è. *Il Chronicle* ha bisogno di una
prova di fattibilità. Il direttore vuole del cartaceo. Forse
stavolta mi pagheranno.»

Lui scrollò le spalle, che fecero un rumore simile a carta
stagnola accartocciata. «È tutto digitale ormai, sai. A nessuno
frega più un cazzo delle copie cartacee. Tranne...» Mi lanciò
un'occhiata che era meno di curiosità e più da autopsia.

«Tranne a chi sa quanto sia facile cancellare il digitale»
terminai per lui.

A quella rise, una tosse secca da fumatore che durò troppo a lungo e finì con un sibilo. «Non ti stanchi mai di fare il brillante, Callaghan? O ti serve solo a rimorchiare?»

«Nessuna delle due» dissi. «Ma mi tiene in vita.»

Scosse la testa, come se stesse rinunciando a un salvataggio andato male. Poi si avvicinò alla scrivania, frugò in un cassetto e tirò fuori una busta gialla così satura di unto e polvere di stampante che avrebbe potuto essere un rischio biologico. La posò sulla scrivania, ma non la lasciò andare.

«Senti» disse, con la voce più bassa ora, «so di essere solo un intermediario, ma sento delle cose. Ho sentito dell'ultimo tizio che ha ficcato il naso in questa storia. La truffa della beneficenza. La parte offshore.»

Cercai di fare lo gnorri, ma il mio corpo mi tradì: un tic del pollice contro i jeans, la mano che non mi ero neanche accorto di aver stretto a pugno che diventava bianca sulle nocche. «Ah sì?»

«Sì.» I suoi occhi si strinsero, e mi ricordai di quella volta in cui lo vidi rompere l'indice a un uomo per un pagamento mancato. «Un tizio di uno dei quotidiani più seri. Veniva sempre qui, a blaterare, a offrire giri su giri al Lion. Un vero giornalista, non uno scribacchino come te.»

«Sono lusingato.»

«Ha smesso di venire. Gira voce che abbia accettato un lavoro a Sydney. Gira voce che non volesse andarci, ma che qualcuno l'abbia convinto.»

Incrociai il suo sguardo, e fu un errore. «Pensi che andrò in Australia?»

Scosse lentamente la testa. «Penso che dovresti smettere di fare domande su enti di beneficenza che non vogliono essere messi in discussione. Penso che dovresti prendere la busta, andartene e non tornare mai più.»

Guardammo entrambi la busta, che ora sembrava meno una busta e più un topo morto, consegnato come avvertimento.

«È una minaccia, Stan?»

Sorrise, ma non c'era niente dietro quel sorriso. «Io non faccio minacce. Io stampo. E non voglio sangue sulla pressa, se per te è lo stesso.»

La mia mano stava sudando, ma allungai il braccio verso la busta e la infilai nella tasca della giacca, cercando di sembrare disinvolto. «Certe storie ne valgono la pena» dissi, una battuta che avevo preso da un film e di cui mi pentii all'istante.

Scosse di nuovo la testa, questa volta con qualcosa di simile alla pietà. «Non questa. Certe storie divorano chi le scrive.»

Avrei voluto ridere, fare una battuta sul giornalismo, il cannibalismo e quella volta in cui l'*Express* mi mandò a coprire una battaglia di cibo vegano a Ealing. Ma non lo feci. Invece, dissi: «Meno male che non ho niente da perdere» e mi diressi verso la porta.

Mi richiamò, con voce piatta: «Certe storie non valgono la firma, Callaghan. Ricordatelo.»

Uscii alla luce del giorno, e fu un errore. Gli occhi mi bruciavano, la strada sembrava più rumorosa, il traffico più insistente. Mi infilai nel primo negozietto che vidi, comprai una bottiglia d'acqua e una barretta energetica, e rimasi in piedi nel corridoio come se avessi dimenticato come funzionava il cibo.

La mano mi tremava ancora, così tirai fuori la busta e me la tenni stretta al petto per un secondo, solo per sentire qualcosa di solido e reale. Poi la rimisi dentro la tasca della giacca, pagai l'acqua e attraversai la strada, diretto alla stazione della metropolitana. Il telefono vibrò due volte, entrambi i messaggi erano di Grace: «Dove sei?» e poi, due minuti dopo, «Sarah ci vuole qui per le tre. Non fare tardi.»

Replicai: «Sto arrivando», poi cancellai il messaggio prima che venisse inviato e continuai a camminare. Per tutto il tragitto, sentivo il sudore sotto le ascelle e il sangue che mi martellava nelle orecchie, come se fossi già stato inseguito e catturato.

Forse era così.

Quando raggiunsi la redazione, la busta era ancora calda.

Pensai a quello che aveva detto Stan sull'altro giornalista e mi chiesi se qualcuno si sarebbe preso la briga di mandarmi in Australia.

Poi pensai a Grace, a Sarah e alla storia che tenevo in tasca, e decisi che non importava. Certe storie divorano chi le scrive. Forse prima sarei riuscito a metterci la firma.

Salii le scale, un gradino alla volta, e cercai di non guardarmi alle spalle.

Arrivai in redazione all'ora di punta, con tutta la sezione Articoli che ronzava del rumore di gente semi-lucida che cercava di salvarsi dall'irrilevanza a colpi di tastiera. Era l'ora in cui la caffeina di tutti raggiungeva il picco e la temperatura saliva, l'aria era un miscuglio di deodorante economico e della debole nota di caramello bruciato del caffè istantaneo riscaldato nel microonde. I tubi fluorescenti sul soffitto stavano facendo una scommessa su quale sarebbe esploso per primo, e l'unico sollievo veniva dalle finestre, socchiuse quel tanto che bastava a far entrare il rumore del traffico e qualche goccia di pioggia occasionale.

Grace era già alla scrivania, il che significava che ero in ritardo anche se tecnicamente ero in anticipo. Era in pieno assetto da guerra: capelli raccolti, camicetta abbottonata fino al collo, il suo arsenale di penne gel ed evidenziatori dispiegato come una Linea Maginot codificata per colore. Non capivo se fosse arrabbiata o solo concentrata, ma il modo in cui la sua mascella si contraeva mentre si mordicchiava l'unghia mi diceva che era entrambe le cose, più una terza che non avrebbe mai ammesso.

«Che carino da parte tua unirti a noi» disse, senza alzare lo sguardo.

«Non vorrei rovinare la serie positiva» dissi, scivolando sulla sedia di fronte. Il cuscino era lo stesso che avevamo all'*Express*, solo con meno gomme da masticare e più ambizione.

Lei diede un'occhiata alla busta che spuntava dalla tasca della mia giacca. «Allora, è questo il grande scoop?»

Annuii. «Copia di stampa. L'originale è sparito da un pezzo, ma le scansioni sono sopravvissute. Abbiamo un solo tentativo prima che capiscano cosa è uscito.»

Prese un post-it, poi lo posò. «Ho già tracciato il flusso dei pagamenti. È per lo più circolare: dal donatore alla società di comodo, dalla società di comodo all'ente di beneficenza, e poi di nuovo fuori. L'unica cosa che manca è una firma.»

«È qui che entra in gioco questo» dissi, picchiettando sulla busta come se fosse un ordigno esplosivo. «Stan dice che dentro c'è un modulo di autorizzazione. Firmato. Datato. Se lo pubblichiamo, sarà una bomba nucleare.»

Lei non reagì, ma vidi un guizzo nei suoi occhi mentre ricalibrava la situazione. «Oppure ci attirerà addosso l'Ufficio Legale, e l'intero pezzo verrà seppellito sotto una pila di accordi di non divulgazione.»

«Lo rendiamo pubblico prima» dissi, tirando fuori completamente la busta e posandola sulla scrivania. «Li costringiamo a rispondere.»

Lei si sporse in avanti, a bassa voce. «Questo non è l'*Express*, Paul. Abbiamo una procedura. Non metterò la mia firma su qualcosa che ci farà citare in giudizio fino alla rovina prima ancora che venga stampato.»

«Pensi che *Il Chronicle* non sia *L'Express* ora? Ci siamo fusi. Nome e procedura» borbottai, troppo forte. Un paio di freelance si voltarono, poi tornarono a far finta di non ascoltare.

Grace mi fissò, duramente. «Penso che dobbiamo alla fonte di non far saltare in aria la sua vita senza almeno un giorno di verifica dei fatti. Tu vuoi uno scalpo, bene. Io voglio una storia.»

«Non fare finta di essere tu quella etica qui» ribattei, e ora il mio cuore batteva forte sul serio. «Sei disperata quanto tutti noi. Vuoi solo arrivare al traguardo senza sporcarti le mani.»

Divenne pallida, poi rossa. «Almeno non brucio ogni ponte lungo la strada.»

«Oh, ti prego. Sei la regina della negazione plausibile.» Le parole uscivano più veloci di quanto potessi fermarle. «Non fai mai il lavoro sporco tu stessa; lasci solo che qualcun altro accenda il fiammifero.»

Si appoggiò allo schienale, incrociò le braccia e distolse lo sguardo. «Hai finito?»

«Neanche per sogno» dissi, ma l'impeto era svanito, sostituito da un vuoto nauseante nello stomaco.

Ci fu una pausa, riempita solo dal rumore dello stagista che faceva cadere una tazza sulle piastrelle e del capo dei Social che imprecava in mandarino. Cercai di respirare, ma l'aria sembrava densa.

Grace riprese la penna, ma non stava scrivendo. «Senti. So che sei bravo in questo. Vedi angolazioni che nessun altro vede. Cristo, hai visto l'intera storia prima che chiunque altro ne avesse il minimo sentore. Ma non puoi continuare a fingere che non ti importi chi finisce nel fuoco incrociato.»

«Sai una cosa?» dissi, stavolta più forte, così che l'intera scrivania potesse sentire se voleva. «Non tutti noi abbiamo avuto il lusso di avere il sostegno di un quotidiano importante, Grace. Alcuni di noi hanno fatto la gavetta. Tre mesi di affitto arretrato, a mangiare fagioli in scatola, a inseguire storie senza via d'uscita perché nessuno rispondeva alle nostre chiamate.

Alcuni di noi hanno dovuto stampare i propri CV in biblioteca perché non potevamo permetterci una nuova cartuccia d'inchiostro.»

Mi stava guardando ora, e non era rabbia. Era qualcos'altro, qualcosa a cui non volevo dare un nome.

Insistei, perché era quello o lasciarmi implodere. «Vuoi sapere cos'è la teatralità dei tabloid? È essere pagati settanta sterline per scrivere un articolo d'opinione per conto di qualcuno che non legge nemmeno l'articolo finito. È sapere che potresti far scoppiare uno scandalo se solo qualcuno ti desse retta. È...» La mia voce si spezzò, e finsi che fosse un colpo di tosse.

La sua mano era piatta sul tavolo, le nocche bianche. Disse: «Non sapevo fosse così grave.»

Sbuffai. «Nessuno lo sa. È questo il punto.»

La sezione Articoli era silenziosa. Persino il team dei Social stava fingendo di essere in pausa pranzo, ma erano tutti sintonizzati. Sentii il viso avvampare.

Grace non batté ciglio. «Allora apriamola. Insieme.»

Annuii una volta, ed entrambi allungammo la mano verso la busta. Le mie mani tremavano, le sue erano ferme come sempre. Lei aprì la busta con un'unghia e ne sparse il contenuto sulla scrivania.

Eccolo lì: una traccia di pagamenti, alcuni estratti conto, una ricevuta contraffatta. Ma in fondo, una carta intestata — ufficiale, immacolata, con una vera firma a inchiostro. Non era solo una storia. Era un proiettile.

Lei tracciò il nome con il dito. «Questo è l'amministratore delegato. Questo è—»

«Il capolinea» finii, le parole un peso di piombo nella mia bocca.

Restammo entrambi lì, a fissare la pagina come se potesse esplodere. Mi resi conto di non aver esalato per trenta secondi buoni.

Grace parlò per prima. «Dobbiamo chiamare l'Ufficio Legale.»

«Già» dissi. «Dobbiamo.»

Mi guardò, con gli occhi più dolci di quanto li avessi mai visti. «Paul. Dico sul serio. Non sei solo. Non in questa cosa.»

Qualcosa nel mio petto cercò di distendersi, ma lo soffocai prima che potesse arrivare da qualche parte. «Non iniziare con l'ora di terapia adesso. Abbiamo un lavoro da fare.»

«Okay, allora.»

Raccolse i fogli, impilandoli con quella precisione meccanica che applicava a tutto, e si alzò. «Porto il riassunto a Sarah. Vuoi scrivere l'attacco?»

Annuii, non fidandomi ancora di parlare.

Esitò, poi disse: «Sei bravo, sai. Davvero bravo. Anche quando fai lo stronzo.»

Non potei farne a meno: sorrisi, appena un po'. «Senti chi parla.»

Lei scosse la testa, e per una frazione di secondo, pensai che mi avrebbe toccato il braccio o detto qualcosa che avrebbe rotto l'incantesimo. Invece, se ne andò e basta, stringendo i fogli al petto.

Rimasi seduto lì, con la mascella serrata, le mani appoggiate sul tavolo. La stanza si stava riempiendo di nuovo: telefoni che squillavano, gente che discuteva sui titoli, gli scandali del giorno che si rincorrevano sugli schermi. Guardai lo spazio dov'era lei un attimo prima, e mi chiesi se forse, solo forse, non avessi ancora rovinato tutto.

Forse è così che inizia. Non con la storia, ma con la sua verità.

Guardai il documento vuoto sul mio portatile e iniziai a scrivere, lasciando che le parole uscissero, veloci, crude e senza filtri.

Stavolta, non cancellai niente.

TREDICI

---♥---

GRACE

Il mio compito è districare un anno di riciclaggio di denaro benefico in poche ore. Niente pressione. Ho fogli di calcolo con codici colore per ogni donatore sospetto, Post-it che si moltiplicano sulla tastiera e un documento di Word con così tanti commenti che ora scorre come il blog di un cospirazionista. Dovrebbe darmi un senso di controllo, ma non fa che amplificare il terrore di non vedere l'ovvio, di sbagliare una sola connessione e uccidere l'articolo prima ancora che arrivi in stampa.

Comincio con i tracciati dei pagamenti. I registri dei donatori sono uno spettacolo dell'orrore fatto di indirizzi falsi, trasferimenti di cifre tonde e il tipo di errori che significano o che qualcuno sta riciclando denaro o che gli impiegati britannici non hanno mai scoperto la funzione di correzione automatica. Ogni nome è più generico del precedente: Smith, Jones, Patel, alcuni disastri dal doppio cognome con un'aria di bassa aristocrazia, e ognuno è collegato, tramite la catena di Sant'Antonio più irritante del mondo, a una società di comodo su una spiaggia del Sud Pacifico. Paul ci era andato sorprendentemente vicino con molte delle sue supposizioni, e la sua lista di possibili sospetti si sta rivelando corretta più spesso che no. Controllo tre volte le cifre, poi le confronto con i conti dell'ente di beneficenza, giusto nel caso in cui sia impazzita e mi stia inventando complotti tanto per divertirmi.

Mi ci vogliono trentadue minuti per confermare ciò che già sapevamo: i conti non tornano e qualcuno sta mentendo. Probabilmente parecchi qualcuno.

Prendo un appunto — «verificare anomalia Bexley Trust, secondo trimestre di marzo» — poi mi rendo conto di averlo scritto a margine di una pratica non correlata. Non c'è tempo per rimediare; se il mondo dovesse finire, affonderò con i miei documenti debitamente archiviati male.

La redazione Esteri e Società è più rumorosa del solito. Sento il mio nome, poi quello di Paul, in una raffica di battute che riesce a suonare sia amichevole che feroce. Resisto all'impulso di alzare lo sguardo, ma è un impulso forte. La scrivania di Paul è un santuario del caos creativo: cerchi di caffè, bozze stracciate, un groviglio di cavi per caricabatterie simile al nido di un qualche serpente metallico rabbioso. Lui non c'è, il che è sia un sollievo che una sfida, perché non posso triangolare i miei progressi con i suoi. Lui ha un modo di far sembrare ogni incarico un gioco da ragazzi, anche quando si regge in piedi per miracolo.

Tamburello con la penna sul blocco note. Rapido, staccato, troppo forte persino per me. Non riesco a smettere. Le prove si rifiutano di allinearsi, i buchi si allargano più li riempio. Provo un esercizio di respirazione che ho letto su una rivista in aeroporto: inspira, conta fino a quattro, espira, conta fino a sei, fingi di non stare annegando. Funziona per esattamente un respiro prima che il panico ritorni, con tutta la sua forza.

«Grace» dice una voce alle mie spalle. Sarah, nel suo solito tailleur pantalone verde e tacchi. Si appoggia al divisorio con una tale forza che l'intera scrivania vibra, poi sbircia il mio schermo da sopra la mia spalla.

«Dimmi che sei vicina alla fine» dice, non scortesemente, ma neanche gentilmente.

Trascino il cursore verso il basso ed evidenzio le cifre chiave, sperando che il colore compensi la mancanza di sostanza. «Ci sto arrivando. I tracciati dei pagamenti sono una palude, ma ho trovato almeno tre casi in cui lo stesso denaro viene riciclato attraverso cinque diversi enti di beneficenza prima di tornare al donatore originale. È» dico, gesticolando impotente verso il casino, «un ecosistema della frode.»

Sarah non è impressionata dalle metafore. «Mi serve una bozza per l'ufficio legale entro le cinque. E mi serve che sia solida, altrimenti finirà in mano al *Mail* e dovrai convivere con la vergogna di essere stata bruciata sul tempo da qualcuno con un avatar a forma di cartone animato.»

Annuisco. «L'avrà. Voglio solo assicurarmi che sia...» sto per dire "perfetta", poi mi correggo, «...inattaccabile.»

Si raddrizza, un lampo di soddisfazione negli occhi. «Bene. Perché il Consiglio si sta già preparando a darsi una pacca sulla spalla a vicenda e, se Lei inciampa, daranno la colpa a Lei. O a me. Nessuna delle due opzioni è accettabile.»

Sarah attende una frazione di secondo, scrutando la superficie della mia scrivania, poi si china più vicino; il suo profumo è in qualche modo medicinale e un po' spaventoso. «Non possiamo permetterci di perdere questo scoop a favore di qualcuno più affamato, Grace. La voglio in modalità killer. Può farlo?»

La mia mano sta ancora tamburellando, ma la costringo a fermarsi. «Sì» dico, con quella che spero sia convinzione.

Fa un cenno secco con il capo, poi scivola via, lasciando una scia gelida di adrenalina al suo passaggio.

Conto fino a quattro. Espiro. Cerco di pensare ai numeri e non al modo in cui il mio stomaco si sta trasformando in un origami.

Il telefono squilla di nuovo. Non il mio: il mio non squilla mai, perché le uniche persone che vogliono parlarmi sono in questa stanza, e preferiscono farlo urlando da una parte all'altra della corsia. Ma lo squillo è contagioso; controllo il mio cellulare per sicurezza, sperando in un miracolo, magari un messaggio da una talpa interna all'ente benefico che possa aiutarmi a capire tutto nella prossima ora o giù di lì. Niente.

Torno al foglio di calcolo principale, ma le colonne si confondono. Non riesco a concentrarmi. La pressione si sta accumulando dietro i miei occhi, un dolore sordo e familiare.

Ricordo la settimana scorsa al bar dei cani, Paul che diceva: «Il sistema è truccato, Grace. Non puoi batterlo facendo la brava ragazza.»

All'epoca pensai che fosse solo il solito sé — cinico, affascinante, condannato — ma ora sento l'eco di quelle parole in ogni cellula del mio corpo. Voglio credere che non sia vero, che il lavoro conti, che siamo più di semplice carne da macello in un tritacarne digitale. Ma i numeri si rifiutano di darmi ragione.

Il mio telefono vibra. Stavolta è un numero sconosciuto, e il mio cuore fa un balzo di speranza prima che si insinui la paura.

Rispondo, con voce roca. «Hampton.»

Dall'altra parte: un fruscio, poi una voce di donna, bassa e urgente. «Devi smettere. Stanno controllando le comunicazioni.»

Prima che possa anche solo elaborare la cosa, la linea cade.

Fisso il telefono, il pollice sospeso sul tasto di richiamata, ma non ha senso. Numero nascosto, come sempre. La prima volta che è successo, ho pensato fosse uno scherzo, ma ora so che non è così. Fa parte del gioco, l'avvertimento che sei più vicina alla verità di quanto chiunque voglia.

Prendo un altro appunto: «OPSEC. Controllare Signal.» Poi mi rendo conto che non ho idea di cosa dovrei controllare.

La stanza si è fatta più silenziosa. Alzo lo sguardo. La scrivania di Paul è ancora vuota, ma la redazione Esteri e Società è immersa in una riunione, i volti vicini, le voci basse. Di tanto in tanto, qualcuno lancia un'occhiata nella mia direzione, per poi distogliere lo sguardo.

Dovrebbe farmi sentire importante, ma non fa che alzare la temperatura di altri due gradi.

Mi costringo a bere un po' di caffè. Sa di guerra chimica, ma lo ingoio comunque. Le mie dita tremano quel tanto che basta a far cadere una goccia sul trackpad. La asciugo, poi ricomincio, riga per riga, costringendo i dati ad allinearsi.

Alle quattro del pomeriggio, ho una bozza abbastanza forte da sopravvivere al primo round con l'ufficio legale. La allego a un'email, scrivo e riscrivo l'oggetto, poi premo invio prima di poter perdere il coraggio.

La scarica di adrenalina dura esattamente sei secondi, poi il panico ritorna, peggio di prima. Fisso la cartella della posta inviata, aspettando una risposta, sapendo che ci vorrà un'altra ora prima che qualcuno si faccia vivo.

Dall'altra parte dell'ufficio, la Caporedattrice è nel suo santuario dalle pareti di vetro e parla animatamente nel suo auricolare. Di tanto in tanto, picchietta sulla tastiera con due dita, come un cecchino che sceglie i bersagli. La osservo, aspettando il momento in cui mi farà un cenno. Nella mia testa, immagino la frase: «Andiamo in stampa», e il mio nome nella firma, e per un breve, traditore secondo, mi sento orgogliosa.

Poi ricordo l'avvertimento di Paul, e il panico si ripresenta.

Controllo di nuovo la sua scrivania. Ancora vuota, ma una tazza con il suo nome («Miglior scrittore, peggior essere umano») è capovolta su una pila di bozze.

Cerco di tornare al lavoro, ma i numeri si offuscano. Il telefono vibra di nuovo: stavolta è un messaggio di mia madre, che mi chiede se ho mangiato. Lo ignoro.

La lancetta dei secondi dell'orologio dell'ufficio ticchetta così lentamente che vorrei fracassare il quadrante e liberare le lancette.

Quaranta minuti dopo, la Caporedattrice si sporge dalla sua scatola di vetro e abbaia: «Grace. Nel mio ufficio. Subito.»

Non mi alzo; mi dispiego, come qualcuno che esce da una trincea dopo un bombardamento. Le mie gambe sono di legno. Attraverso il pavimento, consapevole di ogni occhio che segue il mio movimento.

Dentro l'ufficio, Sarah mi fa cenno di sedermi e aspetta che la porta scatti chiudendosi.

«Pubblichiamo il Suo pezzo domattina presto» dice senza preamboli. «L'ufficio legale lo odia, il che vuol dire che è buono.»

Per un momento, non registro il complimento.

Unisce le mani a cuspide, poi mi fissa con quello sguardo da predatore. «Devo farLe sapere una cosa. Questa storia diventerà brutta prima di diventare bella. I donatori si opporranno. L'ente benefico, e le persone implicate, cercheranno di insabbiarla. Ma se Lei terrà i nervi saldi, potrebbe far esplodere questo caso in un modo che conta. È pronta a questo?»

Ho la bocca asciutta. Voglio dire di sì, ma quello che esce è: «Non lo so.»

Sarah non batte ciglio. «Nessuno lo sa mai. È per questo che funziona.»

Mi porge una stampa, già segnata dall'inchiostro rosso del correttore di bozze e dalle riserve degli avvocati. «Vada a casa. Si cambi e veda cos'altro riesce a scoprire stasera. Domani è un altro giorno; sarà famosa o licenziata. In ogni caso, ne ricaverà un articolo.»

Prendo la stampa e annuisco, cercando di sembrare il tipo di persona che se lo merita. Non sono sicura di esserlo.

Tornata alla mia scrivania, raccolgo le mie cose, attenta a non lasciare dietro di me una scia di nervosismo. La stanza ora è quasi vuota; la gente sparisce in fretta quando il lavoro è finito. Scorro l'orizzonte alla ricerca di Paul, ma non c'è, nemmeno un segno che ci sia mai stato.

Mi metto la borsa in spalla, finisco l'ultimo sorso di caffè ed esco, lasciando la tazza vuota come un totem.

L'ansia mi accompagna per tutta la discesa in ascensore, fuori nell'aria della sera e sulla strada della città. È solo allora, con le luci dell'ufficio che si allontanano, che mi permetto di chiedermi se Paul avesse ragione.

Forse il sistema è truccato. Forse stiamo tutti solo aspettando il momento in cui ci divorerà vivi.

O forse, solo forse, posso essere io quella a cambiarlo.

Cammino rapidamente nel buio, la mano stretta fino a diventare bianca sulla tracolla della borsa.

Il locale è un monumento al cattivo gusto e all'eccessivo reddito disponibile. Finte colonne greche fiancheggiano l'ingresso, ognuna avvolta in tessuto bianco e retroilluminata con luci d'atmosfera color emoglobina. Sulla soglia, un quartetto di violinisti sforna "Rolling in the Deep" senza scomporsi. L'effetto è così perfettamente ridicolo che mi viene voglia di applaudire o di correre verso l'uscita di sicurezza.

Il mio invito diceva cravatta nera, ma nessuno ha aggiornato il codice di abbigliamento sull'inflazione: una donna su due nell'atrio è strizzata in un abito d'alta moda che potrebbe sfamare una nazione in via di sviluppo per un anno. Io ho optato per l'opzione più sicura del mio guardaroba: un tubino nero, niente di speciale, non troppo corto, non troppo stretto, solo quel tipo di indumento che dice: «Sono qui per affari, per favore non chiedetemi di ballare.» Le mie scarpe sono alte cinque centimetri e di un grado più sensate della concorrenza. L'unico tocco di personalità è la pochette malconcia, che si gonfia leggermente per via del taccuino, tre penne e dieci sterline d'emergenza per il guardaroba.

All'ingresso c'è un banco del check-in, affiancato da due sculture di ghiaccio identiche che riproducono il logo dell'associazione benefica *The Kidz Trust*. Ogni ospite riceve un badge con il nome e l'organizzazione di appartenenza e un cordino con un codice colore: rosso per i media, oro per i "mecenati", bianco per tutti gli altri. La giovane donna al banco mi squadra da capo a piedi, nota la borsa e sorride con la neutra competenza di chi è addestrato a individuare un imbucato a cinquanta passi.

«Hampton? Del *Chronicle*?» chiede.

Annuii, le porsi l'invito e cercai di non impregnare di sudore il vestito.

Lei mi fece scivolare il badge sul bancone e sussurrò: «Il bar è a sinistra. I canapé nella sala giardino». Lo disse come se le due cose non si sarebbero mai incontrate.

All'interno, l'evento era già al completo. Ogni conversazione era al massimo dei decibel, ogni bicchiere veniva riempito prima ancora di essere vuoto. Camerieri in papillon nero facevano la spola con vassoi di *amuse-bouches* – micro-bliny, pipette di qualcosa che poteva essere gazpacho, cucchiai di uova di pesce luminescenti – mentre gli ospiti circolavano in piccoli sciami compatti. Individuai almeno tre deputati, due editorialisti per cui mi sarei venduta un rene pur di fare da ghostwriter e un quartetto di celebrità minori, tutti intenti a fingere di non riconoscersi a vicenda. Il capo dell'ente di beneficenza teneva banco vicino al palco, affiancato da un entourage di assistenti e da quello che sembrava un avvocato per i diritti umani in Versace.

Feci un giro, muovendomi lungo il perimetro. Il piano era mimetizzarmi, osservare, identificare gli intermediari del potere e i punti deboli del branco. L'articolo sarebbe uscito con o senza, ma se fossi riuscita a ottenere una dichiarazione ufficiale da un informatore...

Di tanto in tanto, mi fermavo per scarabocchiare una nota: «Donatore c. gemelli, molto abbronzato, accento sudafricano. Seduto c/ possibile moglie, non in elenco. Possibile società di comodo?» o «Lobbista, donna, 60 anni, Prada. Parla con tutti, dimentica i nomi». Non ero l'unica giornalista presente, ma gli altri se ne stavano uniti come un branco selvaggio, scambiandosi dritte e abbuffandosi all'open bar. Per il momento li evitai.

Buttai giù un flûte di Cava (non vero Champagne; potevo quasi sentire il sapore delle corsie del supermercato), poi un altro, solo per smorzare la tensione. Avevo lo stomaco chiuso in un nodo, un misto di ansia sociale, di trepidazione per l'articolo a poche ore dalla pubblicazione e della persistente consapevolezza di non appartenere a quella stanza. Se qualcuno lì dentro si ricordava della mia firma, sarebbe stato per lo scoop sul Divorcegate, o per quella volta che in diretta radiofonica avevo accidentalmente definito un consigliere senior del partito "sessualmente estinto". Forse le cose sarebbero cambiate dopo il titolo del mattino seguente.

Le prime tre conversazioni furono prevedibili: un uomo mi propose un pezzo sulla "cripto-filantropia", una donna di un giornale rivale cercò di interrogarmi su cosa stessi lavorando («Solo storie di interesse umano, il solito, sai com'è»), e un uomo con i denti da squalo mi disse che adorava i miei articoli ma non li leggeva mai. Sorrisi, annuii, raccolsi un biglietto da visita, poi mi dileguai da tutti e tre non appena la loro attenzione si rivolse altrove.

«Grace», disse una voce alle mie spalle. Trasalii.

Era Sarah, comparsa in qualche modo dal nulla. Era vestita per l'occasione: tailleur di raso, capelli lucidi, occhi che facevano del loro meglio per non roteare davanti a quello spettacolo. «Dovrebbe fare networking», sibilò. «Non stare in agguato vicino al guardaroba».

Sforzai un sorriso. «Sto solo sondando il terreno».

«Bene. Lo sondi mentre parla con i donatori. Ottenga qualche dichiarazione. E per l'amor di Dio, cerchi di sembrare una che si sta divertendo». Sfoggiò un sorriso da diplomatica, poi svanì, assorbita dalla folla.

Tentai un altro giro, questa volta in modo più deciso. Strinsi la mano a un uomo che gestiva un ente di beneficenza per senzatetto, scambiai frecciatine con un reporter del *Sun* e finii invischiata in un dibattito a tre sul "giornalismo d'impatto" con una coppia di influencer dei nuovi media che avevano più follower su Instagram di quante cellule cerebrali avessi io. Per tutto il tempo, cercai con lo sguardo qualcuno – chiunque – che sembrasse anche solo lontanamente un insider o una fonte.

Al bar, finalmente, individuai il mio bersaglio: la direttrice finanziaria della fondazione, una delle firme chiave sui documenti sospetti. Era piccola, con lineamenti affilati, e indossava lo stress come una medaglia d'onore. Mi avvicinai furtivamente, ordinai un bicchiere di bianco e calcolai la mia battuta d'apertura alla perfezione.

«Serata impegnativa», dissi.

Lei rise, di una risata vuota. «Anno impegnativo».

Mi chinai verso di lei. «Scommetto che è dura tenere i conti in ordine con tutte queste nuove normative».

Mi lanciò uno sguardo che era al contempo calcolato e un po' disperato. «Non ne ha idea».

Chiacchierammo del più e del meno, roba superficiale. Era brava in quello, professionale, senza mai far cadere la maschera. Ma di tanto in tanto, i suoi occhi saettavano di lato, come se avesse paura di essere osservata.

Dirottai la conversazione verso la revisione contabile. «Ho sentito che è in arrivo una specie di revisione».

Si irrigidì, solo per un secondo, poi si riprese. «Procedura standard. Di questi tempi, bisogna dimostrare tutto tre volte».

«La burocrazia», dissi, con fare comprensivo. «Tutti i salti mortali che vi fanno fare».

Lei fece spallucce. «È un lavoro». Poi, a voce più bassa: «Onestamente, voglio solo aiutare la gente. Non è sempre così, sa».

Annuii e, per un secondo, quasi le credetti.

«Con permesso», disse, e scivolò via, bicchiere in mano. La guardai raggiungere il presidente del comitato di sorveglianza e il pezzo grosso della tecnologia, con le teste chine l'una verso l'altra. Sarebbe stato difficile prenderne uno da solo e metterlo abbastanza a suo agio da parlare.

Mi ritirai ai margini, col cuore che martellava. Stavo per tirare fuori il mio taccuino e iniziare a sintetizzare quando lo vidi.

Paul, in smoking.

Era dall'altra parte della sala, appoggiato a una colonna come se fosse sua. I capelli erano pettinati, la barba di qualche giorno curata, la camicia effettivamente stirata. Stava parlando con un uomo in giacca da sera, ma i suoi occhi non erano sulla conversazione: stavano scrutando la folla, conducendo la mia stessa ricognizione.

Per un momento, non mi vide. Poi lo fece, e il cambiamento fu istantaneo: un lampo di riconoscimento, poi il vecchio, insolente mezzo sorriso. Fece un micro-cenno col capo, quindi riportò la sua attenzione sul bersaglio.

Avrei dovuto sentirmi trionfante nel vederlo fuori dal suo elemento, ma tutto ciò che ottenni fu una nuova ondata di fastidio. Era sparito per tutto il giorno e non aveva contribuito per niente all'articolo. Se era lì, era perché stava seguendo la stessa pista. E se stava seguendo la stessa pista, o stava per far esplodere la notizia o l'avrebbe bruciata per entrambi.

Mi infilai nel corridoio che portava alla terrazza, bisognosa d'aria, di riorganizzare le idee. La notte era fredda e le luci della città erano frattali attraverso le porte a vetri di poco pregio. Rimasi lì, con le mani strette sulla ringhiera, cercando di pianificare la mia prossima mossa.

Ma non ebbe importanza, perché un secondo dopo Paul mi raggiunse.

«Non mi aspettavo di vederti qui», disse, con la voce più bassa di quanto ricordassi.

Finsi che non m'importasse. «È un paese libero».

Rise piano. «Non in questa folla».

Lo guardai di sbieco. «Bello lo smoking».

Fece spallucce. «Noleggiato. Come la maggior parte delle persone in quella stanza».

Rimanemmo in silenzio. Non era un silenzio confortevole, ma era meno pericoloso che parlare.

Alla fine, disse: «A che punto sei?».

Non finsi di non capire. «Ho abbastanza per fare un po' di rumore. L'ufficio legale è tranquillo sulla pubblicazione. Manca solo una dichiarazione o un'ammissione ufficiale».

Sogghignò, ma non c'era malizia nel suo gesto. «Sei sempre stata più brava in questo».

«Allora perché arrivi sempre primo tu?» replicai seccata.

Mi guardò, mi guardò davvero, e sentii la corrente familiare: irritazione, ammirazione, qualcos'altro. «Forse sono solo più bravo a fiutare le stronzate perché ci ho sguazzato dentro più a lungo».

Cademmo di nuovo in silenzio, osservando il nostro fiato appannarsi nel freddo.

Dentro, la festa infuriava, ignara di noi due che stavamo morendo di freddo per orgoglio professionale.

Si voltò. «Vuoi che lavoriamo insieme su questa cosa o continuiamo con la storia della Guerra Fredda?».

Esitai. Volevo dire di sì, ma ero ancora incazzata per il fatto che avesse abbandonato il suo posto dopo aver consegnato le prove. Volevo lavorare con lui quel pomeriggio, non adesso, dopo che avevo già scritto quel dannato articolo.

Lo guardai, il nero del suo abito quasi blu nel riflesso al neon della sala ricevimenti. Per un secondo, ricordai le feste dell'università, i dibattiti, le discussioni che finivano in una risata o, occasionalmente, con un bicchiere rotto. Ricordai cosa si provava a fidarsi di lui, e cosa si provava quando quella fiducia si era spezzata.

Dissi: «Prima tu. Che cosa hai?».

Sogghignò. «Non molto. Per ora».

Risi, mio malgrado. «Quindi, il solito».

Mi posò una mano gentile sulla spalla. «Ma troverò qualcosa».

Annuii, e lui tolse la mano, ma il contatto indugiò come un calore.

Tornammo dentro, fianco a fianco. La festa era al suo culmine; la musica era passata alla disco anni Settanta e la maggior parte degli ospiti stava ballando in gruppo vicino al tavolo dell'asta silenziosa.

Paul e io ci dirigemmo al bar. Lui ordinò un whisky liscio. Io optai per un altro Cava. Rimanemmo vicini, con le braccia che quasi si toccavano, a osservare il caos.

Sussurrai: «Dobbiamo parlare con la presidente del comitato di sorveglianza».

Lui annuì. «È sfuggente».

«Sta nascondendo qualcosa,» dissi, tenendo la voce bassa.

Si voltò a guardarmi e, per un secondo, fummo le uniche due persone nella stanza. «Cosa pensi che sia?».

Scossi la testa. «Soldi, sempre. O potere. Ma non credo che sia lei il cervello».

Lui sogghignò. «Il cervello sei tu».

Arrossii, contro la mia volontà.

Ci fu un trambusto vicino all'asta silenziosa: qualcuno aveva fatto cadere un vassoio di bicchieri e il rumore era rimbalzato sul marmo. La gente alzò lo sguardo, attratta dalla scena. Nella confusione, vidi la direttrice finanziaria sgattaiolare verso la scala di servizio posteriore, telefono all'orecchio, muovendosi in fretta.

Diedi una gomitata a Paul. «O adesso o mai più».

Lui annuì, e ci muovemmo insieme, facendoci strada tra la folla come se lo facessimo da anni. Sulle scale, la raggiungemmo proprio mentre si infilava in un corridoio laterale.

Lei si voltò, sorpresa di vederci entrambi.

«Oh, ciao», disse, con voce fragile.

Paul sorrise, con disinvoltura. «Non volevamo disturbare. Volevamo solo scambiare due parole».

Ci squadrò. «Riguardo a cosa?».

Tirai fuori il mio taccuino, penna pronta. Paul estrasse il telefono, con il registratore vocale già in funzione.

«Vogliamo solo capire il processo», dissi. «Come funzionano le revisioni. Chi dà l'approvazione finale. Dove interviene la supervisione».

Sospirò, appoggiandosi al muro. «Guardate. Non so a che gioco stiate giocando—»

«Stiamo giocando al gioco della verità. Quando tutto questo verrà fuori. E verrà fuori,» disse Paul lentamente, facendo una pausa per creare l'effetto. «Secondo lei a chi daranno la colpa?».

«Non ho idea di cosa stiate parlando. Ora, se volete scusarmi».

Paul si fece da parte per lasciarla passare, porgendole un biglietto da visita. «Se vuole rilasciare una dichiarazione ufficiale—»

Lei scosse la testa. «Non ancora».

La ringraziammo e lei svanì, lasciandoci nell'eco della nostra stessa presunzione.

«Peccato. Pensavo che sarebbe crollata», disse Paul.

«Si pentirà di non averlo fatto».

Di ritorno nella sala da ballo, il rumore aveva raggiunto un'intensità febbrile. Il CEO era sul palco, a presentare la "prossima grande iniziativa" dell'ente benefico. Potevo sentire i telefoni che venivano tirati fuori, gli hashtag che già diventavano virali.

QUATTORDICI

PAUL

Nessuna quantità di acqua di colonia a buon mercato o di cinismo editoriale può prepararti a un gala di beneficenza al Savoy. Le luci erano studiate per lusingare la pelle più ricca e anziana; i bicchieri luccicavano con quella particolare malizia riservata alle cose che non potresti mai permetterti di rompere. Ogni superficie era lucidata, ogni sedia rivestita della pelle inquieta di un migliaio di mucche morte. Rimasi con Grace ai margini, spalla a spalla ma senza mai toccarci davvero.

I donatori dell'ente di beneficenza fluttuavano intorno a noi come meduse: impeccabili, traslucidi, e pungevano in modi che notavi solo quando era troppo tardi. Metà di loro si facevano chiamare «Lord», l'altra metà «Lady», e ogni conversazione iniziava con la frase: «Oh, un giornalista, che cosa pittoresca».

Grace era già diventata di una sfumatura più pallida; indossava lo stress come un profumo di lusso, invisibile ma capace di riempire la stanza. Il suo vestito era blu scuro, severo, dalla vestibilità impeccabile, e all'improvviso desiderai di aver passato più di tre minuti a lisciarmi i capelli o a scegliere dei gemelli che non sembrassero usciti in omaggio con il noleggio dello smoking... cosa che in effetti era. A mia discolpa, la camicia l'avevo stirata.

«Sembri uno che sta architettando di svaligiare il posto» disse lei.

Sorseggiai il whiskey, che sarebbe stata la seconda cosa migliore che avrei bevuto quella sera. «Tu invece sembri una che sta per comprarlo, mandarlo in bancarotta e poi farlo dichiarare inagibile per violazioni della sicurezza».

La sua bocca fece quella cosa che fa quando vorrebbe sorridere, ma è moralmente contraria. «Non è molto progressista da parte tua, Paul».

«Non c'è niente di molto progressista qui dentro» dissi, indicando la stanza con un gesto. Il bar era affollatissimo di uomini che guadagnavano un milione all'anno fingendo di interessarsi ai bambini poveri, e le tartine erano così minimaliste da sembrare quasi teoriche.

Ronzammo vicino al bordo della sala da ballo principale, entrambi con lo sguardo fisso sull'uscita più vicina, come se da un momento all'altro potesse suonare un allarme antincendio e noi potessimo correre verso la libertà. Controllai il telefono, solo per sentirmi ancorato a un mondo in cui non ero un oggetto di scena, ed eccolo lì: «Ricordati di SORRIDERE!» da parte del Caporedattore, con tre emoji sorridenti che mi fecero venire voglia di commettere un atto di violenza contro il mio stesso schermo.

Come a comando, si materializzò il team dei Social Media dell'ente di beneficenza. Si muovevano in gruppo come se fossero uniti per i fianchi, e odoravano di sudore nervoso e shampoo secco biologico. Il loro capo, un uomo che si era fatto un nome rivoluzionando la strategia social di una delle compagnie aeree low cost e che si autodefiniva un «incantatore di influencer», si avvicinò con l'energia rigida di qualcuno che si faceva di Red Bull dalla pubertà.

«Paul! Grace! Del *Chronicle*, giusto? Perfetto, perfetto. Ci serve solo una foto veloce per 'gram... potete, ah, mettervi un po' più vicini? Magari le metti un braccio intorno alle spalle? Ottimo, grazie».

Le labbra di Grace si mossero appena. «Preferirei che mi sparassero».

«È per una buona causa» dissi, lasciando che le parole aleggiassero, inacidendosi nell'aria come un Prosecco di sottomarca.

Il tizio dei social ci mise in posa davanti a una parete di fiori che sembrava costare più del mio appartamento. Il fotografo, un vero professionista con una macchina fotografica dall'aspetto complicato, ci sistemò, mi aggiustò il papillon e disse: «Un'aria un po' meno assassina, Paul. Pensa 'amichevole'».

Grace si avvicinò, ma appena. Sentii il calore della sua spalla e mi ci volle un vero sforzo per non colmare la distanza. La macchina fotografica scattò, il flash brillò, e fu tutto finito. Il tizio dei social controllò il telefono, sorrise troppo ampiamente, poi ci mostrò il post. «Il nuovo duo d'oro del *Chronicle*» recitava, sopra i nostri volti, fianco a fianco, colti a metà di un battito di ciglia e con una mezza smorfia. Sembravo un ostaggio. Grace sembrava la negoziatrice sul punto di premere il grilletto.

Andò online prima che potessimo protestare. Il mio telefono vibrò e vidi i like accumularsi, prima dai sostenitori dell'ente di beneficenza, poi dal resto della redazione. Serrai la mascella per istinto, una vecchia memoria muscolare dell'ultima volta che la mia faccia era stata usata come clickbait.

Grace emise un suono, basso e teso. «La metteranno dappertutto, vero?»

«Già fatto» dissi. «Siamo in tendenza per tutte le ragioni sbagliate».

Imprecò sottovoce, la parola secca ed economica. «Fantastico. Semplicemente fantastico». Scolò il resto del suo vino in un solo sorso, poi accennò con la testa al corridoio della cucina. «Ho bisogno d'aria».

La seguii, in parte perché lo volevo, ma soprattutto perché non l'avrei lasciata sola con così tanti nemici nell'edificio.

Scivolammo attraverso una porta socchiusa in un corridoio di servizio dipinto con quella tonalità di bianco sporco che vedi solo nei luoghi che temono le responsabilità legali più della morte. Il brusio della sala principale si ridusse a un mormorio lontano; qui dentro, c'era il lento e confortante ronzio dei frigoriferi e il tintinnio del personale che preparava un nuovo esercito di tartine.

Grace si appoggiò al muro, con le braccia incrociate così strette da potersi probabilmente bloccare la circolazione. Non guardava me, ma il pavimento, dove un singolo tovagliolo da cocktail era stato schiacciato sotto il tacco di una brogue numero quarantadue. Il silenzio era palpabile.

Mi guardò, mi guardò davvero, e c'era qualcosa nel suo viso che non potevo nominare senza rovinarlo.

«Non vorresti mai poter semplicemente... smettere?»

«Smettere di fare cosa?»

Fece spallucce. «Smettere di fingere. Smettere di recitare. Essere e basta, per un minuto».

Volevo dire di sì, ammettere che l'unico momento in cui non stavo provando le mie battute era quando parlavo con lei. Ma non lo feci, perché ci sono alcune verità che non dici ad alta voce se vuoi continuare a vivere nella tua stessa pelle.

Invece, dissi: «Lo sai che non è possibile. Siamo reali solo quanto la prossima notizia».

Chiuse gli occhi, come se quella fosse la risposta che si aspettava ma sperava di non ricevere. «Sei impossibile».

«Non è vero. Solo molto, molto coerente».

La sua bocca ebbe un fremito e il silenzio si fece più leggero, più simile alla quiete che segue una tempesta. Guardò oltre me, verso la sala principale, dove il ronzio della conversazione aveva raggiunto un picco febbrile. «Dovremmo tornare. Dobbiamo ottenere una dichiarazione ufficiale da qualcuno».

Annuii, ma nessuno di noi due si mosse.

Un cameriere passò scivolando, un vassoio in equilibrio su una mano, gli occhi che guizzavano tra di noi come se si fosse imbattuto in un litigio tra amanti o nel preludio di un ammutinamento del personale. Colsi il giudizio nel suo sguardo e quasi risi.

Grace si raddrizzò, lisciandosi i capelli. «Pronto a essere di nuovo il duo d'oro?»

Dissi: «Solo se prometti di non pugnalarmi con uno spiedino da mini-satay».

«Niente promesse» disse lei.

Tornammo sotto i riflettori della sala da ballo. Il mio telefono ronzò di nuovo: questa volta un messaggio WhatsApp da Jamie: «Siete ovunque, amico. Tanto vale che vi baciate sulla pista da ballo e la facciate finita».

Lo mostrai a Grace. Lo lesse, poi me lo restituì. «Non sei il mio tipo».

Ghignai. «Tu non hai un tipo. Hai solo un processo di selezione molto elaborato».

«Che hai fallito, clamorosamente».

Lasciammo che la folla ci inghiottisse, ma ora c'era un filo tra di noi, invisibile ma teso, e sapevo che se lo avessi tirato, probabilmente mi avrebbe seguito. Per un po', socializzammo, scherzammo, interpretammo i ruoli richiesti. Ma ogni volta che i nostri sguardi si incrociavano, il resto della stanza si dissolveva in un rumore di fondo.

Era quasi onesto, a suo modo.

Stavo in piedi accanto a lei, in uno smoking a noleggio che

avrei restituito l'indomani, e facevo finta che essere parte di questo duo d'oro non fosse la cosa migliore e peggiore che mi fosse capitata da anni.

Alla fine della serata, tutti nell'edificio ci avevano visti insieme e, per una volta, non mi dispiacque essere osservato.

La pioggia peggiore di Londra non è quella biblica, quella che fa notizia e allaga la metropolitana. È la pioviggine obliqua e dispettosa che trasforma le tettoie degli ombrelli in piscine concave e rende ogni lastra di marciapiede sconnessa una trappola mortale. Restammo sotto il portico — io, Grace e una donna che credo fosse l'ex ministro dell'Interno — tutti e tre bloccati dal tempo e dall'indisponibilità di Uber a prezzi accessibili. La pensilina del Savoy non offriva alcuna protezione, solo la falsa speranza che qualcuno là fuori alla fine si ricordasse di noi e mandasse dei soccorsi.

Grace si rannicchiò più a fondo nel suo scialle, gli occhi ridotti a due fessure contro la pioggia battente. Era silenziosa, il che non era mai un buon segno, e quando le offrii la mia giacca, mi lanciò lo sguardo riservato agli uomini che hanno completamente frainteso il femminismo. Feci spallucce, tenni la giacca sul braccio e guardai gli altri ospiti litigare per l'unico taxi nero che si era appena fermato.

Alla fine fu una delle cameriere, chiaramente desiderosa di tornare a casa anche lei, a gestire la coda. «Siete diretti entrambi a est, no?» disse, spingendoci verso il taxi aperto. «Dividete, o resteremo qui finché il Tamigi non si ritirerà».

Il tassista ci squadrò e sospirò, già preparato a una corsa senza chiacchiere con contorno di guerra fredda. Salimmo, prima Grace, poi io, e ci fu un momento in cui pensai che sarebbe potuta scivolare fino alla portiera opposta; invece, si sistemò proprio al centro, le ginocchia quasi a toccare le mie.

L'interno del taxi era una serra: umido, pieno di vapore, i finestrini già appannati dalla condensa di mille notti bagnate prima di questa. La città fuori era una colata di rosso e oro, fanali e lampioni che si fondevano in strisce. I sedili erano appiccicosi di acqua piovana e non so che altro.

Diedi al tassista il mio indirizzo. Grace mormorò il suo, poi lo corresse, poi non disse più nulla. Per tre interi minuti non parlammo. Contai i secondi sull'orologio digitale, guardai le gocce d'acqua scorrere veloci lungo il vetro. I tergicristalli battevano un ritmo che era o confortante o funereo; non riuscivo a decidere.

Grace si stava massaggiando la spalla, le dita che impastavano il muscolo appena sopra la clavicola. Lo faceva distrattamente, come se si fosse dimenticata che ero lì. Ma io no.

«Ti dà ancora fastidio, vero?» dissi a bassa voce, come se fosse possibile mantenere un segreto nel retro di un taxi londinese.

Sbatté le palpebre, la mano che si fermò a metà massaggio. «Cosa?»

«La spalla».

Sbuffò, ma non fu un gesto scortese. «Te lo ricordi?»

«Ricordo che hai giocato gli ultimi cinque minuti della partita di hockey con la spalla fuori dalla sua sede. E hai segnato lo stesso». Osservai il suo viso nella luce intermittente dei lampioni, il modo in cui il ricordo cercava di farsi strada attraverso la maschera.

Fece spallucce, il che probabilmente fu un'agonia, ma non lo avrebbe ammesso. «Stupidità sconsiderata. La definisti così».

«Avevo ragione» dissi. «Ma fu impressionante».

Mi lanciò un'occhiata, gli occhi in cerca di scherno, non ne trovarono. «Mi hai portato fuori dal campo in braccio. Non pensavo che ti saresti ricordato neanche di quello».

«Difficile dimenticare l'odore di fango, sangue e shampoo Head & Shoulders».

Rise, una risata breve e secca, e la tensione in macchina passò da ostile a qualcos'altro. Nostalgia, forse. O il primo stadio del lutto.

Il taxi prese una buca e il ricordo si frantumò. Sobbalzammo sui sedili e la sua spalla urtò la mia. Per un secondo, non si tirò indietro. Potevo sentire il suo calore attraverso il cotone bagnato, e avrei voluto dire qualcosa che non fosse uno scherzo o una sfida.

Invece, guardai il finestrino, dove la città sfrecciava troppo veloce per dare un senso a un singolo dettaglio. Mi chiesi se fosse così dentro la sua testa: tutto che arrivava a gran velocità, senza tempo per elaborare, solo reagire e sopravvivere.

Ci fermammo in un ingorgo su Hackney Road, il traffico bloccato in un modo che accade solo quando ogni altra strada di Londra è stata chiusa per una visita reale o una maratona di beneficenza. Il tassista sospirò e accese la radio, un programma notturno con telefonate in diretta sull'ultima «iniziativa» del governo. Grace si fece scrocchiare le nocche, un'abitudine nervosa che avevo dimenticato fino a quel momento.

Al semaforo successivo, si voltò a guardarmi, con voce bassa. «Perché non hai fatto domanda per lo stage al *Chronicle* l'anno dopo?»

Esitai, poi risposi onestamente. «Dopo aver fatto la fame come freelance per un anno, non mi sentivo più al mio posto».

Rifletté sulla mia risposta. «Sei sempre stato al tuo posto, Paul. Odiavi solo ammetterlo».

Volevo discutere, sottolineare tutti i modi in cui non mi ero mai integrato, in cui non mi integro ancora, ma sembrava inutile adesso. «Forse hai ragione».

Si appoggiò all'indietro, occhi chiusi, testa contro il poggiatesta. Nel riflesso, vidi la sua bocca contrarsi, non per il dolore ma per qualcosa di simile al rimpianto.

Il taxi alla fine si fermò davanti al mio palazzo, un condominio popolare degli anni Sessanta con le luci fulminate a metà dell'ingresso.

«Vuoi salire?» chiesi prima di poterci ripensare.

Sollevò un sopracciglio. «A fare cosa?»

Non avevo una buona risposta. «Per asciugarti. O... non so, bere un tè».

«Certo» disse, pagando il tassista prima di scivolare fuori dal taxi, la mia giacca stretta sopra la testa, e rimase sotto la pioggia ad aspettare che le indicassi la strada.

Lo feci.

La pioggia era più forte ora, mi inzuppava la camicia e mi colava lungo il collo in rivoli freddi. Le luci nell'atrio erano spente, ma lei aveva già trovato il pulsante per chiamare l'ascensore. Aprii la porta e entrammo insieme nel buio, i nostri passi che echeggiavano sulle piastrelle.

Non so perché glielo chiesi, o perché lei disse di sì. So solo che la sua mano sfiorò la mia mentre percorrevamo il corridoio e questa volta nessuno di noi due finse di non averlo notato.

Raggiungemmo la mia porta. Armeggiai goffamente con le chiavi bagnate, ma lei aspettò, in silenzio, guardandomi come se non fosse sicura di cosa sarebbe successo dopo. Nemmeno io lo ero.

Spinsi la porta e restammo sulla soglia, due topi bagnati che non avevano più niente da perdere.

«Dopo di te» disse lei.

Così la precedetti.

L'appartamento era freddo e fioco, l'unica luce proveniva dai lampioni esterni. Lasciò cadere a terra lo scialle bagnato e la mia giacca. Andai in cucina e misi su il bollitore perché esistono dei protocolli per queste situazioni, e non mi venne in mente niente di meglio.

Si appoggiò al bancone, braccia conserte, guardandomi con la sua solita concentrazione da laser.

«Non abbiamo finito» ripeté, e ora era chiaro che si riferiva a tutto quanto: il lavoro, la discussione, la notizia, forse anche a noi.

Versai il tè in due tazze, le mani che ancora tremavano. Non le chiesi se voleva lo zucchero.

Rimanemmo nel silenzio, la pioggia che martellava sui vetri, il vapore che si alzava dalle tazze e dalla superficie della nostra pelle.

C'era una storia qui, da qualche parte. Forse un giorno la scriverò.

Per ora, restammo semplicemente al buio, senza aver finito.

QUINDICI

GRACE

Ci sono tre modi per giustificare il fatto di presentarsi a casa del tuo ex dopo mezzanotte, nessuno dei quali regge in tribunale. Primo: devi fare il punto su una notizia dell'ultima ora. Secondo: devi restituire il caricabatterie che gli hai rubato. Terzo: hai bisogno di lui, e se lo dicessi ad alta voce, il mondo si trasformerebbe in una parodia di se stesso da cui potrebbe non riprendersi mai più.

L'appartamento non era solo disordinato, era in piena ribellione: pile di scartoffie su ogni superficie, il pavimento un cimitero di evidenziatori, cartoni del take-away che formavano un muro portante accanto al divano. C'era una lavagna bianca appoggiata al termosifone con le parole "Movente, Opportunità, Apatia" cerchiate in blu. Ricordavo quella calligrafia da un centinaio di notti nella redazione del giornale studentesco, il modo in cui trasformava sempre anche la più banale delle scadenze in una questione di disperazione esistenziale.

I fascicoli del caso su cui avremmo dovuto lavorare insieme erano sparsi sulla superficie in un collage di miseria: screenshot di post sui social media, registrazioni di bonifici bancari, una foto sfocata di una raccolta fondi in cui tutti sorridevano tranne la persona al centro della storia. C'era un elenco di nomi scritti in stampatello lungo il lato di una pagina: tre erano evidenziati, uno era barrato, e gli altri erano commentati con un fitto margine di insulti e speculazioni. Ci aveva lavorato sodo, ma non aveva detto una parola o, cosa più importante, scritto una parola.

«Bel posto», dissi.

Paul sbuffò, un suono a metà tra l'assenso e le scuse. «Non ho avuto tempo di riordinare per l'ispezione a sorpresa.»

Mi sedetti sul bordo del divano, attenta a evitare il grosso delle carte sparse. Lui mi lanciò un asciugamano e si accomodò all'estremità opposta, con le gambe distese, poi le spostò di lato quando divenne chiaro che avevo bisogno di più spazio. Mi resi conto, in ritardo, che ora era scalzo. L'ultima volta che lo avevo visto a piedi nudi era stata durante la vacanza che avevamo fatto a Brighton, dove aveva passato l'intero fine settimana a prendersi gioco della mia ossessione per la protezione solare, per poi scottarsi così tanto da non poter indossare le scarpe per una settimana.

Per un momento, non dissi nulla. La pioggia era più forte adesso, e sbatteva contro il vetro con quel tipo di determinazione che solo Londra a febbraio sa esprimere. Osservai le goccioline gareggiare lungo il vetro, sforzandomi di non trasformare la scena in una metafora.

«Non ti fermi mai?», domandai, indicando il materiale dell'indagine tutto intorno a noi.

Lui ci pensò su, passandosi una mano tra i capelli finché non si drizzarono in direzioni nuove e interessanti. «Ci ho provato. Non ha funzionato.»

Guardammo entrambi la lavagna, il caos di appunti e frecce. Poi di nuovo l'un l'altro.

Avrei voluto dirgli che ero fiera di lui, che ammiravo la sua tenacia. Ma le parole mi si bloccarono in gola. Invece, dissi: «Ti esaurirai prima di arrivare da qualche parte, lo sai.»

Lui rise, ma fu un suono debole, stanco. «Notizie vecchie. Vuoi provare a salvarmi, Hampton?»

«Non è compito mio», risposi, ma sapevamo entrambi che era una bugia.

Ricordavo le notti nella redazione del giornale studentesco, a discutere fino alle due del mattino, nessuno dei due disposto a cedere terreno. Ricordavo, anche, l'unica volta in cui avevamo esaurito gli argomenti di cui discutere ed eravamo rimasti seduti in silenzio, la sua testa sul mio grembo, le mie dita che gli pettinavano distrattamente i capelli finché non si era addormentato.

Scacciai il ricordo.

Paul mi prese l'asciugamano umido e si asciugò i capelli. Si alzò per stiracchiarsi, braccia sopra la testa, la maglietta che si sollevava quel tanto che bastava a mostrare la linea pallida del suo fianco. Emisi un suono che non era decisamente un gemito, poi lo coprii con un colpo di tosse.

Mi sorrise, e per un secondo l'espressione sul suo viso fu così aperta, così completamente priva di artifici, che sentii qualcosa torcersi dentro di me.

Mi rifugiai in cucina con il pretesto di aver bisogno di altro tè. Le condizioni del posto erano disastrose, ma riuscii a trovare le bustine.

Poco dopo entrò anche Paul, appoggiandosi al bancone accanto a me. «Ti ricordi quando lo facevamo ogni sera?»

«Cosa?», chiesi. «Stare svegli fino all'alba a inseguire piste morte, o rovinare relazioni perfettamente sane con la nostra ossessione comune?»

«Entrambe le cose», disse, ridendo. «Soprattutto la seconda.»

Versai il tè, concentrandomi sul vortice di latte finché il

liquido non divenne di quella precisa tonalità di beige che significava che stavo evitando la domanda.

Lui allungò una mano, che rimase a mezz'aria appena sopra la mia spalla. Per un momento, pensai che mi avrebbe toccata, e ogni cellula del mio corpo attese quel contatto. Invece, sfilò un capello vagante dal retro del mio vestito, tenendolo su in segno di trionfo.

«Stai già facendo la muta? Non è ancora primavera.»

Gli tolsi il capello di mano con un gesto secco, ma non prima che le mie dita sfiorassero il suo palmo. La scossa fu elettrica, imbarazzante nella sua intensità.

Mi schiarii la gola. «Spazio personale, Callaghan.»

Era vicino, così vicino che potevo sentire l'odore del dopobarba sulla sua pelle. «Una volta non ti dispiaceva.»

«Adesso sì», mentii, ma la bugia non attaccò.

Studiò il mio viso per un istante, gli occhi indagatori. Poi fece un passo indietro, braccia conserte, dandomi lo spazio che avevo richiesto. Mi sentii più fredda per questo.

Bevemmo il nostro tè al bancone della cucina, il silenzio rotto solo dalla pioggia e dal leggero tintinnio della ceramica.

Dopo un minuto, disse: «Perché sei venuta stasera?»

Deglutii a fatica. «La storia. Dovremmo lavorarci insieme.»

Annuì, ma capii che non se l'era bevuta.

Fissai la mia tazza, poi lui. «E tu? Perché lo stai ancora facendo? Potresti lasciar perdere, sai. Trovare un lavoro da qualche parte che paghi più di qualche panino e che non ti costringa a fare speed dating il venerdì sera.»

Lui guardò fuori dalla finestra, le luci della città offuscate dall'acqua e dalla distanza. «Non so fare altro», disse. «E anche se sapessi, non vorrei.»

Era una risposta troppo onesta, troppo cruda. Avrei voluto fare una battuta, ma l'aria non me lo permise.

Invece, allungai la mano verso il bollitore per rabboccare la mia tazza, disperatamente bisognosa di qualcosa da fare con le mani.

Anche Paul allungò la mano verso il bollitore, e le nostre dita si scontrarono, nocca contro nocca. Nessuno dei due si mosse. Per un lungo secondo, restammo lì, le mani sovrapposte, il calore che cresceva e calava in egual misura.

«Dovrei andare», dissi, ma non mi mossi.

Inclinò la testa. «Potresti restare. Solo finché non smette di piovere.»

Lo guardai, la linea della sua mascella, la cicatrice sul polso risalente alla volta in cui aveva difeso il mio onore durante una rissa al centro studentesco. Avrei voluto dire di sì. Avrei voluto dire: "Dimentichiamoci degli ultimi sette anni e ricominciamo da capo, proprio qui, davanti a un tè terribile e a un tavolo pieno di prove". Avrei voluto dire: "Non ho mai smesso di sentire la tua mancanza".

Ma non lo feci.

«Pensi mai a cosa faremmo se non fossimo qui?», chiese.

Avrei voluto rispondere: "Saremmo a letto, e tu staresti inventando teorie del complotto sull'industria dei piumoni", ma le parole mi si bloccarono in gola. Invece, dissi: «Probabilmente dormiremmo», e il momento passò, ma solo per un pelo.

Lui ghignò, ma il sorriso non gli arrivò agli occhi. «Bugiarda.»

Alzai lo sguardo, e lui mi stava osservando – osservando davvero, nel modo in cui si guarda una ferita aperta o una poesia che si odia ma che non si riesce a smettere di rileggere.

I nostri visi erano a pochi centimetri di distanza. Non so chi si mosse per primo, ma all'improvviso mi ritrovai abbastanza vicina da contare le rughe intorno alla sua bocca, le pagliuzze blu nei suoi occhi che si vedevano solo quando stava per dire qualcosa di importante.

E lo disse.

«Puoi smetterla di fingere, adesso», pronunciò, e le sue parole furono una sfida, una provocazione, una confessione.

Avrei voluto ridere, rispondere con qualcosa di disinvolto e tagliente, ma dentro al petto mi sentivo diventata tenera e indifesa. Si chinò, lentamente, come ci si avvicina a un animale che si teme possa mordere.

Per un momento, glielo lasciai fare.

Poi, con la rapidità di un attacco di panico, mi tirai indietro. «Non dovremmo», dissi, e fu meno una decisione che un riflesso.

Lui sbatté le palpebre una volta. «Perché no?»

«Questa situazione è troppo familiare», dissi, con la voce appena udibile. «E sappiamo entrambi com'è finita l'ultima volta.»

La sua mascella si contrasse e, per un secondo, vidi la vecchia rabbia, la versione di lui che avrebbe sbattuto una porta o iniziato una discussione solo per non essere il primo a cedere. Ma non lo fece. Rimase semplicemente lì, le mani piatte sul bancone, come se avesse paura di toccare qualsiasi altra cosa.

«Forse è finita così perché non ci hai mai dato una possibilità», disse, la sua voce flebile, indifesa.

Avrei voluto dire qualcosa, qualsiasi cosa, ma l'aria era densa di cose che non potevano essere sistemate con le parole.

«Devo andare», dissi più forte del previsto. Ritrassi la mano e raccolsi il mio scialle fradicio dal pavimento del corridoio. «Ho una riunione presto», dissi. «E se mi presento con l'aria di una che non ha dormito, Sarah presumerà che andiamo a letto insieme e mi licenzierà per puro dispetto.»

Lui ghignò. «Non devi preoccuparti, lei stravede per te.»

Ero alla porta prima ancora di rendermi conto che mi stavo muovendo. Mi voltai, la mano sulla maniglia, e dissi: «Non dimenticarti di aggiornare il documento Google se trovi qualcosa. E cerca di non addormentarti sul divano.»

Fece il saluto militare, un gesto perfettamente ridicolo. «Ricevuto.»

Aprii la porta, lasciando che il suono della pioggia riempisse il corridoio. Per un momento, pensai che mi avrebbe seguita. Ma lui rimase lì, a guardarmi, la luce alle sue spalle che trasformava il suo viso in un'ombra.

«Buonanotte», dissi, e fu tutto ciò che riuscii a dire.

Fuori, l'aria era tagliente, la pioggia in qualche modo più fredda di prima. Mi rannicchiai sotto il portone del palazzo, inspirando l'odore di cemento umido, e cercai di convincermi che avevo ancora il controllo.

Controllai il telefono. C'era un'email da Sarah, oggetto: "Sei Ancora Viva?" e una chiamata persa da mia madre. Le ignorai entrambe.

Invece, rimasi lì, da sola, a guardare la città tremolare nell'oscurità, ogni finestra una storia, ogni lampione una promessa.

Era quasi abbastanza.

Quasi.

SEDICI

♥

PAUL

L'appartamento è così silenzioso che riesco a sentire il battito del mio cuore, il che è una novità. Di solito c'è qualche distrazione: il ronzio del frigorifero, una sirena occasionale, la vicina del piano di sopra che si esercita nel suo omicidio tonale del pianoforte. Ma in questo momento ci sono solo il tocco percussivo dei tasti e gli strascichi dell'uscita di scena di Grace, che sono più assordanti di qualsiasi musica.

Il cursore lampeggia, insistente. Sono venti minuti che fisso lo stesso paragrafo, cercando di costringerlo ad avere un senso. «Amore moderno», comincia, per poi spegnersi in un finale patetico e banale. Provo un approccio diverso: «Se chiedete a chiunque abbia mai provato a uscire con qualcuno nell'era del capitalismo della sorveglianza...» In qualche modo è anche peggio. Cancello, riscrivo, cancello di nuovo.

Ogni volta che alzo lo sguardo dal portatile, mi aspetto quasi di vedere Grace all'altro capo del divano, con i capelli bagnati, un abito da sera blu notte, un dito che batte a tempo con i suoi pensieri. Invece, ci sono solo delle stampe sparse e il mio riflesso nello schermo spento della TV, che somiglia a qualcuno che ha appena capito di essere stato surclassato da un avversario migliore.

Provo a scrivere d'amore, ma tutto ciò a cui riesco a pensare è la perdita. Nello specifico, il modo in cui se n'è andata: non plateale, nemmeno rabbiosa, semplicemente finita. Definitiva, come il clic di una telefonata che si interrompe. Ripercorro mentalmente la nostra ultima conversazione, come se esistesse una versione director's cut in cui dico qualcosa di abbastanza intelligente da impedirle di andarsene. Non esiste. L'intera scena è così familiare che potrei metterla in scena a memoria, fino al modo in cui non si volta indietro mentre la porta si chiude alle sue spalle.

Apro la bozza della nostra rubrica, quella che Sarah vuole comunque che terminiamo, anche se la notizia bomba è lo scandalo di beneficenza. Il documento Google è un cimitero di commenti, per lo più suoi. «Stai esagerando con la metafora, qui», ha scritto. «Prova a tagliare l'ultima frase. O l'intero paragrafo. Anzi, ricomincia da capo».

Vorrei ribattere, ma ha ragione. Adesso, nella scrittura, c'è un vuoto. Sembra di leggere due persone che conversano attraverso una lastra di vetro, fingendo di non vedere i propri riflessi. Scorro i nostri vecchi lavori, articoli dei tempi dell'università, quando litigavamo per virgole e note a piè di pagina, bevendo vino del supermercato in bicchieri di plastica alle tre del mattino. All'epoca le parole erano scoppiettanti, piene di vita, di astio e dell'ebbrezza di essere più intelligenti di chiunque altro. Ora è solo rumore.

La notte fuori è un esercizio di vuoto. La pioggia è cessata, lasciando le strade della città lucide e anonime. Dovrei andare a letto, ma il pensiero di dormire è ridicolo. Non sono riuscito a dormire più di tre ore di fila da quando è iniziata la rubrica «Amore Moderno». Il mio cervello va avanti a caffeina e nostalgia, ed entrambe si stanno esaurendo.

Chiudo il portatile e provo a smaltire l'ansia camminando. L'appartamento è piccolo, quindi la cosa implica un circuito dalla cucina al bagno e ritorno, evitando il campo minato di scartoffie e tazze sporche accumulate. Mi intravedo nello specchio del bagno. Non è un bello spettacolo. Sembro uno che ha passato una settimana chiuso in un casinò e ha perso ogni mano.

Mi sciacquo la faccia con dell'acqua e mi asciugo con l'asciugamano meno sporco che riesco a trovare. Il cotone è rigido, odora vagamente di candeggina e sconfitta. Passo una mano tra i capelli, che sono già ritti in tutte le direzioni, e valuto se farmi la barba. Non lo faccio.

Tornato al tavolo, controllo il telefono in cerca di messaggi. Niente da Grace. Non che me ne aspetti uno.

Apro di nuovo il documento, deciso almeno a fingere di essere un adulto funzionante. Riesco a scrivere due righe prima che la tentazione di controllare il suo profilo abbia la meglio. È una malattia. Eccola: ancora sveglia, ancora con la lucina verde su WhatsApp, probabilmente ancora al lavoro. Probabilmente sta scrivendo il pezzo da sola offline e non aspetta che io mi metta in pari.

Vorrei mandarle un messaggio. Qualcosa di breve, diretto, impossibile da fraintendere. Invece, scrivo: «La bozza di Amore Moderno è aggiornata. Fammi sapere se vuoi occuparti della prossima sezione». Lo cancello prima di inviare. Non riesco a decidere se sia autocontrollo o codardia.

Mi metto a letto e fisso il soffitto, contando le crepe nell'intonaco e tutti i modi in cui sono, e sarò sempre, una delusione per le persone a cui tengo.

Il sonno ci mette molto ad arrivare. E quando arriva, è leggero e affollato, pieno di frasi spezzate e immagini di lei con quel vestito alla serata di beneficenza.

DICIASSETTE

GRACE

Mi svegliai alle cinque, un record personale per l'incapacità di spegnere il cervello. Il mio appartamento era denso dell'odore del caffè bevuto in preda al panico la notte precedente e di un sentore di toast bruciato che nemmeno tre finestre aperte riuscivano a scacciare del tutto. Vagai per il perimetro, tazza in una mano, telefono nell'altra, eseguendo la danza di chi ha dormito troppo poco: scorri, sorseggia, ricarica, ripeti.

La homepage del *Chronicle* riportava ancora la notizia principale della sera prima: qualcosa su un membro del consiglio comunale sorpreso a falsificare richieste di invalidità, che in un giorno normale mi avrebbe fatto sbuffare una risata. Quel giorno, a malapena lo notai. Tornai su Twitter, controllai le notifiche, poi passai a WhatsApp, nel caso in cui i redattori avessero deciso di ritirare l'articolo all'ultimo minuto. Non l'avevano fatto, ma controllai di nuovo, per sicurezza.

L'orologio superò le sei. Il bambino dei vicini stava già urlando e dal piano di sopra proveniva un tonfo ritmico, come se la donna del piano di sopra stesse di nuovo sollevando i mobili. Mi sporsi sul bancone della cucina, la fronte premuta sul finto granito, e implorai l'universo di darsi una mossa.

Uscì alle 06:30 in punto.

La nuova prima pagina si caricò con un fremito, i pixel che si ricomponevano per rivelare un titolo così grande da mangiarsi quasi lo schermo: «SVELATA FRODE NELLA BENEFICENZA: POLITICI E CEO IMPLICATI IN UNA TRUFFA DA 12 MILIONI DI STERLINE». Sotto, il mio nome. Tutto in maiuscolo. GRACE HAMPTON. Nel corpo dell'articolo, tutte le sgradevoli prove che Paul aveva raccolto e ciò che io avevo scovato nei registri finanziari. Parte di esse, dovevo ammetterlo, era congettura piuttosto che un dato di fatto, ma dove c'è fumo...

Lessi tutto una volta, poi di nuovo, cercando segni di annacquamento. L'ufficio legale ne aveva smussato gli angoli, aggiunto una sfilza di «presunto» e «secondo quanto appreso dal *Chronicle*», ma il succo era rimasto. Aspettavo il momento in cui avrei iniziato a sentirla come una vittoria, ma per lo più mi sentivo solo infreddolita e con un po' di nausea.

Il mio telefono vibrò così forte da saltare quasi giù dal bancone. Il gruppo WhatsApp della redazione era esploso: uno dei vice-redattori mandò una sfilata di emoji urlanti, seguita da «SVEGLIA E ANNUSA LA PRIMA PAGINA, STRONZA», poi uno screenshot del titolo cerchiato tre volte in rosa. Max si intromise con: «Oddio, hai davvero scritto 'malversazione' giusto al primo colpo?» e una GIF di una donna anziana che sveniva. Si aggiunsero persino ex colleghi che ora lavoravano per altre testate, i loro messaggi un misto di ammirazione e gelosia malcelata.

C'era un messaggio di mio padre, che di solito non metteva mai le dita sulla tastiera a meno che non fosse morto qualcuno. Il suo messaggio era breve: «Fiero di te, tesoro. Non dimenticarti di mangiare.»

Per un momento ci fu un'ellissi pulsante, come se stesse valutando se scrivere altro, poi più nulla.

Su Twitter, le conseguenze furono immediate e gloriose.

Alle otto, il CEO dell'ente di beneficenza si era «dimesso dal ruolo per passare più tempo con la famiglia», il direttore finanziario veniva condotto in un'auto della polizia e un vice-ministro che solo un mese prima era stato felice di posare con assegni giganti era improvvisamente «in congedo prolungato». Mi concessi il piccolo brivido di guardare l'hashtag diventare di tendenza, il mio telefono sibilava di menzioni, insulti, teorie del complotto e qualche occasionale «ben fatto».

La notizia fu ripresa da ogni altra testata. L'*Evening Standard* la riformulò come una «crisi di fiducia», il *Mail* la definì «il colpo da martello di Hampton al Municipio» e *The Sun*, il giornale che una volta aveva definito la mia scrittura «stridula», riportò l'intero secondo paragrafo alla lettera, con tanto di errore di battitura che avevo chiesto al vice-redattore di lasciare come trappola per gli aggregatori pigri.

Presi nota di ringraziare Tess per quel suggerimento.

Alle dieci, la mia casella di posta era un campo di battaglia. C'erano richieste da produttori televisivi, tre diversi programmi radiofonici e un messaggio dall'ufficio legale che mi ricordava di non postare sui social riguardo a «indagini in corso». C'era anche un'email dalle Risorse Umane, ma la cancellai senza aprirla. Se si trattava del sondaggio sulla soddisfazione dei dipendenti, potevano andare a quel paese.

Finalmente mi vestii, vale a dire che sostituii i pantaloni del pigiama con i jeans più puliti che riuscii a trovare, e mi trascinai allo specchio. Avevo una linea sul viso che non avevo mai visto prima, che andava dal bordo del sopracciglio sinistro fino allo zigomo. Non era una cicatrice, solo un solco scavato da sei mesi passati a stringere la mascella. Lo strofinai, ma non andò via.

Mangiai del toast. Bevvi altro caffè. Guardai i numeri della barra laterale dei «più letti» del *Chronicle* salire in tempo reale, la piccola barra di avanzamento che schizzava in avanti a ogni aggiornamento. Sapevo che avrei dovuto disconnettermi, fare una passeggiata o almeno lavarmi i capelli, ma ero inchiodata lì, incapace di scrollarmi di dosso la sensazione che, se avessi sbattuto le palpebre, la storia sarebbe svanita, e io con lei.

Alle 09:02, chiamò Sarah. Risposi in vivavoce, le mani che tremavano appena.

«Ce l'hai fatta», disse, la voce densa di soddisfazione e, se devo essere onesta, un po' di soggezione. «Sei una macchina da guerra. Hai visto la dichiarazione? Il CEO ha fatto un discorso alla Boris Johnson.»

Feci un sorriso, i muscoli del viso che protestavano per il movimento improvviso. «Sarà a Malaga entro lunedì. Gli do sei ore prima che dia la colpa a uno stagista disonesto.»

Sarah ridacchiò, poi si fece seria. «Sul serio. Questo è il miglior lavoro che tu abbia mai fatto. Cioè, sei sempre un incubo, ma potresti davvero ottenere un aumento per questo.»

«O una querela.»

«O una querela! Ma almeno sarai famosa. O famigerata. Dipende a chi lo chiedi.»

Fece una pausa, la linea si riempì del suono di lei che mordeva qualcosa di croccante. «Comunque, puoi venire in redazione? Miriam vuole fare il debriefing alle due, e porta i pasticcini.»

«Sì», dissi, guardando fuori dalla finestra mentre la città sotto di me andava avanti con il suo passo pesante. «Ci sarò.»

«Mettiti qualcosa che dica 'giornalista d'inchiesta', non 'in attesa di giudizio'.»

Riattaccai e passai cinque minuti buoni a chiedermi cosa significasse. Poi mi infilai un blazer sopra la maglietta, ficcai i piedi negli stivali e mi preparai ad affrontare il mondo come la persona che, per una mattina, l'aveva un po' mandato in frantumi.

Se c'era elettricità nell'aria quando entrai in redazione, era perché la tensione collettiva avrebbe potuto scatenare un'esplosione. Il posto vibrava come la notte delle elezioni. Non solo i veterani irriducibili del *Chronicle*, ma anche lo staff dell'*Express*: la maggior parte fingeva di essere infastidita dal dover condividere lo spazio sulla scrivania, ma erano tutte occhiate furtive e sorrisetti quando pensavano che nessuno li guardasse. C'era una fila alla macchinetta del caffè dell'ufficio e qualcuno aveva già infranto la regola dei «due articoli a persona», lasciando allo stagista il compito di asciugare un laghetto di latte d'avena.

La mia scrivania, quel giorno, era al centro di tutto: due posti a sinistra dal team di Politica Digitale, tre dalla postazione della sezione Approfondimenti e quasi perfettamente posizionata per la massima esposizione a chiunque volesse criticarmi o congratularsi con me. Ricevetti entrambe le cose prima ancora di accendere il computer.

Sarah si materializzò, porgendomi un Tupperware di muffin fatti in casa, con gli occhi così brillanti che sospettai l'uso di sostanze dopanti. «Hai visto i commenti? Fottutamente leggendaria», disse a voce bassa ma abbastanza da farsi sentire. «Inoltre, non mangiare i muffin della mensa, sanno di colla per moquette.»

La ringraziai, poi controllai tre volte il desktop per email dall'ufficio legale prima di osare aprire la mia casella di posta. Era grave, ma sopravvivibile. Cinque richieste di commento, sette ringraziamenti, tre lamentele formulate in termini molto duri da persone che non avevo mai incontrato ma che a quanto pare pensavano che avessi rovinato loro la vita. Il rapporto era comunque lusinghiero, quindi me lo godetti.

Ero a metà di un muffin quando notai Paul, appoggiato allo stipite della porta di Sarah come un buttafuori che si era appena ricordato di non essere in servizio. Aveva le braccia conserte, il mento basso, gli occhi nascosti da una frangia che diceva «non ho dormito» più eloquentemente di qualsiasi confessione. Quando mi vide, la sua bocca non si mosse, ma la sua postura cambiò; a malapena, ma abbastanza. Stava aspettando qualcosa.

Alzai una mano, un saluto esitante. Non lo ricambiò. Invece, si voltò, entrò nell'ufficio di Sarah e lasciò che la porta si chiudesse con un clic alle sue spalle.

Fissai la porta per un secondo, il muffin a mezz'aria, poi presi un respiro e iniziai a digitare. Se quella era una convocazione, volevo avere la mia versione della storia ben chiara in mente.

Quindici minuti dopo, la porta si aprì e Sarah si affacciò. «Grace? Posso vederti un secondo?»

Mi alzai, mi spolverai le briciole dalla giacca e feci la camminata. Tutta la redazione stava guardando, ma fingendo di non farlo.

All'interno, l'ufficio di Sarah era arredato in modo da mantenere ambigue le dinamiche di potere: tre sedie, tutte identiche, una di fronte all'altra sopra un tavolino che ospitava una singola bottiglia d'acqua non aperta. Paul camminava avanti e indietro, con le mani in tasca, nello stesso modo in cui faceva all'università prima di un dibattito importante. Sarah era seduta e stava già digitando qualcosa di invisibile sul suo telefono.

«Chiudi la porta, per favore», disse, poi alzò lo sguardo, tutto sorriso professionale e zero calore. «Cerchiamo di essere brevi. Voglio solo sentire come si è svolto il tutto.»

Mi sedetti, incrociai lo sguardo di Sarah, poi guardai Paul di sfuggita. La sua espressione era scolpita nel legno. Mi ricordai che non dovevo essere io a riempire il silenzio. Lo feci comunque.

«Ho mandato la versione finale all'ufficio legale alle

02:30», dissi. «Me l'hanno rimandata alle 05:15, così ho fatto le modifiche e l'ho caricata sul CMS. Speravo che avremmo ottenuto una dichiarazione ufficiale da qualcuno al gala di ieri sera, ma avrebbe richiesto un follow-up senza alcuna garanzia di ottenere qualcosa di succoso. Con il rischio di una fuga di notizie e il CEO che già si agitava, ho pensato che dovevamo anticipare tutti.»

Sarah annuì, picchiettando un'unghia contro il telefono. «Non lo ha segnalato a Paul?»

La risposta era no, e lei lo sapeva già, ma cercai di mantenere una certa dignità. «Avevo aspettato Paul per tutta la settimana. So che stava lavorando sui suoi contatti, stava facendo il suo lavoro, ma in realtà non ha contribuito al documento condiviso. Non volevo rischiare un altro ritardo. Eravamo i primi sulle prove e volevo mantenere il vantaggio.»

Paul intervenne, con voce fredda. «Traduzione: non voleva il mio contributo.»

Sarah alzò una mano, come per scacciare un'ape. «Non si tratta di segnare punti. Si tratta di fiducia. Abbiamo unito i team per una ragione, e non era per gestire due operazioni parallele. Se la parte dell'*Express* viene a sapere che li state escludendo, faranno un casino, e se l'ufficio legale pensa che non stiamo gestendo il processo, ci costringeranno a fare tutto in triplice copia.»

Annuii, ma sentivo la mascella contrarsi.

Paul smise di camminare, fermandosi dietro la sedia di fronte a me. «Posso solo...» Si interruppe, guardò Sarah, poi di nuovo me. «La storia è buona. Più che buona. Ma non avevi bisogno di affrettarla. Volevi solo la vittoria.»

Volevo ribattere, ma aveva ragione, e la prova era su tutta la mia casella di posta e sulla mia faccia.

Sarah sospirò, una performance di stanchezza solo leggermente esagerata. «Senti, non mi interessa chi mette la firma. Quello che mi interessa è che non implodiamo prima del prossimo ciclo di notizie. Siete entrambi troppo bravi per sprecarvi in politiche d'ufficio, ma se non riuscite a lavorare insieme, siamo tutti fottuti.»

Ingoiai la replica e dissi invece: «Preso atto.»

Paul non disse nulla. Rimase lì, irradiando tensione.

Il telefono di Sarah vibrò e lei abbassò lo sguardo. «Il ministro ha appena rilasciato una dichiarazione. Grace, puoi preparare un pezzo di reazione per il digitale? Paul, faccia un follow-up sul consiglio di amministrazione dell'ente di beneficenza. Chi sapeva cosa e quando? Voglio che la cosa vada avanti tutta la settimana, non solo come un fuoco di paglia.»

Si alzò, segnalando che avevamo finito. Mi alzai, pronta ad andarmene, ma Paul si attardò, con gli occhi fissi su un punto sopra la testa di Sarah. Per un secondo, pensai che stesse per dire qualcosa, ma annuì soltanto, quasi tra sé e sé, poi si fece da parte per farmi passare per prima.

La redazione era più rumorosa di prima. Più clic, più voci, l'ondata di caffeina che raggiungeva la massa critica. Tornai di corsa alla mia scrivania, cercai di concentrarmi sullo schermo, ma il mio cuore batteva all'impazzata e le parole si confondevano.

Guardai Paul alla sua scrivania, a testa bassa, le dita che tamburellavano sulla tastiera. Ogni tanto, alzava lo sguardo, mi sorprendeva a guardarlo, poi distoglieva lo sguardo prima che potessi leggergli il viso.

La mia frustrazione esplose. «Senti...»

«Sono occupato.» Paul continuò a scrivere. Non si prese nemmeno la briga di guardarmi negli occhi.

Bene. Sbuffai, contando fino a tre prima di dedicarmi alla bozza del pezzo successivo, le parole che uscivano a singhiozzi. La redazione ronzava, viva del mito del lavoro di squadra e della realtà dell'ambizione individuale. Scrivevo, cancellavo, riscrivevo, la storia che si dipanava in due direzioni contemporaneamente.

Cancellai tutto e mi concessi un solo minuto di nulla, le mani flosce in grembo, gli occhi chiusi contro il rumore bianco.

Poi ricominciai, inseguendo la prossima notizia, il prossimo titolo, la prossima ragione per continuare ad andare avanti. Da sola. Come sempre.

Forse un giorno imparerò a fermarmi.

Ma non oggi.

DICIOTTO

♥

PAUL

Uscendo dall'ufficio di Sarah, raggiungo la mia scrivania senza guardarla.

È una scelta tattica: una parte di istinto di sopravvivenza, due di offesa calcolata. La redazione unificata è ancora così nuova che nessuno è ancora del tutto sicuro di quali siano i posti migliori, perciò io e Grace siamo parcheggiati insieme a un tavolo per quattro, con le altre sedie che vanno e vengono a seconda delle necessità. Oggi ci siamo solo noi. Lei è già davanti al suo portatile, maniche rimboccate, capelli raccolti, il segnale universale per "Sono impegnata, ma anche palesemente disponibile a conversare". La ignoro.

La mascella mi duole ancora prima che riesca ad accedere, un dolore sordo e stridente che era iniziato da qualche parte verso Bermondsey, quando avevo visto l'articolo online sull'homepage, e che da allora si sta facendo strada verso la mia tempia sinistra. Stringo più forte, solo per verificare se sia possibile frantumarsi un molare con la pura forza di volontà. Lo è.

Lei esordisce con: «Senti...», ma io sono pronto.

«Sono impegnato», dico, e apro la posta. La parola esce fuori fragile, ma funziona. Silenzio.

La redazione è in fermento, l'open space inondato da quel tipo di energia che nasce dalla caffeina, da lievi postumi di una sbronza e dalla consapevolezza che l'articolo di Grace è uno scoop coi fiocchi. I telefoni squillano. Le stampanti sferragliano. Qualcuno nel settore pubblicità sta guardando un TikTok a tutto volume, probabilmente per dispetto.

Grace cerca di rimpicciolirsi. Non è un'impresa facile per lei: ha una certa presenza, anche quando non ci prova, motivo per cui il ciclo di notizie di stamattina è pieno del suo nome e non del mio. Scorro di nuovo la homepage, solo per punirmi: eccolo lì, in cima alla pagina, la sua foto accanto alla firma. Il titolo è un modello di moderazione: niente punti esclamativi, niente colpi bassi, solo la fredda certezza de "Il Chronicle scopre una frode da 12 milioni di sterline". È un ottimo lavoro. Odio quanto sia ben fatto.

La gente continua a fermarsi dal suo lato della scrivania. Alcuni sono sinceri: «Ottimo lavoro, Grace», «Come hai fatto a ottenere quel documento?», ma la maggior parte è qui per prenderle le misure, per capire se stia per diventare la nuova pupilla della redazione o se abbia solo avuto un colpo di fortuna e la settimana prossima tornerà a essere come tutti noi. Ogni complimento mi arriva come una piccola stilettata. Lei li accetta con un sorriso, ma vedo la tensione nel suo collo, il modo in cui la mano non si stacca mai del tutto dalla tastiera. È pronta a tutto, probabilmente da parte mia.

Ciò che ottiene è il nulla.

Sarah mi ha già inviato il mio incarico per la giornata: il "profilo di un eroe locale", il tipo di pezzo di riempitivo ideato per infarcire il supplemento domenicale e far contenti gli inserzionisti. In una settimana normale, mi sarei opposto, o almeno avrei tirato per le lunghe fino alla scadenza, finché qualcuno più in alto non fosse intervenuto, ma oggi sono grato per questo lavoretto di routine. Apro un nuovo documento, scrivo il titolo "LA SPORCA DOZZINA: LA DONNA CHE SFAMA I SENZATETTO DI DEPTFORD" e poi mi appoggio allo schienale, aspettando che la rabbia si trasformi in qualcosa di più utile.

Non succede. Cova sotto la cenere.

La barra spaziatrice della tastiera del mio portatile ha un leggero sferragliamento. Non l'avevo mai notato prima, ma ora ogni parola sembra un avvertimento tamburellato. Lo rendo più forte, nel caso Grace abbia bisogno di ricordarsi che sono qui, che non sto tenendo il broncio, che sto davvero facendo il mio lavoro. Sento che mi osserva con la coda dell'occhio, ma mi rifiuto di alzare lo sguardo.

Arriva un messaggio da Jamie: «tutto ok? ho visto l'articolo. se vuoi andare a sfonderci stasera, offro io». Lo ignoro, anche se so che insisterà con un meme o una foto della sua colazione. Ha buone intenzioni, ed è questo il problema.

Alle undici e mezza, qualcuno della redazione porta a Grace una tazza di tè. A me no. Lei prova a offrirla nella mia direzione – «Ne vuoi?» – ma scuoto la testa senza fermarmi. Sono al terzo paragrafo e ho già mezza pagina di citazioni, nessuna delle quali intendo usare, ma è l'illusione del progresso che conta.

L'aria intorno al nostro tavolo è densa di tutto ciò che non stiamo dicendo. Lei continua ad aprire la bocca, poi a richiuderla, poi ad aprirla di nuovo, come un pesce tirato fuori dall'acqua che non sa se combattere o semplicemente soffocare. Sarebbe divertente se non fosse così familiare.

Finisco la bozza, la allego a un'email e la invio a Sarah con un oggetto così sbrigativo da poter fungere da epitaffio: "Ecco". Poi chiudo il portatile e rimango seduto, a braccia conserte, con lo sguardo fisso davanti a me.

Per un secondo, penso che forse finirà così: due persone,

fianco a fianco, ognuna che cerca di resistere più dell'altra in una gara a cui nessuno dei due si è iscritto.

Ma poi lei dice a voce molto bassa: «Non hai intenzione neanche di criticare l'articolo?».

Finalmente la guardo, e l'espressione sul suo viso è così cruda da farmi male ai denti.

Vorrei dire di sì. Vorrei dire che l'ho letto due volte, che era impeccabile, che non sono nemmeno arrabbiato, solo geloso, e che vorrei, solo per una volta, essere stato io dall'altra parte della firma. Vorrei dire tutto questo, ma le parole mi si bloccano in gola.

Invece mi alzo, prendo il mio portatile e mi dirigo verso l'estremità opposta della redazione, dove il Wi-Fi è peggiore ma almeno la compagnia è facoltativa.

Mentre mi allontano, sento qualcuno del team Social gridare da dietro il divisorio: «Bel lavoro, Grace!». La sua risposta è troppo flebile per arrivare fino a me.

Continuo a camminare, ma il dolore alla mascella non si attenua, e nemmeno il rumore di tutte le cose che non dirò mai.

Alle 13:58, Jamie compare con una tazza di caffè e un'espressione che descriverei come "benevola preoccupazione" se pensassi che fosse capace di provare una delle due cose. Più probabilmente, si sta solo annoiando. In ogni caso, si aggira sul bordo della mia scrivania in prestito finché non gli do retta, cosa che richiede più tempo del dovuto.

«Hai intenzione di parlarle», dice, «o continuerai a comportarti come un adolescente imbronciato finché le Risorse Umane non chiameranno un cane da pet therapy?».

La sua voce è abbastanza alta da catturare l'attenzione

della donna al tavolo accanto, che si volta a guardare per poi distogliere lo sguardo con indifferenza professionale.

Non rispondo, mi limito a fissare lo schermo, scorrendo un articolo sullo sciopero dei netturbini di Wandsworth come se contenesse il segreto dell'esistenza.

Jamie sospira, poi si siede sul bordo della scrivania, facendola scricchiolare in segno di protesta. «Dico sul serio, amico. Non è esattamente così che vi siete autodistrutti l'ultima volta?».

Gli lancio un'occhiataccia, così affilata che spero lo ferisca. «Sto lavorando».

«Sì, stai lavorando», dice. «Lavori sempre. Ma non stai neanche mangiando, non stai dormendo e...» Si china, a voce bassa: «... non stai vincendo».

Vuole essere una frecciatina, ma mi arriva come una sfida. La lascio aleggiare, poi chiudo il portatile con uno scatto secco.

«Cosa vuoi, Jamie?».

Lui fa spallucce, sorseggia il suo caffè e ispeziona la stanza come se gli appartenesse. «Niente. Ho solo pensato che dovresti sapere che non è l'unica ad aver ricevuto un briefing da Sarah. Stanno preparando una specie di 'punto e contrappunto' per domenica. La sezione digitale lancerà un sondaggio. Il miglior commento vince una bottiglia di gin del Tesco e uno spazio per una rubrica per una settimana».

Sbuffo, ma è più che altro aria. «Vero giornalismo, questo».

Lui sorride. «Il futuro, a quanto pare. Forse potresti provare a non mandare tutto a puttane per entrambi, stavolta».

Riapro il portatile, il bagliore blu dello schermo che illumina ogni vena della mia mano. «Lei se la caverà».

«Lo so che se la caverà», dice Jamie. «La domanda è: tu te la caverai?».

Si alza, si stira e se ne va con passo dinoccolato, lasciando un alone di caffè sul bordo della mia postazione. Lo pulisco con la manica, solo per vedere se viene via. Non viene via.

Controllo le email: niente di urgente, solo una conversazione in corso sui pass per il parcheggio e un promemoria per tutto il personale di non scaldare il pesce nel microonde della sala relax. Il mio prossimo incarico è un pezzo di approfondimento per la rubrica "Relazioni Moderne", quella che Sarah vuole in coppia. Dovrei collaborare con Grace, ma l'idea di "noi" come squadra è così ridicola che per poco non cancello la bozza per principio.

Invece, apro un nuovo documento e scrivo: "Relazioni Moderne: Perché Non Funzionano Mai".

Il titolo è una provocazione, e lo lascio in grassetto in cima, nel caso qualcuno stia guardando da sopra la mia spalla.

Alzo lo sguardo, finalmente, verso Grace, con le cuffie, gli occhi fissi sullo schermo. Probabilmente è già alla terza bozza, le dita che si muovono veloci. Ha una piccola ruga sulla fronte, una piega che dice che è immersa negli ingranaggi del pezzo, a costruire qualcosa di cattivo e bellissimo. Dovrei odiarlo, ma non ci riesco. Non davvero.

La redazione è una cassa di risonanza di voci crescenti e scadenze. Nel gruppo principale di scrivanie, qualcuno sta discutendo con l'IT per il reset di una password, mentre il gruppo degli Speciali è impegnato in una lotta all'ultimo sangue per capire di chi sia il telefono che continua a suonare. La stampante più vicina si inceppa e inizia a stridere; il tizio dell'Editoriale la colpisce finché non riprende a sputare pagine, tutte leggermente sbilenche e disallineate. Lascio che il rumore bianco cresca, per poi svanire.

Scrivo:

«*Ogni relazione è una gara. Anche quelle buone. Soprattutto quelle buone. Alcuni vincono, alcuni pareggiano i conti, ma la maggior parte cerca solo di non perdere*».

Mi fermo, poi cancello «*la maggior parte cerca solo di non perdere*». È troppo morbido.

Ricomincio, questa volta più tagliente, più duro, mirando

ogni parola al punto invisibile appena dietro la spalla sinistra di Grace.

Il bello di essere al secondo posto è che non ti stanchi mai di combattere. Ti abitui al sapore del sangue in bocca, ai nodi nello stomaco, al modo in cui il battito del tuo cuore diventa un metronomo per ogni rimpianto e ogni quasi. Non è nobile. Non è tragico. È solo quello che succede quando non sopporti l'idea di arrivare ultimo.

Continuo a scrivere, più veloce, lasciando che le righe scorrano sfilacciate e crude. Ogni frase è una dimostrazione di forza, una stoccata al pubblico invisibile che immagino stia guardando, aspettando che io inciampi o vacilli. Non posso dargli questa soddisfazione. Non oggi.

La testa di Grace si inclina, solo per un secondo, come se avesse colto al volo il mio pensiero vagante. Poi torna al lavoro, il viso indecifrabile.

Scrivo:

«Alla fine, non esiste il pareggio. Qualcuno ha sempre l'ultima parola».

Lo metto in corsivo, poi premo salva.

L'atto di scrivere è come respirare sott'acqua: teso, necessario, pericoloso se ci si sofferma troppo a lungo. Mi appoggio allo schienale, ruoto le spalle, e per la prima volta in tutta la mattina, c'è un vago accenno di sorriso. Non un sorriso felice, neanche lontanamente, ma il tipo che nasce quando sai esattamente cosa stai per fare, e hai intenzione di farlo comunque.

Dall'altra parte della stanza, Grace sta scrivendo, ignara. La linea tra noi è netta, affilata, ed esattamente dove dovrebbe essere.

Che vinca la firma migliore.

DICIANNOVE

GRACE

La giornata cominciò con il freddo e rettiliano lampeggiare del mio telefono: le 6:14 del mattino, con la luce blu che scavava un solco nel buio. L'appartamento era al suo stadio più onesto a quell'ora: il silenzio, l'odore del cartone della pizza della sera prima, la mia vestaglia che cedeva calore al piumone. Nella penombra, le mie stesse membra mi sembravano prese in prestito, troppo pesanti e non del tutto attaccate al corpo.

Presi il telefono, il pollice impacciato dal sonno. C'era un'e-mail di Paul Callaghan, oggetto: «Bozza per Sarah, entro la scadenza». Nessun preambolo. Nessun «Buongiorno», nessuna stretta di mano, nessuna emozione umana riconoscibile.

Avrebbe dovuto essere un sollievo. Ma il battito cardiaco era già accelerato, l'attesa del disastro abbastanza familiare da farmi contrarre lo stomaco prima ancora di aver aperto il documento.

Toccai lo schermo, e il file si caricò con la lentezza di una manovella.

C'era un allegato. Niente nel corpo del testo, assolutamente niente.

Per un istante, fissai l'intestazione, aspettando che il mio cervello mi suggerisse il significato nascosto, il contesto che in qualche modo mi era sfuggito. Non ce n'era. Paul era sempre stato allergico alle parole superflue, ma questo era un nuovo livello di concisione.

Scaricai il file. Si aprì in Pages, usando di default un carattere che avevo bandito da tutti gli articoli del *Chronicle*, solo per dargli fastidio. Il titolo era provvisorio: «Amore_Moderno_4_vFINALE». Scorsi il primo paragrafo e la terra mi si aprì sotto i piedi.

Il mio nome non c'era. Non in cima, non nella firma, nemmeno una menzione tra parentesi nella prima nota a piè di pagina.

Feci scorrere il testo, cercando un indizio della mia stessa esistenza. Niente. Nemmeno un «grazie alla mia collega», nemmeno un «come sostiene la mia co-autrice». L'articolo era preciso come un laser, ogni argomentazione affilata come una lama, ogni sezione che echeggiava dibattiti che avevamo avuto alle tre del mattino nell'antica redazione del giornale studentesco, impregnata di tequila. Le parole erano sue, ma la struttura — il rigore intellettuale, la cadenza pungente dell'attacco iniziale, l'intera sezione centrale sugli «appuntamenti algoritmici e il mito dell'autenticità» — era mia. I miei appunti, la mia scaletta, la mia linfa vitale.

Controllai di nuovo l'email. L'indirizzo era lo stesso di sempre. Nessun «cc», nessun ccn nascosto a Sarah o Liam o al gruppo di freelance. Cercai un seguito, un messaggio, una spiegazione. Non c'era nulla. Volevo credere che fosse un errore, un problema tecnico, ma la voragine che avevo nello stomaco era già affollata dai fantasmi di ogni vecchio tradimento.

Aprii la mia bozza, quella su cui avevo passato cinque ore a limare la notte precedente. Era più intelligente. Era più originale. Ed era anche ferma nella cartella «Bozze», non inviata, perché volevo rileggerla un'ultima volta prima di mandarla.

L'appartamento si era raffreddato nell'ora che avevo passato a leggere e rileggere. Potevo vedere il mio respiro quando aprii il frigo per prendere il latte, e la bottiglia era quasi vuota. Cercai di vestirmi come se non stessi per andare al patibolo: vestito verde, capelli raccolti, rossetto leggero. Considerai l'idea di uscire di casa senza anelli, solo per vedere se qualcuno se ne sarebbe accorto. Alla fine, li indossai tutti, le familiari fasce d'argento e d'oro che mi stringevano le dita.

La metro era un inferno. Qualcuno aveva vomitato sulla banchina e il treno era pieno di pendolari in vari stadi di disperazione. Mi aggrappai al corrimano, le nocche bianche, e guardai la città passare a intermittenza. A Liverpool Street, due studentesse salirono e iniziarono immediatamente a dissezionare un ragazzo di nome Seb, che era «un grandissimo spione» e anche «figo, ma con delle sopracciglia problematiche». Avrei voluto dire: «Non si ricorderà del vostro nome, nemmeno se infesterete i suoi sogni per un decennio». Invece, scesi a Moorgate, rischiai di perdere una scarpa nella fessura tra il treno e la banchina, e percorsi a passo svelto i tre isolati fino all'ufficio.

La facciata del *Chronicle* era stata ridipinta dalla settimana scorsa, ma il logo si stava già scrostando. La guardia di sicurezza mi fece un cenno, quello riservato alle «facce finite sui giornali». La reception era disseminata di pacchi: omaggi delle PR, piante morte, un singolo palloncino a elio con su scritto «CONGRATULAZIONI!» che aveva iniziato a sgonfiarsi. Premetti il pulsante dell'ascensore e aspettai, fissando il mio riflesso nel pannello dorato a chiazze. Avevo delle macchie scure sotto gli occhi. Il colletto era già storto.

Al piano di sopra, la redazione era in pieno fermento. Il gruppo degli articoli di approfondimento stava discutendo se si potesse legalmente chiamare un cocktail «Negroni Sbagliato» senza usare il giusto tipo di vermut. Il team del podcast stava facendo una chiamata di prova con una fonte, quindi una parola sì e una no era «cazzo» o «taglia questa parte».

Cercai Paul con lo sguardo. La sua scrivania era vuota. C'erano la tazza, il vecchio portatile malconcio, un taccuino con la sua calligrafia caratteristica («Corrompere per correggere per crollare» a penna). Ma niente Paul.

Per un secondo, pensai: *Forse è in consegna. Forse è dovuto uscire prima per seguire una pista. Forse è tutta una mossa elaborata per tenermi sulle spine.*

Gettai la borsa sulla scrivania, accesi il portatile e aprii la chat di gruppo. C'era già una conversazione in corso: Sarah, io, Paul e tutto il reparto Approfondimenti. Il messaggio in cima diceva: «Mi serve il FINALE DEFINITIVO per l'ufficio legale entro le 10, altrimenti perdiamo lo spazio». Mancavano esattamente quattro minuti.

Guardai di nuovo la mia bozza, poi quella inviata da Paul. Non c'era tempo per limare, non c'era tempo per perorare la mia causa con Sarah o con chiunque altro. Inviai la sua bozza insieme alla mia, con una sola riga: «In allegato».

Aprii il documento. Evidenziai ogni singola riga che proveniva dalla mia scaletta, ogni frase che era così precisa, così inconfondibilmente mia che anche uno studente di giornalismo del primo anno avrebbe notato la sovrapposizione. Volevo mandare tutto a Sarah, allegando una lunga lista annotata di lamentele. Ma non lo feci. Non sono una vittima. Non gli avrei permesso di vincere così facilmente.

Andai in cucina, con le gambe tremanti per l'adrenalina. Versai l'ultimo goccio di caffè e rimasi accanto alla finestra, guardando la città svegliarsi attraverso la nebbia. Il sole stava sorgendo sul fiume, gli edifici che si illuminavano uno a uno, come un sorriso nervoso.

Ripensai all'ultima volta che era successa una cosa del genere: otto anni prima, un altro giornale, un'altra scadenza, lo stesso senso di catastrofe imminente. Paul mi aveva battuto di dodici minuti. Era l'ultimo giorno del semestre del nostro secondo anno e non gli parlai per tutte le vacanze estive. Mi mandò una cartolina da Berlino, senza parole, solo un teschio con le ossa incrociate disegnato male.

Feci scorrere il pollice sugli anelli, torcendoli finché non mi fecero male. Chiusi gli occhi. Respirai.

Quando tornai alla mia scrivania, l'email di Sarah era lì ad aspettarmi. L'aveva inviata a entrambi.

«Useremo la versione di Callaghan. Più mirata, più incisiva. Scusa, Grace, la tua era solida, ma questa ha più "personalità". La prossima volta, mettetevi in copia a vicenda su tutte le modifiche, così non avremo un'altra scenata per la firma. Siete entrambi troppo grandi per queste cose».

Fissai lo schermo, sforzandomi di non piangere. Non l'avrei fatto. Non lì. Non ora.

Invece, aprii un nuovo documento. Titolo: «Perdere Grace».

Scrissi la prima riga: «L'amore moderno è uno sport sanguinario, e io continuo a dimenticare da che parte sto».

Le parole uscirono veloci. Lo fanno sempre.

Quando Paul tornò in ufficio, ero al terzo paragrafo e in piena ascesa. Non lo guardai. Non ne avevo bisogno.

Si sedette, la vecchia sedia che scricchiolava sotto il suo peso. Sentii i suoi occhi sulla mia schiena.

Digitai, e digitai, e digitai, finché il mondo non si confuse diventando nient'altro che parole.

A metà mattina, la mia casella di posta era un bagno di ghiaccio di oggetti «urgenti», uno più disperato dell'altro. Fissai lo schermo e cercai di tenere insieme i pezzi di me stessa, ma continuavo a pensare a come appariva il nome di Paul da solo, a come il verdetto di Sarah fosse atterrato come una lastra di cemento. «Troppo grandi per queste cose». Se intendeva le delusioni d'amore, aveva ragione. Non avevo più la fibra per sopportarle.

Avevo bisogno di sapere, di una conferma, nero su bianco, così da poter scolpire quella sensazione nell'osso.

Sarah era una dea del corridoio, sempre in movimento, sempre sull'orlo di una riunione più importante. La intercettai mentre si dirigeva a grandi passi verso l'«isola strategica» dalle pareti di vetro, telefono all'orecchio, tacchi spietati sulle piastrelle.

«Sarah, posso rubarLe un minuto?» le chiesi, facendo attenzione a mantenere la disperazione nella mia voce al di sotto della soglia udibile.

Disattivò il microfono della chiamata e sollevò un sopracciglio, un misto di «spara» e «hai trenta secondi».

«Volevo solo un chiarimento sulla firma. Per l'articolo sull'Amore Moderno». Lo dissi con leggerezza, come se non avesse importanza, come se fosse solo un'altra riga sul mio rapporto settimanale di autoflagellazione. «È stata una decisione del Consiglio, o...?»

Aggrottò la fronte, una confusione genuina che le ammorbidì il viso per la prima volta dalla fusione. «Del Consiglio? No. Perché?»

«È solo che... Paul ha inviato la sua versione da solo. Pensavo che dovessimo, non so, collaborare». L'ultima parola mi lasciò l'amaro in bocca.

Sarah controllò il telefono, poi il calendario al polso. «Infatti. Stavate collaborando. Anzi, stavo per dirvi stamattina che il lavoro congiunto che stavate facendo funzionava. Non mi aspettavo bozze separate».

Il mio cervello andò in tilt. «Quindi, nessuno ha detto...?»

Scosse la testa. «No. Vi ho detto a entrambi di procedere con l'articolo. Volevo il classico battibecco, quell'energia da 'si metteranno insieme o no?'. Al Consiglio piace un casino quella roba. Ma da soli? Non è quello che vogliamo. Insomma, per questa volta pubblicheremo quello di Paul, ma...» Si strinse nelle spalle, di nuovo tutta d'un pezzo, e lanciò un'occhiata lungo il corridoio, chiaramente a pochi secondi dal riprendere la chiamata. «Pensavo che voi due steste finalmente risolvendo le vostre divergenze».

Non risposi. Non potevo.

Sostenne il mio sguardo un secondo in più, poi disse: «Se c'è un problema, lo risolvete. Non costringetemi a farvi da arbitro».

«Certo», dissi, con una voce neutra come l'aria. «Nessun problema».

Si allontanò, già tornata in modalità capo. Il silenzio che lasciò al suo passaggio era clinico.

Ci volle un minuto perché la consapevolezza filtrasse. L'aveva fatto lui. Lui e basta. Che fosse per sabotarmi o per salvare se stesso, il risultato era lo stesso: il mio nome escluso dall'articolo, il mio lavoro digerito e risputato fuori con la firma di qualcun altro. Una rappresaglia per la mia firma singola sullo scoop di beneficenza.

Per un secondo, il petto mi fece così male che non riuscii a muovermi. L'attimo dopo, stavo camminando, a passo spedito, verso il gruppo di scrivanie. Paul era lì, cravatta già allentata, tazza in mano, che chiacchierava con Liam di qualche cazzata della Premier League di cui a nessuno dei due importava davvero. Stava sorridendo. Non un sorriso vero, ma quello che usava per la folla, quello che non gli arrivava mai agli occhi.

Non dissi una parola. Feci il login, aprii la bozza che aveva inviato e la stampai tutta: fronte-retro, carattere corpo dieci, il più economico possibile. La stampante tossicchiò, poi sputò fuori i fogli, caldi e con un vago odore di ozono e speranza riciclata.

Presi una penna rossa dalla scrivania dell'amministrazione, quella con la punta ad ago, e mi misi al lavoro.

Ogni virgola fuori posto, ogni frase che poteva essere più concisa, ogni transizione pigra o metafora riciclata: la segnai. Mi impegnai ad annotare a margine, come facevo quando eravamo entrambi ancora studenti e lui sosteneva di volere un feedback onesto. Scrissi veloce, con la convinzione di chi ha appena scoperto la vendetta. Quando ebbi finito, il foglio sembrava che gli avessero sparato a bruciapelo.

Lasciai le pagine sulla sua scrivania.

Misi via il portatile, la borsa, i miei anelli: uno a uno, sfilandoli dalle dita e allineandoli sulla scrivania prima di rimetterli. Non parlai. Non ne avevo bisogno.

Uscii. Superai l'area Podcast e quella degli Approfondimenti, superai Sarah e la sua telefonata, superai il murale sulla parete accanto alla reception che avrebbe dovuto «ispirare l'innovazione».

Non mi voltai.

Neanche una volta.

VENTI

PAUL

È lì ad aspettarmi. Una stampa, a faccia in giù e già con le orecchie, poggiata sul mio portatile come una minaccia di morte dal passato. La presi, e la prima cosa che notai fu il colore: inchiostro rosso, non il blu di una biro, non la matita morbida che sapevo Grace preferiva per le correzioni, ma un rosso chirurgico, arterioso. Era ovunque. Su ogni margine, ogni intestazione, interi paragrafi sezionati a bordo pagina, frasi squarciate da freccette e triple sottolineature e punti esclamativi che significavano sempre e solo dolore.

La prima pagina era la mia bozza. "Modern_Romance_4_-vFINAL". Quella che avevo mandato via email a Sarah la notte prima, pensando — no, convincendomi — che quella sarebbe stata la volta in cui avrei battuto Grace al suo stesso gioco. Che l'avrebbe vista e forse avrebbe rispettato lo sforzo, o almeno trovato qualcosa su cui affilarsi i denti. Invece, pareva che avesse passato l'intera mattinata a darla in pasto a una cippatrice.

Un sussurro rimbalzò dalla scrivania del reparto grafico.

Qualcosa su "Callaghan" e "massacro". Finsi di non sentire, ma il sangue mi stava salendo al viso rapidamente.

Sfogliai le pagine, una galleria privata della mia incompetenza. I commenti iniziavano in modo professionale — "Troppe subordinate, attento alla struttura", "Cliché, vedi meme allegato", "Ti rendi conto che questo è solo un parafrasare di ciò che ho detto a Sheffield?" — ma degenerarono rapidamente in qualcos'altro. A pagina tre, una riga a margine: "Lo rileggi mai il tuo lavoro, o ti limiti a inviare e pregare?". A pagina cinque: "Questo è davvero buono, perché l'hai nascosto sotto tutta quella spavalderia?". Sulla settima pagina c'era un post-it con solo scritto "LOL", sottolineato due volte. A pagina dieci, il confine tra il commento editoriale e quello esistenziale era sparito del tutto.

Sentivo la gente che mi osservava, non direttamente, ma in quel modo che hanno i giornalisti quando c'è una diretta di violenza professionale. Grace non era alla sua scrivania; era sparita, forse in cucina o forse sul tetto a urlare contro il Tamigi, ma la sua presenza era ovunque, inchiostrata nelle ossa della mia bozza. Il team dell'impaginazione fingeva di non alzare lo sguardo ogni volta che giravo pagina, ma i loro occhi erano incollati ai margini. Uno dei ragazzi della sezione Approfondimenti, due postazioni più in là, stava facendo la cronaca colpo su colpo a una freelancer che non mi aveva mai incontrato e che, a giudicare dalla sua espressione, non ne aveva mai avuto il desiderio.

Lessi ogni singolo commento. Era l'unico modo per sopravvivere all'Inquisizione. Li lessi lentamente, perché alcuni bruciavano e alcuni, peggio ancora, erano fottutamente giusti. A pagina sei, aveva colto un salto logico che pensavo di aver sepolto così a fondo che nessuno l'avrebbe mai trovato. A pagina sette, aveva scritto: "Qui hai mancato il punto, ma non è troppo tardi per riprovare". Fu quella la frase che mi colpì. Non le note brutali, non il sarcasmo tagliente, nemmeno il

"NO" tutto in maiuscolo scarabocchiato su un'analogia che avevo rubato da un libro di psicologia popolare. Era la pazienza in quella riga, l'invito. Come se volesse davvero che facessi di meglio.

Arrivai all'ultima pagina e la trovai, la diagnosi finale: "Avresti potuto semplicemente chiedere. Ma non lo fai mai". Il "semplicemente" era sottolineato, e così pure "mai". C'era un punto fermo dopo ogni parola, come se stesse dettando i termini della mia stessa esecuzione. Sotto, in caratteri più piccoli: "Riprova, oppure no. In ogni caso, è finita".

Chiusi la stampa. Le mie dita erano strette sulla carta, la pelle delle nocche di un bianco strano, malsano. Per un secondo, volli strappare tutto e spargere i pezzi sulla sua scrivania come coriandoli. Poi volli strisciare sotto il tavolo e morirci, o almeno attendere la fine del ciclo mediatico successivo, finché qualcun altro non fosse diventato il reietto dell'ufficio. Invece, rimasi semplicemente seduto, lasciando che le luci fluorescenti mi bruciassero piccoli buchi nella vista e che il suono di cento tastiere arrabbiate mi riempisse il cranio.

Il fatto di essere strapazzato da Grace era che non alzava mai la voce. Non ne aveva bisogno. Le sue correzioni colpivano duro. Era l'essenzialità della cosa a far male. L'assenza di qualsiasi messinscena. Quando altri editor mi facevano a pezzi, era una dimostrazione di potere: uno spettacolo per la stanza, o un tentativo di scalare la catena alimentare. Con Grace era diverso. Era personale, ma non nel modo in cui pensavo sempre. Era personale perché voleva che significasse qualcosa. Perché pensava che potessi reggere il colpo.

Avevo la mascella serrata, i denti che digrignavano a un ritmo lento e deliberato. Cercai di rilassarmi, ma i muscoli non si scioglievano. Flessi le mani, scrollandomi di dosso il dolore, e ripresi in mano la bozza, cercando un modo per ricomporre ciò che restava della mia dignità. Invece, tutto quello che riuscivo a vedere era la sua calligrafia, tondeggiante e nitida e impossibile da ignorare. Adesso era nella mia testa, ogni nota e correzione che si ripeteva come il più passivo-aggressivo dei messaggi in segreteria.

Guardai attraverso l'open space, le file di schermi e tazze di caffè e l'incessante e lento ciclo delle notizie. Per la prima volta da quando avevo iniziato a fare giornalismo, mi chiesi se forse il problema non fossi io. Se forse, solo forse, il motivo per cui continuavamo a scontrarci era perché ero così convinto di essere l'unico al timone. Che se solo avessi guidato abbastanza veloce, avrei potuto seminare le cose che non volevo ammettere.

Sfogliai le pagine ancora una volta, più lentamente ora. Cominciai a vedere la forma di ciò che avevo sbagliato: non solo nella scrittura, ma nel modo in cui avevo presunto che l'unico modo per vincere fosse agire da solo, tagliarla fuori, arrivare primo o non arrivare affatto. Le correzioni non erano solo una critica professionale; erano una cronaca di come continuassi a mancare il punto. Di come continuassi a fare la cosa che si concludeva con lei che mi restituiva le mie stesse parole, riscritte come un avvertimento.

Posai le pagine, con le mani piatte sulla scrivania, e cercai di respirare nonostante l'umiliazione. La redazione ronzava ancora, ma ormai era solo una radiazione di fondo, un rumore bianco rispetto al pulsare nelle mie orecchie. Fissai il punto in cui di solito sedeva lei, aspettando che tornasse, che dicesse qualcosa, che facesse qualsiasi cosa per togliermi dall'impiccio. Ma se n'era andata, e l'assenza faceva male.

Mi chiesi se avrei dovuto cercarla. Mi chiesi se ne avessi anche solo il diritto.

Invece, rimasi seduto, e rilessi l'ultima riga: "*Avresti potuto semplicemente chiedere. Ma non lo fai mai*".

E per la prima volta da mesi, forse da sempre, mi resi conto che non stava parlando affatto dell'articolo.

Rimasi immobile alla mia scrivania per quaranta secondi, che è più di quanto sembri. Abbastanza a lungo da lasciare che la vergogna si rapprendesse, abbastanza a lungo perché l'attenzione della redazione si spostasse altrove, abbastanza a lungo da convincermi di avere scelta in materia. Non ne avevo. Mi alzai, la sedia che scattò all'indietro con un rumore che attirò gli sguardi, e camminai. Non mi preoccupai della giacca, né del telefono, né della tazza mezza piena di caffè denso come catrame. Solo la stampa, arrotolata e stretta nel pugno fino a farmi diventare le nocche bianche.

Non era in cucina. Non vicino alle stampanti o alle scale o alla piccola cabina di vetro etichettata "Privacy Booth" che tutti usavano per il sesso al telefono e gli attacchi di panico. Feci il giro del piano, facendo del mio meglio per non sembrare come se stessi cacciando, ma l'adrenalina faceva schioccare i miei piedi sulle piastrelle con un'intensità raddoppiata. C'era gente ovunque, troppi testimoni, l'aria pesante dell'odore di toner vecchio e di noodles istantanei. Il corridoio dell'uscita era una striscia lunga e luminosa di nulla: solo una manciata di biglietti di Natale dell'anno prima attaccati al muro e una serie di finestre a tutta altezza che davano sulla città grigia e umida.

La trovai a metà strada, di schiena, con le braccia conserte, il contorno dei suoi capelli una fiamma scura contro il vetro. Non era sola: un tizio dell'IT le stava parlando, con entrambe le mani per aria, indicando qualcosa sul suo tablet, ma lei non lo vedeva. Stava guardando oltre lui, verso l'orizzonte o il fiume o qualsiasi cosa vedano le persone quando non sopportano di guardare chi hanno accanto.

Il corridoio amplificava tutto. I miei passi suonavano come un plotone d'esecuzione. Il tizio dell'IT alzò lo sguardo, notò il mio avvicinarsi, e di colpo trovò un motivo per essere altrove.

Grace non si mosse. Era in piena modalità difensiva:

postura perfetta, mento alto, quella microespressione agli angoli della bocca che significava: *Ho già deciso come andrà a finire*. Non parlò per prima. Non lo faceva mai.

Iniziai io, perché qualcuno doveva pur farlo. «Non dovevi usare l'atomica» dissi, che non era l'apertura che avevo pianificato, ma fu quella che mi venne fuori.

Mi guardò, immobile, come se stesse aspettando una battuta migliore. Quando non ne fornii una, disse: «Hai cominciato tu».

Tenni alta la bozza, ancora sanguinante di rosso. «Questo non era personale».

«È tutto personale, Paul» disse lei, con voce calma ma ferma. «Te ne assicuri tu».

Volevo dirle che si sbagliava, che avevo fatto quello che avevo fatto per l'articolo, per la scadenza, per Sarah e il Consiglio di Amministrazione e i dodici altri livelli di dirigenza che volevano vederci sbranare a vicenda. Ma aveva ragione, e lo sapevamo entrambi.

Presi un respiro, cercando di calmare il tremore nella mia voce. «Pensavo...»

Mi interruppe con una mano alzata. «No, non hai pensato. È questo il problema».

Il corridoio era freddo, le finestre appannate ai bordi, e lei stava in piedi tra me e la luce. Stava aspettando che dicessi qualcosa di reale, qualcosa di vero, e le uniche cose a cui riuscivo a pensare erano tutte sbagliate.

Dissi: «Hai sempre detto che si trattava del lavoro. Della verità».

Scosse la testa, i capelli le caddero sciolti attorno al viso. «Infatti. Ma tu pensi che l'unico modo per arrivarci sia agire da solo. Come se fossi l'unico in grado di farlo bene».

«Non è giusto» dissi, e anche mentre lo facevo, sentii quanto suonasse debole.

«Ah no?» domandò lei. Non c'era nulla nella sua voce,

nessun tremore, nessuna acredine. Solo aria. «Mi hai lasciato fuori dal processo. Quindi l'ho scritto e pubblicato io».

Fu un colpo perfetto. Non cattivo, non plateale, solo esatto. Sentii il sangue salirmi al viso, il calore arricciarmisi nelle orecchie.

«Ma invece di imparare da quello» continuò, «hai rincarato la dose e scritto la tua versione della nostra rubrica congiunta, ignorando completamente la mia bozza».

Ci riprovai. «Senti, sono andato nel panico. La scadenza era stretta. Volevo qualcosa, ma...» Esitai, persi il filo, e lei era già un passo avanti a me.

Disse: «Non hai chiesto. Hai deciso per entrambi, e ora vuoi che ti dica che va bene. È questo che vuoi, no?»

Volevo dire di no. Volevo dire di sì. Volevo dire qualcosa che cancellasse il modo in cui i suoi occhi mi stavano trapassando, ma non ci riuscii.

Il corridoio era pieno di altra gente adesso, ma nessuno di loro importava. Lei era l'unica persona al mondo, e se ne stava andando.

Mi passò accanto, il sentore del suo profumo che si acuiva nel freddo. Mentre mi superava, disse: «Non hai pensato. Punto e basta».

Il ticchettio dei suoi tacchi sulle piastrelle fu l'unico suono. Rimasi lì, a guardarla andare via, e per una volta, non mi era rimasto niente di intelligente. Niente da dire, niente per cui lottare, nient'altro che la lenta, fredda consapevolezza che era esattamente così che ci perdevamo sempre a vicenda: io, che correvo avanti, lei, lasciata indietro.

Lasciai che il silenzio riempisse lo spazio che aveva lasciato, e cercai di ricordare l'ultima volta che non avevo avuto bisogno di vincere.

Fuori, la città era grigia e senza fine, il cielo una pagina bianca, in attesa che qualcuno di più bravo scrivesse la riga successiva.

VENTUNO

GRACE

La notte è così silenziosa quando rientro che per un attimo mi chiedo se il mondo sia finito mentre ero in viaggio. Il mio appartamento — minuscolo, mal riscaldato, tutto angoli e rancori — puzza leggermente del burrito di due giorni fa sul bancone e del deodorante che ho comprato d'impulso la settimana scorsa, pensando che mi avrebbe resa una persona migliore. Non l'ha fatto.

Mollo la borsa, scavalco un groviglio di scarpe e la cesta del bucato pulito che aspetta ancora di essere messo via, e ignoro l'esercito strisciante di posta non aperta sotto la buca delle lettere. La cucina è una scena del crimine in piena regola: tre bicchieri di vino mezzi vuoti sul tavolo (tutti miei, di sere diverse), una manciata di quaderni con il tipo di scarabocchi a margine che alle elementari ti avrebbero fatto mandare dal preside e un cestino stracolmo di pasti pronti falliti. Nel lavandino, i resti di un eroico tentativo di risotto: perlopiù funghi e sale, attaccati alla padella come cemento.

Dovrei farmi una doccia, o almeno mettermi un pigiama

che non sembri rubato a un personaggio dei cartoni animati. Invece, resto in piedi davanti al microonde, con un piatto pronto di pollo tikka di Sainsbury's in una mano e il telefono nell'altra. Non ricordo di averlo comprato. Non ricordo quasi niente di oggi.

La rabbia è una costante, come un tormentone o un sistema di alta pressione. Anche ora, in piedi qui, nell'umiliazione morbida e biancastra della lampadina a risparmio energetico, sto ripercorrendo la discussione, ogni parola di Paul che rieccheggia nel mio cranio. «Non c'era bisogno di scatenare l'inferno». Come se lui avesse mai fatto altro.

Metto il piatto pronto nel microonde. Due minuti e quarantacinque secondi al massimo della potenza. Premo i pulsanti con più forza del necessario, la pellicola di plastica che stride sotto il mio pollice. Ho già il telefono nell'altra mano, la lista dei contatti che mi fissa lampeggiando: Zara, in cima alla lista, la sua icona una foto di noi due alla laurea. Premo il tasto di chiamata e la metto in vivavoce, infilando il telefono sotto il mento mentre prendo una forchetta e un piatto dalla credenza.

Risponde al terzo squillo, ancora senza fiato per qualsiasi allenamento o sotterfugio stia compiendo. «Dimmi che non sei alla scrivania».

Sbuffo, tiro la pellicola di plastica. «Sono a casa. Sto scaldando al microonde qualcosa che tecnicamente si qualifica come cibo».

Emette un suono che è un misto di sollievo e disgusto. «Pregherò per il tuo colon. Com'era la scena del delitto?»

«Peggio del previsto». Mi siedo sul bordo del tavolo, spostando un bicchiere di vino per fare spazio. «L'ha fatto, Zara. Si è comportato in pieno stile *Il signore delle mosche*. Ha scritto la sua versione e l'ha mandata senza dirmelo. E poi si è comportato come se lo avessi messo alle strette».

«Ti prego, dimmi che gli hai dato fuoco», dice, con una sincerità che posso solo ammirare.

Emetto un sospiro. «Avrei voluto. Ma Sarah aveva già scelto la sua versione. 'Una voce più incisiva', ha detto. 'La prossima volta mettetevi in copia a vicenda, non fatemi fare da arbitro'. Come se il problema fossi io».

Resta in silenzio per un attimo, cosa rara. «Gli hai detto quello che pensi davvero?»

«Ah. Non proprio». Infilzo la forchetta nel pollo, guardo la salsa che fuoriesce. «Gli ho dato del bastardo egoista, se può valere. Ma è inutile. Non gliene frega niente».

«Non è vero», dice Zara, abbassando il tono di voce. «Gliene frega fin troppo. È per questo che si comporta da vero coglione».

«Preferirei che gliene fregasse di meno», dico, con la bocca piena di riso scaldato al microonde. «O che almeno gliene fregasse in un modo che non includesse la distruzione della mia carriera per il bene del suo ego».

Lei ride. «Grace, la tua carriera è l'unica cosa più indistruttibile del tuo gusto in fatto di uomini».

«Se fosse solo un collega, probabilmente l'avrei già preso a schiaffi. Ma è...» Mi interrompo, mordicchiandomi l'interno della guancia. Sento il vecchio risentimento accumularsi nel petto. «È complicato».

«Intendi dire che ti piace ancora», dice, nel tono di chi diagnostica una malattia curabile.

«Non dire così», rispondo. «Non è... Sono solo questioni in sospeso. Tutto qui».

Zara fa un verso, il tipo che riserva alle persone che negano di aver bisogno di andare in terapia. «Senti. Sei sempre stata la più intelligente. La migliore. Lui lo sa, e questo lo spaventa a morte. È per questo che continua a cercare di fregarti».

Cammino avanti e indietro, con il pasto in mano, una goccia calda di salsa tikka che mi brucia il pollice. «Perché deve essere sempre una gara? Perché non può semplicemente...» Mi sfogo in una stanza vuota. «Perché non può semplicemente dire: 'Bel lavoro, Grace, facciamolo insieme'?»

C'è una pausa, il sibilo della sua caldaia in sottofondo. «Perché pensa che diresti di no».

Fisso il cibo nel mio piatto, la salsa che mi macchia le nocche e, per un momento, sono così stanca che potrei dormire in piedi. «Non lo farei. Voglio dire, io... Non ora».

La voce di Zara è dolce. «Vuoi che ti veda. Tutto qui».

Rido, ma è un suono fragile e vuoto. «Mi vede ogni giorno. È questo il problema».

Mi lascia sospesa nel silenzio. Poi, mentre mi pulisco la salsa dalla mano con un tovagliolo di carta, dice: «Forse non sei arrabbiata perché l'ha scritto lui. Forse sei arrabbiata perché vuoi ancora che ti chieda prima il permesso».

«Non è—»

«Lo è. Ma non lasciare che la verità ostacoli la storia di una bella martire. Mangia la tua cena, Grace. Ti voglio bene».

Riattacco prima di poter elaborare l'insinuazione, il telefono ancora premuto sulla guancia, le parole che mi echeggiano nell'orecchio.

L'appartamento è di nuovo silenzioso. Resto in piedi vicino al tavolo e cerco di decidere se voglio lanciare il telefono o semplicemente vomitare.

La rabbia non se n'è andata, ma ora ha compagnia: una vergogna lenta e strisciante, del tipo che si annida nella fossetta della gola e non si sposta, non importa quanto deglutisci. Appoggio il telefono, scivolo sulla sedia e fisso il caos di bicchieri di vino e quaderni vuoti.

Voglio richiamarla, dirle che si sbaglia, che non mi importa di ciò che Paul Callaghan pensa, dice o fa. Che è solo un'altra nota a piè di pagina in una lunga e insignificante carriera di uomini che non hanno capito.

Ma non posso. Perché, per la prima volta da mesi, forse da sempre, so che ha ragione.

Prendo una cucchiaiata di riso rappreso, quella poltiglia arancione e insapore, e sento l'umiliazione della giornata condensarsi in un unico punto bruciante dietro i miei occhi.

Non è la storia. Non lo è mai stata.

Voglio che mi veda.

E non lo fa mai, mai.

Il passato vive di luce blu e fumo passivo.

Chiudo gli occhi e sono di nuovo nella redazione studentesca di Sheffield, con il soffitto a malapena a trenta centimetri sopra la mia testa. C'erano due dozzine di computer e forse la metà delle sedie, ma solo una contava davvero quella sera: il Mac malconcio alla scrivania del caporedattore, dove Paul era sprofondato con una bottiglia di Beck's in una mano e una bozza di impaginazione nell'altra, le gambe divaricate come se stesse sfidando i mobili a crollargli sotto.

Ce l'avevamo fatta. Ce l'avevamo fatta davvero. La storia di corruzione del presidente dell'unione studentesca — due settimane di nomi finti, e-mail usa e getta e rovistate nei cassonetti dietro l'edificio amministrativo — era stata pubblicata, e la casella di posta era già piena di minacce, rettifiche e tre inviti separati a fare a botte. Era quasi l'una di notte. Le uniche persone rimaste nell'edificio eravamo noi, una guardia giurata che a volte dormiva dietro la reception e il fantasma di ogni scrittore che avesse mai pensato di finire al *Guardian* prima che il mondo li disilludesse.

Paul mi sorrise da sopra l'orlo della bottiglia. Aveva una macchia d'inchiostro sulla mascella, i capelli tutti in disordine e l'unica parte pulita della sua camicia era la toppa dove si era pulito le mani.

«Hai visto quell'e-mail del prorettore?», disse, a voce bassa per non creare eco nel vuoto. «Ha usato davvero l'espressione 'elemento di disturbo'. Esiste sul serio. Pensavo fosse solo nei film sulla Guerra Fredda».

Scoppiai in una risata, facendo girare la mia sedia finché non colpì la scrivania e quasi rovesciò il cestino. «Ci ha anche chiamati 'anarchici giovanili', che a questo punto è praticamente un complimento».

Paul sorrise, lo spazio tra i suoi denti davanti visibile per la prima volta dalla nottata passata in bianco di ieri. Si sporse, sventolando la pagina. «Ci faranno una causa che non finisce più».

«Solo se abbiamo torto», dissi, cercando di afferrare la bozza e mancandola, il che significò che dovetti quasi arrampicarmi sulla scrivania per raggiungerla. Il mio ginocchio atterrò contro la sua coscia, ma lui non trasalì; anzi, si spostò un po' per farmi più spazio. Il calore della sua gamba trapelò attraverso i miei collant. Lo ignorai, o finsi di farlo.

Scorremmo la pagina insieme, le teste piegate così vicine che, se mi fossi girata anche solo di un millimetro, avrei sentito il suo dopobarba: economico, agrumato, in qualche modo più pungente del suo ingegno. Il silenzio era una coperta, spessa e privata, rotta solo dal ronzio lontano dell'antica stufetta a parete.

Feci scorrere una Biro lungo la colonna, a caccia di errori di battitura. «Hai davvero verificato i fatti su questa parte dei finanziamenti, o speri solo che nessuno se ne accorga?»

Lui alzò le spalle, che era la cosa più vicina a un'ammissione di colpa che si potesse ottenere da lui. «Tecnicamente, c'è una fonte. Che fosse sobrio in quel momento è un'altra questione».

Cercai di fulminarlo con lo sguardo, ma finii per ridere, e la risata durò più del dovuto. Gli diedi una gomitata sulla spalla, abbastanza forte da quasi farlo cadere dalla sedia. Lui si vendicò urtandomi il braccio, cosa che spalmò una linea di inchiostro blu sulle mie nocche.

Lui guardò la macchia e sorrise ancora di più. «Ora è un patto di sangue».

«Che schifo», dissi, ma non la pulii. Tornammo alla pagina, questa volta leggendo più lentamente, la risata che si addolciva in qualcosa di simile all'orgoglio. Due ore prima, eravamo ai ferri corti sulla decisione di pubblicare le accuse o di insabbiarle fino a quando il comitato esecutivo dell'università non ci avesse costretto la mano. Ora, non c'erano dubbi. La storia eravamo noi, e tutti lo sapevano.

La voce di Paul si abbassò, improvvisamente seria. «Sai che questo farà un casino, vero?»

Annuii. «Lo fa sempre».

Lui mi guardò, gli occhi più brillanti delle luci alogene sopra di noi. «Non vorrei farlo con nessun altro».

Sentii le parole colpirmi, una cosa fisica appena sotto lo sterno. Volevo rispondere, dire qualcosa che non fosse una battuta o un modo per sminuirmi, ma le parole mi si bloccarono tra i denti. Invece, lasciai che il momento sedimentasse, abbastanza a lungo perché lo screensaver si attivasse, dipingendo il soffitto con quadrati blu cangianti.

Sedemmo lì, la birra tra le ginocchia, la pagina tra le mani, e per un secondo l'intera città fu silenziosa, con il fiato sospeso.

Fu lui a rompere il silenzio per primo. Lo faceva sempre.

«Comunque, ho fatto domanda per uno stage al *The Chronicle*», disse, come se niente fosse. «Ho pensato che fosse ora di vedere se me la cavo con i grandi».

La risata mi sfuggì prima che potessi fermarla. «Tu? In una vera redazione? Ti rendi conto che dovresti rispettare gli orari d'ufficio e vestirti?»

Scoppiò in una risata, forte e acuta. «Sì, non è che non veda l'ora di fare quella parte».

Finimmo di leggere la pagina. Lui fece un segno a margine,

e io feci lo stesso, le nostre mani si scontrarono. Per un istante, nessuno dei due si ritrasse. Le sue dita erano calde, ferme. Lasciai che le mie indugiassero più a lungo del dovuto.

Tornò il silenzio, ora più denso. Alzai lo sguardo, e i suoi occhi erano su di me, diretti, senza batter ciglio. Per la prima volta in tutta la notte, non seppi cosa dire.

Lui sì. «Perché non fai domanda anche tu?»

Sbuffai, ma le parole uscirono sommesse. «Uno stage al *The Chronicle*? No, voglio viaggiare un po'. Toglierlo di mezzo prima di, sai, dover affrontare la realtà del lavoro per, tipo, il resto della mia vita».

Lui sorrise, ma ora era un sorriso più dolce, senza quella spigolosità. «Probabilmente è meglio così. Se facessi domanda, sceglierebbero te al posto mio, sicuro».

«Non è vero».

Era tardi quando finalmente mettemmo via tutto e notammo il russare della guardia giurata che echeggiava dall'atrio. Armeggiammo con cappotti, laptop e il fascio di bozze, l'energia condivisa che scoppiettava anche mentre la notte si faceva più fredda. Fuori, aveva iniziato a piovere: gocce taglienti, gelide, che soffiavano dritte dai Pennini. Rabbrividii, e Paul si sfilò la giacca, me la mise sulle spalle con un gesto teatrale.

«La cavalleria è morta», dissi, «ma grazie per il cadavere».

Lui rise, e per un secondo pensai che avrebbe detto qualcos'altro, qualcosa di importante. Invece, rimase lì, con le mani in tasca, a guardare i lampioni tremolare attraverso la pioggia.

Ci separammo alla fermata del tram.

Lui disse: «A domani, capo».

Io dissi: «La prossima volta portati gli snack da casa».

La città era vuota, lucida di pioggia, e per una volta, la strada verso casa sembrò più leggera, come se potessi fluttuare sopra il marciapiede se solo mi fossi lasciata andare.

L'appartamento era buio quando rientrai. I miei coinquilini erano o fuori o svenuti. Andai dritta in camera mia, mi tolsi gli stivali calciandoli via e buttai le bozze sul letto. L'adrenalina era ancora lì, pungente e dolce, e mi impediva di dormire. Camminai avanti e indietro, accesi la lampada e rilessi le note a margine finché i miei occhi non si offuscarono.

C'era una lettera che mi aspettava sulla scrivania. Riconobbi il carattere di stampa — University of Sheffield, ufficiale e poco accogliente — ma era indirizzata a me, cosa abbastanza rara da farmi tremare un po' le mani mentre la aprivo.

Dentro: un unico foglio, su carta intestata, l'inchiostro appena asciutto.

Egregia Signorina Hampton,

Siamo lieti di informarla che il suo nome è stato proposto per il programma di tirocinio presso *The London Chronicle*...

Smisi di leggere. Le parole si confondevano.

Non avevo mai fatto domanda. Non avevo nemmeno mai pensato di farla.

La rivelazione fu un pugno, non allo stomaco, ma nello spazio molle appena dietro le costole, dove di solito si nasconde la speranza. Mi sedetti, il materasso si afflosciò sotto di me, e fissai la lettera finché le parole non si ricomposero in un unico, inconfutabile fatto.

Paul penserà che io abbia agito alle sue spalle.

Lo scoprirà domani, o il giorno dopo, e quando lo farà, tutto ciò che abbiamo costruito insieme — articoli, inchiostro, risate, il tocco sommesso delle mani sulle bozze — svanirà. Non cambierà nulla, e rovinerà tutto.

Mi appoggiai all'indietro, lasciai che il foglio mi cadesse di mano, e fissai il soffitto, dove l'immagine residua blu della redazione era impressa sull'intonaco.

Desiderai, per un secondo, di poter tornare a trenta minuti fa, quando eravamo preoccupati solo delle cause legali, della pioggia fredda e del brivido di avercela fatta insieme, contro ogni previsione.

Ma non potevo.

Invece, rimasi lì, ad ascoltare la tempesta che si addensava fuori, e seppi che domani avrei dovuto ricominciare tutto da capo, da sola.

È quasi divertente, a suo modo.

Quasi.

VENTIDUE

PAUL

Se mai vi servisse una dimostrazione del capitalismo tardivo in azione, potreste cavarvela stando fuori dall'ufficio a vetri di Miriam Levin alle nove del mattino, a guardare la nuova capo-redattrice divorare con un sorriso gli ultimi rimasugli della vostra dignità. Il vetro non è insonorizzato, ma potrebbe benissimo esserlo; tutto ciò che dice è calibrato su un registro tanto accondiscendente quanto plausibile, e tutto ciò che dico io mi si blocca, grezzo, da qualche parte in fondo alla gola. Dietro di lei, la redazione pulsa e stride – telefoni, stampanti, il ronzio della disperazione collettiva – mentre lei siede alla sua scrivania, spadroneggiando sulla plebe.

Non mi offrì nemmeno una sedia. La presi comunque, per ripicca.

La sua scrivania era un oceano di spazio vuoto. Neanche una penna fuori posto, nessun Post-it vagante, solo un MacBook nuovo di zecca, una Montblanc e un blocco di fogli A4 perfettamente allineato alle venature del legno. Era tutto così aggressivamente pulito che quasi mi aspettavo che iniziasse a operarmi lì per lì, saltando l'anestesia.

Alzò lo sguardo, gli occhiali posati sulla punta del naso, la montatura così sottile da sembrare un'allucinazione. «Paul» disse, con quella sua cadenza melliflua. «Grazie di essere venuto presto.»

Annuii. Non avevo altro da aggiungere.

Fece un cenno verso la sedia che avevo già occupato, accigliandosi leggermente per la mia iniziativa.

«Volevo parlarLe del Suo attuale... ciclo di produttività.»

Lo disse come se si trattasse di una malattia cronica, o forse di una perversione deplorevole.

Tenni la mascella serrata, ma le dita della mano destra iniziarono a tamburellare, il primo metronomo dell'inevitabile spirale. «Se si tratta del copy desk, io...»

«Non si tratta di quello» mi interruppe, che era come dire che si trattava assolutamente di quello. «Si tratta del Suo rendimento nel progetto Modern Romance.» Scattò con il polso e lo schermo del portatile ruotò con la precisione di una ghigliottina. La scheda aperta era un Google Doc con il mio nome e quello di Grace nell' intestazione, e una nota evidenziata di Sarah che diceva, semplicemente, "PIÙ COERENZA PFV."

Miriam non alzava mai la voce. Non ne aveva bisogno. «La rubrica dovrebbe essere un lavoro di squadra, Paul. Non un'esercitazione a fuoco vivo.»

«Grace e io abbiamo le nostre dinamiche di lavoro» dissi, e la mia voce uscì più piatta del previsto. «I battibecchi sono parte del marchio.»

Mi guardò da sopra gli occhiali. «L'unico marchio che mi preoccupa è quello del *Chronicle*. L'ho fatta venire qui dal *The Express* perché si suppone che Lei abbia una marcia in più. Invece, è bloccato in un loop di» controllò gli appunti, come per confermare una diagnosi «vendetta personale e sabotaggio teatrale.»

Sorrisi, ma solo con la metà sinistra del viso. «Si chiama giornalismo.»

Non batté ciglio. «Voglio una rubrica definitiva e pubblicabile sulla mia scrivania entro venerdì. Con i nomi di *entrambi*.» Si sporse in avanti, unendo le mani a cuspide. «Altrimenti, dovrò considerare un riallineamento strategico.»

Eccola lì, la minaccia avvolta nel velluto. La insegnano alla Management School, primo modulo.

Mi morsi l'interno della guancia. Vedevo le modifiche di Grace a margine e sapevo esattamente quali parole sarebbero finite in stampa e quali nel cestino. «L'avrà.»

Annuì e scrisse qualcosa con la Montblanc, un ghirigoro di un blu così tagliente da sembrare quasi una ferita. «Sono lieta che ci siamo capiti.»

Non c'era altro da dire. Mi alzai, facendo attenzione a sembrare disinvolto, e allungai la mano verso la maniglia della porta. Il vetro distorceva il mio riflesso in qualcosa di viscido e tormentato.

«Oh, Paul?» disse, proprio mentre ero a metà fuori dalla porta.

Mi fermai. Avevo le spalle così tese che potevo sentire le vertebre scricchiolare.

Inclinò la testa di pochi gradi, come un giocatore di scacchi che valuta un gambetto. «Questo è il Suo ultimo avvertimento. Dobbiamo fare dei tagli. Non mi renda la decisione facile.»

«Capito» dissi, perché qualsiasi altra cosa sarebbe stata un suicidio professionale.

Accennò a un sorriso così sottile da poterci affettare il prosciutto. «Bene. Ci vediamo allo stand-up.»

Uscii, fingendo di non curarmi del fatto che ogni occhio in redazione seguiva il mio percorso attraverso l'open space. Arrivai alla fine del corridoio prima che le mani cominciassero a tremarmi. Le strinsi forte, ma il tremore migrò semplicemente verso l'alto, annidandosi da qualche parte dietro il mio occhio sinistro.

Potevo già sentire la voce di Grace nella mia testa, che mi prendeva in giro: «Ti sei beccato un altro seminario motivazionale dai pezzi grossi, eh?». La parte peggiore era che non avrei potuto contraddirla.

Mi dissi che avrei scritto la rubrica. Mi dissi che l'avrei resa brillante, e rabbiosa, e tagliente come il giorno in cui lasciammo un'eredità al giornale studentesco con il nostro ultimo articolo a quattro mani. Mi dissi un sacco di cose.

C'era del lavoro da fare.

C'è sempre del lavoro da fare.

Il trucco per vivere da soli è fingere che il disordine sia temporaneo. Puoi perdonare qualsiasi cosa se ti dici che è per una questione di efficienza, o di igiene, o (il mio preferito) di "flusso creativo". Ecco perché il mio appartamento sembra la scena del crimine di un omicidio irrisolto. Il termosifone è acceso, ma riscalda solo l'aria immediatamente sopra di sé, quindi il resto della stanza è bloccato in una specie di gelo perenne.

Posai il portatile sul tavolo, spostando di lato una piramide di posta non aperta e un groviglio di cavi di ricarica che non si collegavano più a niente di mia proprietà. Lo schermo si rianimò con un lampo, ed eccola lì: la rubrica. "Modern Romance" in cima al documento, seguito da duecento parole di puro imbarazzo. Lo lessi, poi lo rilessi, sperando che qualcosa saltasse fuori a darmi uno schiaffo. Non successe nulla.

Le mie dita aleggiarono sulla tastiera, ma l'unica cosa che riuscii a evocare fu il ricordo della minaccia di Miriam: «Il Board si aspetta dei risultati». Il Board. Il mitico pantheon che siede sopra tutti noi, con le mani pulite, in attesa del prossimo sacrificio umano.

Provai a scrivere, ma le parole uscirono rapprese, goffe, morte sul nascere.

Mi alzai e camminai avanti e indietro per la stanza, scavalcando una pila di bucato così fitta che avrebbe potuto avere delle placche tettoniche. Mi passai le mani tra i capelli, che erano già al massimo del caos, e poi mi fermai davanti alla libreria. Era piena di vecchi libri di testo che non avevo mai venduto o portato in beneficenza, con le coste rotte e i margini scarabocchiati di insulti – per lo più da parte di Grace, con la sua grafia impossibile da fraintendere. C'era una scatola sullo scaffale più basso con l'etichetta "Sheffield". La tirai fuori e frugai tra il contenuto, aspettandomi quasi di trovare una risposta tra i detriti.

C'era una vecchia tessera universitaria con una foto così imbarazzante che per poco non la misi nel tritadocumenti: io, diciottenne, capelli che mi arrivavano alle orecchie, il viso così magro da sembrare denutrito. La misi da parte. C'era una manciata di quaderni malconci, con gli angoli rosicchiati, le pagine piene di scadenze e scarabocchi e, su uno, una lista di "Migliori titoli per rubriche mai usati". Lo sfogliai e l'ultima pagina riportava solo una riga: "Fai in modo che conti".

In fondo alla scatola, piegata e ingiallita, c'era una foto del giornale universitario. Grace e io eravamo in piedi nella redazione studentesca, entrambi nel bel mezzo di una risata, guance arrossate, mani sporche d'inchiostro. Lei aveva i capelli raccolti e stava facendo un gestaccio a qualcuno fuori campo. Io guardavo lei, non l'obiettivo. La foto era così onesta da fare male.

Chiusi gli occhi. L'aria sembrava più rarefatta di prima.

Sulla libreria c'era qualcos'altro: un opuscolo a tre ante, blu brillante, con il logo dell'NHS nell'angolo. "Capire l'infarto". Risaliva a tre mesi prima, quando mio padre aveva finalmente perso la sua battaglia con le arterie ed era finito in ospedale. Avevo passato una settimana a dormire nella sala d'attesa del reparto, tirando avanti a cioccolato delle macchinette e cercando di non pensare al mondo esterno.

Quando riprese i sensi, la prima cosa che disse fu: «Hai portato il giornale?». La seconda fu: «Non dirlo a tua madre».

Non lo dissi mai a nessuno, nemmeno a Jamie, che dovrebbe essere il mio migliore amico. Avevo ficcato tutto in una scatola, come faccio con ogni cosa, pensando che me ne sarei occupato più tardi.

Tornato al tavolo, la rubrica era ancora lì ad aspettare, vuota e giudicante. Mi costrinsi a sedermi. Sentivo il petto oppresso, ma lo ignorai.

Digitai: «*Le storie d'amore moderne sono un gioco di distruzione reciproca. L'unico modo per vincere è non dare importanza.*» Lo cancellai. Ritentai: «*Nell'era della trasparenza radicale, l'unica cosa di cui abbiamo paura è essere conosciuti.*» Cancellai anche quello. Ogni frase era una richiesta di riscatto, e non riuscivo a capire chi tenesse la pistola in pugno.

Scrollai verso l'alto e vidi i commenti di Grace della settimana precedente, uno più devastante dell'altro. «*Poco focalizzato*» aveva scritto, accanto a un paragrafo che pensavo fosse brillante. «*Sforzati di più*» aveva digitato a margine. Ce n'era uno verso la fine che diceva solo: «*Ecco perché non sei felice*».

Mi appoggiai all'indietro e lasciai che la sedia si inclinasse finché la mia testa non colpì il muro. Fissai il soffitto, contando le crepe sottili.

Forse era per questo che non ero felice. Forse ero davvero allergico ai miei stessi sentimenti.

Il telefono vibrò di nuovo. Non risposi. Non potevo.

Invece, aprii una nuova finestra e cercai "sintomi stress cronico". Il primo risultato era una pagina del servizio sanitario nazionale, dello stesso blu dell'opuscolo sull'infarto. Chiusi la scheda, poi ne aprii un'altra. Non sapevo cosa stessi cercando, ma continuai a cercare.

La stanza sembrava più piccola di minuto in minuto. Le pareti si stavano avvicinando, lente e silenziose, pronte a schiacciarmi fino a togliermi il respiro.

Presi la foto di me e Grace, la tenni contro la finestra. Fuori, la città era sbavata e senza vita, centomila persone che fingevano di aver capito tutto. Pressai la foto contro il vetro. Lasciò un segno di unto.

Pensai di chiamarla, solo per sentire la sua voce, ma sapevo esattamente cosa avrebbe detto. Avrebbe detto: «Sei un idiota». Avrebbe detto: «Avresti potuto semplicemente chiedere». Avrebbe detto: «Non è troppo tardi, a meno che tu non voglia che lo sia».

L'aria era così rarefatta ora che riuscivo a malapena a respirare.

Posai la foto, chiusi il portatile e scivolai giù dalla sedia. Avevo le gambe insensibili. Mi trascinai fino alla finestra e guardai il traffico scorrere, i fari trasformati in comete strisciate dalla pioggia.

Mi dissi che non avevo bisogno di nessuno. Lo dissi ad alta voce, solo per renderlo reale. «Non ho bisogno di nessuno.»

Ma l'eco nella stanza suonò come una bugia.

Il mio telefono si illuminò di nuovo, e lo lasciai suonare.

Ero ancora lì a fissare fuori dalla finestra quando il sole tramontò, inondando la città di arancione, poi di rosso, poi del grigio del fallimento totale. Lasciai che l'oscurità arrivasse. La lasciai entrare.

Per la prima volta da mesi, forse da sempre, seppi di non stare bene.

Solo che non sapevo cosa farci.

Il telefono squillò di nuovo.

Lo lasciai suonare.

VENTITRÉ

GRACE

Il problema di presentarsi a casa di un uomo senza preavviso è che ottieni esattamente la reazione che ti meriti. E cioè: l'espressione di un cane spaventato che si aspettava il postino e invece si è trovato Dio alla porta, con in mano pollo tandoori e due lattine di birra polacca.

Resto sul pianerottolo, con un sacchetto di alluminio che trasuda unto in una mano e una confezione da sei (meno quattro) nell'altra. Il corridoio ha il colore della vecchia nicotina e la lampadina sul soffitto sfarfalla in un modo che fa vibrare la mia ombra sulle pareti di cemento. Sento la TV di Paul attraverso la porta, qualcosa di calcistico e rabbioso, la voce del commentatore che sale e scende a ondate. Per un secondo penso: *Non farlo, Grace, butta via il cibo e chiamala crescita personale*, ma poi mi ricordo che l'alternativa è tornare nel mio appartamento e nel silenzio da mille watt di un frigo pieno di niente.

Busso. Tre colpi secchi, come fanno nei vecchi film prima di venire assassinati.

La TV si interrompe a metà frase. Passi ovattati, poi il raschiare della catenella, poi la porta si apre di uno spiraglio. Paul sbircia fuori, con i capelli al massimo dell'entropia e una maglietta con la scritta «SÌ, SONO ANCORA TRISTE» in un carattere che sembra disegnato da un uomo con forti opinioni sulle IPA. Sbatte le palpebre due volte, mi vede e ha un sussulto microscopico, come se la pressione dell'aria fosse appena cambiata.

«Non ho ordinato niente» dice.

«Sì, lo so. Ho pensato di tentare la fortuna.» Sollevo il cibo da asporto e le lattine, sforzandomi di non guardare la porzione di appartamento visibile dietro di lui: caotico, familiare, forse più dell'ultima volta che l'ho visto. «Avevi l'aria di uno che aveva bisogno di carboidrati e compagnia.»

Fissa il cibo come se potesse morderlo. «È una missione di salvataggio, o sei qui per spargere sale sulle ferite?»

«Non possono essere entrambe le cose?» chiedo, superandolo per entrare. L'ingresso odora di polvere e di qualcosa di vagamente medicinale, come cerotti o paracetamolo. Sento la porta scattare e la serratura girare.

Il soggiorno sembra la tana di un animale: giornali sparsi a isole sul tappeto, cartoni di cibo da asporto che formano una specie di arcipelago sul tavolino, il portatile aperto e ronzante a un'estremità del divano malconcio. Ci sono tre tazze in gioco, tutte piene a metà di tè in vari stati di abbandono. Appoggio il cibo, sposto una pila di posta non aperta e comincio a disfare il tutto.

Paul indugia vicino alla porta, le mani sprofondate nei pantaloni della tuta. Per un momento, nessuno dei due dice niente. Mi ricordo di tutte le notti che avevamo passato a scrivere insieme nella redazione del giornale studentesco, litigando su quali titoli ci avrebbero sicuramente fatto causa e quali ci avrebbero solo procurato una lettera di diffida.

Si schiarisce la gola. «Non dovevi—»

«Lo so» dico. «Ma hai lasciato la mia copia della *Guida del giornalista alla rovina personale* nel tuo bagno, e la rivoglio indietro.»

Accenna un sorriso, ma solo con gli angoli della bocca. «Quella è nella pila delle "prove". Non toccare, o romperai la catena di custodia.»

Tiro fuori due vaschette di alluminio e gli porgo quella con il punto rosso sul coperchio. «Pollo tandoori, patatine extra, un Keema Naan che è già diventato flaccido. Ho preso la roba buona.»

La prende, guardando con lo stesso sospetto sia il cibo sia me. «Sei davvero sicura di non volermi semplicemente uccidere e farla finita?»

«Dagli tempo» dico, aprendo una lattina.

Il divano è tecnicamente abbastanza grande per due, ma il disordine mi costringe a prendere la poltrona, che è stranamente sbilenca. Le molle spuntano dalla tappezzeria in un modo che incoraggia un'ottima postura o una lesione spinale permanente. Paul si lascia scivolare sul divano, si rannicchia con i piedi sotto di sé e apre la vaschetta con la delicatezza di un uomo che maneggia materiale radioattivo.

I primi dieci minuti trascorrono senza parole. Io mangio, alternando naan e birra, e lo guardo mentre spala il cibo in bocca con l'efficienza meccanica di qualcuno che non ha mangiato per tutto il giorno. Non insisto per conversare. Le finestre sono socchiuse quel tanto che basta per far entrare il rumore della pioggia e far uscire gli odori.

Lascio vagare lo sguardo per la stanza. La sua lavagna bianca è ora appoggiata al muro, fitta di scarabocchi: nomi, frecce, la parola «MOVENTE» cerchiata e sottolineata. Ci sono due pile di libri sul termosifone, una di narrativa e una di saggistica, e un fascio di stampe che assomiglia in modo sospetto alla bozza del nostro ultimo articolo, annotata in rosso e blu.

Di tanto in tanto, Paul mi lancia un'occhiata, come per controllare che non mi sia trasformata in un serpente a metà di un boccone. Ogni volta che lo sorprendo, torna al cibo, masticando in silenzio.

Finiamo di mangiare nello stesso momento, sincronizzati come animali cresciuti nello stesso laboratorio. Impilo i cartoni, mi pulisco le dita sul tovagliolo e mi scrocchio le nocche, una alla volta, solo per riempire lo spazio.

«Allora» dice lui, finalmente. «Qual è il vero motivo per cui sei qui?»

Prendo la lattina, agito il fondo. «Forse non volevo mangiare da sola.»

Lui sbuffa. «Certo. Perché quello di cui aveva bisogno questo appartamento era più tensione imbarazzante.»

«È stato un testa o croce» dico. «Imbarazzo qui, o imbarazzo da sola. Almeno qui, il riscaldamento a volte funziona.»

Si abbandona contro lo schienale del divano, si pulisce un po' di salsa dal labbro. «Pensi mai che stavamo meglio quando ci odiavamo?»

Penso alla redazione, alle pagine inchiostrate di rosso e alla linea che lui aveva tracciato – no, la linea che io avevo tracciato, sfidandolo a superarla. Penso a quanto costasse essere la scrittrice migliore, e se quella fosse una cosa che ci si può tenere per sempre, o se ogni vittoria porti con sé il conto delle persone che ti sei lasciata alle spalle.

«Non ti ho mai odiato» dico a bassa voce.

Lui mi guarda allora, mi guarda davvero, come se vedesse ciò che resta dopo aver levigato tutta la superficie fino all'osso. «Non si direbbe.»

La TV è ancora in pausa, una macchia di movimento congelato sullo schermo. Vorrei chiedergli se sta bene. Vorrei dire: «Hai una faccia di merda», ma è ovvio. Il colore è sparito dal suo volto, e ci sono rughe agli angoli della sua bocca che la settimana scorsa non c'erano.

«Stai—?» comincio, poi interrompo la frase. «Vuoi—»

«Sto bene.» Lo dice così in fretta che è un automatismo. «Solo stanco. Scadenza, sai com'è. Miriam è allergica alla mia faccia.»

«Non è vero» dico. «Si aspetta solo che te ne freghi qualcosa.»

Ride, sommessamente, e il suono è quasi umano. «Forse allora è l'unica rimasta.»

Finiamo per sederci sul tappeto, con la schiena premuta contro il divano e le ginocchia raccolte. La città è ormai buia, a parte le macchie di luce che filtrano dalla finestra con il vetro singolo, e la stanza ha quel silenzio denso post-cena da asporto in cui puoi sentire il sangue muoversi dietro le tue orecchie. Paul tiene in equilibrio la birra su un ginocchio, le dita che tamburellano sulla lattina non proprio a tempo con l'orologio. La mia lattina è vuota da un pezzo, la condensa che forma una pozza sul tappeto dove l'ho posata. Nessuno di noi vuole muoversi, nemmeno per mettere in coda la prossima distrazione.

C'è una lampada sul tavolino, di quelle che proiettano ombre drammatiche e ti fanno sembrare più vecchio, o stanco, o entrambe le cose. Osservo come la luce si piega intorno alle ossa del suo viso, il taglio semi-guarito sul mento, l'incavo sotto l'occhio sinistro che non si è mai riempito dopo l'università. Lui fissa il muro, come se si aspettasse che sia quello a sbattere le palpebre per primo.

Le mie mani sono irrequiete. Gioco con l'anello che porto al pollice, facendolo scorrere su e giù, la bruciatura da sfregamento familiare. Sarebbe più facile parlare se fossi ubriaca, ma non lo sono, non abbastanza. Le parole si ammassano e si annodano dietro i miei denti.

Rompe il silenzio, la voce più sommessa del brontolio del traffico fuori. «Hai mai pensato che sarebbe finita così?»

Considero la domanda, lasciandola sospesa. «Cosa, la nostra guerra per la firma, o la deriva generale verso la mediocrità?»

Fa un sorriso sottile, orizzontale. «L'una. O l'altra. Entrambe.»

«Non proprio. Pensavo che sarei morta prima dei trent'anni.»

«Questo è ottimismo.» Svuota la lattina, la posa accanto alla mia e si mette a tirare un filo sfilacciato dei suoi pantaloni da jogging. «Quando eravamo a Sheffield, pensavo che saresti diventata la prossima Marina Hyde. O che almeno saresti diventata abbastanza famosa da essere cancellata.»

Rido, ma è un suono debole. «Ho raggiunto il mio apice al secondo anno. Tutto quello che è venuto dopo è stata una lenta discesa dall'altra parte.»

Annuisce e lasciamo che il silenzio si posi di nuovo, due tizzoni che si raffreddano ai lati opposti di un fuoco spento.

Mi agito, premo l'unghia nel legno tenero del tavolino accanto a me. «Paul.»

Non alza lo sguardo, ma so che sta ascoltando.

«Non ti ho mentito» dico, con la voce più flebile del previsto. «Non riguardo all'articolo, o alle modifiche, o a niente di tutto ciò. Riguardo allo stage. Al *The Chronicle*. Quello che ha dato inizio a tutto questo.»

Ora mi guarda, di sbieco, un guizzo di cauta confusione. «Di che cosa stai parlando?»

Mi stringo le ginocchia al petto, con il mento abbassato. «È stato il mio relatore a presentare la domanda. Non l'ho saputo finché non mi hanno mandato l'e-mail con la rosa dei candidati. All'inizio pensavo fosse uno scherzo. Non sarei nemmeno andata al colloquio, se non fosse stato per Zara che mi ha fatto tornare prima dalla Thailandia. Diceva che sarebbe stata una buona pratica, che nessuno del nostro anno aveva una possibilità.»

Non dice niente, ma la sua mascella si contrae.

«Avevo programmato di passare dodici mesi nel sud-est asiatico» dico, a mo' di mezza confessione. «Pensavo che se avessi fatto schifo al colloquio, sarei stata libera. Ma sono arrivata lì e—» mi fermo, ricordando l'improvvisa patina di sudore nella hall, il modo in cui la stretta di mano del caporedattore mi aveva stritolato le dita, la logica impossibile che diceva che se avessi finto che non me ne importava, non sarei rimasta ferita in caso di fallimento. «Pensavo che l'avresti ottenuto tu. Volevo che l'ottenessi tu.»

Scuote la testa una volta, bruscamente, come per togliersi l'acqua dalle orecchie. «Questa è una stronzata.»

«Non lo è» dico. «Non l'ho mai voluto. Non davvero. Ma non sapevo come dirtelo. Eri così arrabbiato, e mi sembrava che... se avessi provato a spiegare, avresti solo pensato che stavo rigirando il coltello nella piaga.»

Fissa il tappeto, gli occhi che seguono il disegno come se ci fosse un codice nelle fibre sintetiche. «Perché me lo stai dicendo ora?»

Mi costringo a guardarlo. «Perché se non lo faccio, resterò bloccata qui per sempre, a rivivere ogni versione di come sarebbero potute andare le cose se solo—» faccio un gesto impotente verso l'aria tra di noi. «Se solo avessimo parlato.»

Rimane in silenzio per molto tempo, e posso vedere il calcolo nella sua mascella, il lento digrignare dei denti contro la lingua. Quando parla, è un mezzo sussurro.

«Ho costruito tutta la mia vita adulta sull'idea che tu mi avessi fregato. Che avessi visto la tua occasione e l'avessi colta.» Lascia che quella frase resti lì, brutta e cruda. «Ho passato anni a fingere che non mi importasse, ma ogni volta che vedevo la tua firma, era come sentirmi dire di nuovo che eri migliore, e che non ti avrei mai raggiunta.»

Potrei allungare la mano, toccargli il braccio, dire qualcosa di dolce. Non lo faccio. Questa è una ferita che non ha bisogno di una benda; ha bisogno di sanguinare fino a seccarsi.

Ride, un suono secco e vuoto. «Avresti dovuto dirmelo e basta. Ti avrei odiata per una settimana, ma almeno sarebbe stato reale.»

«Ci ho provato, ma non volevi sentirlo» dico, il che è vigliacco, ma vero. «Non l'hai mai voluto, quando contava.»

Annuisce, ma è più un sussulto che un assenso. «E quindi, ora?»

Non ho una risposta. La lampada ronza, il frigo si accende in cucina, un camion sfreccia lungo la strada e fa vibrare il vetro della finestra. Vorrei poter congelare la stanza, bloccare questo momento come un insetto, e impedirgli di dissolversi nella prossima lite, nella prossima firma, nel prossimo round di chi ha ferito di più chi.

Invece, prendo fiato, lo lascio uscire lentamente. «Ora scriviamo l'articolo. E cerchiamo di non fregarci a vicenda. Solo per questa volta.»

Mi guarda, e per la prima volta in tutta la serata, il suo viso è completamente aperto, spogliato del solito sarcasmo e dell'autodifesa. C'è del dolore, sì, ma anche qualcosa di più morbido, come quel pezzo di cielo subito prima dell'alba.

Dice: «Credo di averti odiata perché non sopportavo di odiare me stesso.»

Non c'è niente da rispondere. Annuisco e basta, e l'aria tra di noi cambia, impercettibile ma reale. Una distensione. Forse persino una tregua.

Allunga la mano verso il portatile sul tavolo, lo accende con un clic. Lo schermo si illumina di blu, proiettando su entrambi i nostri volti lo stesso alone artificiale. Digita qualche parola, si ferma, poi mi lancia un'occhiata.

«Vuoi scrivere tu la prima riga, o faccio io?»

«Sorprendimi.»

Non è perdono, né niente del genere. Ma per un po', scriviamo di nuovo insieme, fianco a fianco, con la città fuori che si riduce a un ronzio gestibile. Litighiamo, ma non come prima. Siamo in disaccordo, ma senza spargere sangue. Lavoriamo.

E alla fine, l'articolo è migliore di quanto ciascuno di noi avrebbe potuto scriverlo da solo.

Non è amore, ma è qualcosa. E per ora, basta e avanza.

VENTIQUATTRO

PAUL

Passammo l'intera giornata a limare, perfezionare e correggere l'articolo, tra una riunione e l'altra, incontri di reparto e un discorso delle Risorse Umane sui nuovi contratti di lavoro standardizzati che sarebbero stati introdotti nelle settimane a venire.

Erano passate le dieci e mezza di sera e la redazione del *Chronicle* sembrava il set di una sitcom post-apocalittica: metà dei monitor erano ancora accesi e proiettavano fantasmi blu su sedie vuote; un semicerchio di contenitori d'asporto vuoti formava un perimetro difensivo attorno all'isola degli articoli di approfondimento; l'ultima, eroica tazza di caffè si aggrappava alla propria importanza al centro del tavolo. Il resto del personale se n'era andato da tempo, sparpagliato tra pub, case o l'inferno dei treni in ritardo. Eravamo rimasti solo io e Grace, custodi di quel cimitero illuminato di blu, con gli schermi aperti e le dita che ticchettavano sulla tastiera in quell'antico duetto antagonistico.

Niente musica. Niente pettegolezzi, niente chiacchiere in

sottofondo. Solo il lieve eco della digitazione e il ticchettio intermittente della pioggia contro il vetro, il ritornello più persistente di Londra. C'era qualcosa di quasi religioso in tutto ciò. Non ero sicuro di quale religione, ma sicuramente una con una forte inclinazione all'autoflagellazione e alla morte lunga e lenta dell'ottimismo.

Grace era seduta due scrivanie più in là, girata a metà, la sedia in una posizione che diceva: «Potrei andarmene da un momento all'altro, ma non lo farò». Era in modalità lavoro: capelli legati con una Biro che spuntava fuori, maniche del maglione tirate su oltre i gomiti, labbra serrate in quella linea sottile che assumeva quando leggeva. Ogni volta che trovava una frase degna di essere sottolineata, il suo sopracciglio si inarcava come se venisse sollevato da una minuscola gru infuriata. A portata di mano aveva quattro evidenziatori, ognuno con un diverso scopo tattico. Quello rosa era per gli attacchi personali. Quello blu per le lodi, o ciò che lei considerava tali nella sua classificazione.

Cercai di non fissarla, ma l'alternativa era guardare il mio schermo, il che era meno divertente e considerevolmente più demoralizzante. L'ultima bozza della rubrica era aperta, con il cursore che lampeggiava alla fine di un paragrafo che nessuno dei due riusciva a decidersi a cancellare o a migliorare. Stando al diagramma di gestione del progetto, i passi successivi erano «armonizzare il tono» e «finalizzare la struttura». Ciò che significava in realtà era «discutere del taglio dell'articolo per un'altra ora», seguito da un'ora di silenzio reciproco mentre elaboravamo ciò che era stato detto.

Quella sera, però, qualcosa era cambiato. L'ultimo giro di correzioni era stato clinico, ma non crudele; il solito spargimento di sangue era stato sostituito da una sorta di rassegnata professionalità, come se entrambi avessimo deciso, in silenzio, che il tempo della distruzione reciproca era finito. O forse eravamo solo troppo stanchi per continuare.

Mi appoggiai allo schienale della sedia, stiracchiandomi finché la spina dorsale non scricchiolò. I pannelli del soffitto sopra di me erano macchiati da vecchie infiltrazioni d'acqua, una delle quali aveva la forma esatta della contea del Kent, se il Kent avesse subito una serie di attacchi aerei mirati. La luce al neon aveva un solo tubo funzionante, che tremolava a intervalli che quasi si sincronizzavano con il mio polso.

Grace emise un lungo sospiro udibile. Non infastidito, solo... esausto. Si picchiettò il labbro inferiore con la penna, un'abitudine così radicata che non ero sicuro sapesse di averla. Nell'altra mano teneva l'evidenziatore verde, pronto e nervoso. La guardai prendere un appunto a margine, fermarsi, poi cancellarlo, solo per scrivere qualcos'altro in una grafia più piccola e aggressiva.

Era uno studio perfetto del nostro modo di lavorare: io, che costruivo un muro di frasi difensive; lei, che scavava tra la malta in cerca di punti deboli. Un tempo pensavo che l'unica cosa che ci teneva insieme fosse la nostra capacità di irritarci a vicenda. Adesso, non ne ero più così sicuro.

«Ti sei mai chiesto se non stiamo semplicemente facendo la stessa discussione, ancora e ancora?» domandai, senza guardarla direttamente.

Lei sbatté le palpebre, sorpresa dalla rottura del protocollo, poi scrollò le spalle. «Ogni relazione è un circolo vizioso. La nostra ha solo un editing migliore.»

Sbuffai, a voce bassa e involontariamente. «Non saprei. Credo che a questo punto stiamo riciclando materiale.»

«Si chiama motivo conduttore, Callaghan. Leggiti un libro.»

Ripiombammo nel silenzio. Aveva ragione, ovviamente. Aveva sempre ragione. Era metà del problema.

Dopo un minuto, si alzò e si diresse verso l'angolo cottura, una striscia di tre metri di bancone in formica e un bollitore così antico che avrebbe potuto essere classificato come patrimonio culturale. Si versò un bicchiere d'acqua dal rubinetto, lo fece roteare e bevve un lungo sorso. Il modo in cui stava in piedi, con un fianco piegato, la testa inclinata, la manica già bagnata per essersi appoggiata al bancone, mi ricordò, contro ogni buon senso, le notti all'università, quando stavamo svegli fino a ore folli solo per rispettare la prossima scadenza, o semplicemente per resistere più dell'altro.

Tornò indietro, si lasciò cadere sulla sedia e si girò verso di me.

«Lo stai facendo di nuovo» disse.

Sbattei le palpebre. «Cosa?»

«Quella cosa che fai. Fissi lo schermo come se dovesse finire la rubrica al posto tuo. Non è un'intelligenza artificiale. Devi davvero scrivere qualcosa.»

«Pensavo di lasciare che l'universo intervenisse» dissi, ma la mia battuta suonava vuota.

Lei si addolcì, solo un po'. «Ho letto la tua ultima parte. È davvero buona.»

«Non esagerare con i complimenti» borbottai, imbarazzato.

Si sporse in avanti, con i gomiti sulle ginocchia. «Sai che puoi semplicemente dirlo, vero?»

Finsi di non sapere a cosa si riferisse, ma il rossore sul mio viso mi tradì.

«Che ti manca» disse, con gli occhi fissi sulla pila di correzioni tra di noi. «I litigi. La scrittura. Tutto.»

La guardai, per davvero stavolta, e per un secondo il muro di stronzate che tenevo tra di noi si sgretolò. «Sì» dissi, appena sopra un sussurro.

Grace non era fatta per la vulnerabilità. Deviava, sempre, con sarcasmo o con i fatti o con entrambi. Ma stavolta rimase semplicemente lì, a digerire la cosa, lasciando che l'aria si riempisse di tutto ciò che non stavamo dicendo.

«Manca anche a me» disse, e il suono di quelle parole mi

colpì da qualche parte tra i polmoni e lo sterno. «Non il dramma. Solo... il ritmo.»

Volevo dire qualcosa di intelligente, qualcosa che rendesse tutto meno pericoloso. Invece, sbottai: «Sei brillante, sai?».

Fu un complimento disastroso. Di quelli che vengono protetti dall'airbag e riprodotti al rallentatore durante l'inchiesta.

Lei sbatté le palpebre, sorpresa, poi sorrise: un sorriso piccolo e storto, come faceva una volta quando la coglievo alla sprovvista, ai vecchi tempi. «VacCi piano, o comincerò a pensare che ti piaccio.»

Sì, mi piaceva. Mi era sempre piaciuta. Anche quando avrei dovuto odiarla, anche quando era più facile renderla la cattiva della mia storia.

Distolse lo sguardo, ma non prima che cogliessi il barlume di qualcosa di reale nei suoi occhi. Si sistemò una ciocca di capelli dietro l'orecchio, prese un respiro profondo per calmarsi e riprese in mano l'evidenziatore verde.

Seguì un lungo e confortevole silenzio, di quelli che si possono avere solo con le persone che conoscono ogni tuo lato e hanno deciso di restare comunque.

«Dovremmo probabilmente finire questo» disse.

«Già» risposi. «Probabilmente.»

Lavorammo. Non come prima. Come adesso: due persone che sanno come ferirsi a vicenda, ma che hanno scelto, stanotte, di non farlo. Due persone che sono migliori insieme, anche se solo per questo istante.

VENTICINQUE

GRACE

L'appartamento è gelido quando entro, e ci vorrà almeno un'ora prima che l'unica stufa in soggiorno emani abbastanza calore da far sembrare una scelta sicura togliermi il cappotto.

Il posto è esattamente come l'ho lasciato: due tazze sul tavolo, l'*Evening Standard* di ieri sera accasciato contro il battiscopa. Il mio telefono è al sette per cento. Lo metto in carica, lasciando che la luce bianco-azzurra inondi la stanza.

Tre nuove email, due da Viv e una dal team Comunicazioni, tutte sull'articolo di approfondimento di domani. Le scorro, rispondo dove necessario, poi, siccome sono debole, apro Twitter. Grace Hampton: ancora in tendenza. Una menzione da parte di un parlamentare si merita uno screenshot. Una prova, forse. O solo qualcosa di cui vantarmi più tardi.

Per qualche minuto regna una sorta di pace. Non del tipo dolce e dorato, più quella varietà che si prova dopo una scazzottata, quando le ossa ti vibrano ancora e l'adrenalina non si è ancora del tutto esaurita. La inspiro, lasciando che i rumori della città si plachino sullo sfondo.

A mezzanotte e undici, il telefono emette un 'ping'.

Numero sconosciuto. Prefisso del Regno Unito. Nessun nome, nessuna icona, nessun messaggio precedente. Solo una singola riga:

È Lei Grace Hampton del Chronicle?

Sbatto le palpebre. Potrebbe essere spam. Potrebbe essere un numero sbagliato. Potrebbe essere uno di quei messaggi "urgenti" che si rivelano un link di phishing.

Chi lo chiede?

Silenzio. Verso un bicchiere d'acqua, osservo la condensa formarsi e scorrere lungo il vetro. Un altro 'ping':

Lei ha scritto quell'articolo sulla Kidz Trust.

Esito, poi cedo alla curiosità.

Sì. Ha qualche problema con l'articolo?

L'articolo ha a malapena scalfito la superficie. Deve guardare più a fondo.

Questo cattura la mia attenzione. Nessun insulto, nessuna truffa evidente, solo un'accusa sospesa nell'aria.

Se sa qualcosa, dovrebbe dirlo.
Lei e il suo collega non avete cercato abbastanza a fondo.

L'impulso di difendere Paul scatta all'istante, ma lo reprimo. È perfettamente in grado di difendersi da solo e, inoltre, preferirei sentire dove vuole andare a parare.

La ascolto.

Niente. Passano dieci minuti. Bevo l'acqua, controllo di nuovo le email. Ancora niente.
Mentre sono a metà del lavarmi i denti, il telefono si illumina.

Non è sicuro parlarne per messaggio. Troppo pericoloso farsi coinvolgere.

Sputo, mi pulisco la bocca.

Allora perché contattarmi?

I tre puntini di digitazione rimbalzano, lenti e deliberati. Chiunque sia, vuole essere inseguito.

Possiamo vederci di persona.

Una lunga pausa. Penso quasi di aver insistito troppo, finché:

14 Saxon Ave. Felixstowe. Domani a mezzogiorno.

Lo leggo due volte. Sarò stata a Felixstowe forse due volte in vita mia, entrambe d'estate. Febbraio è un momento del cavolo per chiedere un incontro sul lungomare.

La conosco?
Martin Cheng.

Provo a insistere per sapere di più, ma il telefono resta muto.

Mi stendo sul divano, fissando il soffitto, ripassando mentalmente ogni sessione di addestramento che abbia mai fatto: non incontrare le fonti da sola, dì sempre a qualcuno dove vai, mantieni le comunicazioni tracciabili. Le ignoro tutte, una per una. Poi mi ricordo come conosco Martin Cheng, e tutto acquista un senso.

Poco prima dell'alba, mando un messaggio a Paul: Gita fuori porta. Guidi tu. Felixstowe. Un funzionario pubblico vuole parlare. Porta il caffè.

Mi risponde con un pollice in su e una GIF di un pinguino che trema.

Il sole sorge, la città si risveglia e io siedo vicino alla finestra, guardando la luce insinuarsi tra gli edifici.

Non so se sia paura o eccitazione. In ogni caso, sono pronta.

Non puoi capire il Mare del Nord se non ha provato a ucciderti almeno una volta. È questo che penso mentre Paul prende una curva troppo velocemente, il vento ci sferza così forte che l'intera macchina sbanda di lato e una cortina di pioggerellina si polverizza contro il parabrezza. Siamo in un villaggio così piccolo che l'unico pub si chiama The Pub, e ogni finestra pubblicizza "Vista Mare", anche se l'unica cosa visibile è un muro di grigio umido e orizzontale. Lui si rifiuta di usare Google Maps, quindi stiamo andando avanti grazie all'innato senso dell'orientamento di Paul, che non è tanto una bussola quanto una sfumatura molto specifica di testardaggine maschile.

Provo ad aiutare, sforzandomi di individuare un punto di riferimento o il nome di una via attraverso i tergicristalli. «Se solo rallentassi,» dico, «potremmo leggere i nomi delle strade prima che sfreccino via sfuocati.»

Paul fa un sorrisetto beffardo, senza mai staccare gli occhi dalla macchia di cottage davanti a noi. «Se rallento, perderemo lo slancio e dovremo scendere a spingere.»

Non ha torto. Il vento ulula abbastanza forte da far tremare tutta la macchina. Parcheggia, metà sul marciapiede, metà su quello che sembra il resto di una lastra di pavimentazione, e mi guarda con il tipo di orgoglio solitamente riservato a chi riesce a parcheggiare un autobus a S.

«Perché siamo qui, di nuovo?» chiede.

«Perché Martin Cheng non ci parlerà in nessun altro modo. Se vogliamo portare a termine questa storia, dobbiamo scuotere l'albero noi stessi.» Recito questa frase con la calma di chi l'ha provata allo specchio, davanti a un pubblico composto esattamente da un curry da asporto e una fila di bollette non pagate.

Si stringe nella sua giacca, un vecchio arnese di pelle con le maniche che iniziano a scucirsi. «Giusto. Fai strada, allora, capo.»

Così faccio, perché se c'è una cosa in cui sono brava, è condurre gli altri al disastro. La casa è tre porte più in là, la vernice di un colore che un tempo era blu ma che ora è più che altro color resa. Il giardino è incolto, tutto ortiche e digitale purpurea, con un unico sentiero falciato in mezzo, come la scia di un tosaerba ubriaco. Mi stringo nel cappotto, controllo due volte il numero civico e busso alla porta.

Paul si mette di fianco a me, mani in tasca, occhi che scrutano le finestre. «Il posto sembra la scena di un crimine di un thriller scandinavo. Digita subito 999 sulla tastiera, così ti basterà premere 'chiama'.»

Lo ignoro. La porta si apre di un cauto centimetro, rivelando uno spicchio di viso, giallastro e con gli occhiali.

«Martin?» dico, proiettando calore e affidabilità come la presentatrice di un programma per bambini.

È invecchiato male: capelli radi, pelle dall'aspetto sbiancato di un uomo che mangia tutti i suoi pasti dalla sezione degli scontati. L'ultima volta che l'ho visto, stava sudando in un completo in una sala di una commissione governativa, rispondendo a domande sulla tecnologia verde e promettendo che il futuro sarebbe stato biodegradabile. Ora indossa una maglia da rugby e un'espressione che urla: *Andatevene, o chiamo il mio avvocato.*

Paul prende il sopravvento, inserendosi nello spazio prima che Martin possa chiudere la porta. «In realtà ci siamo già incontrati, Martin,» dice, come se stesse calando una mano vincente a un torneo di poker. «Ci siamo visti a quel convegno 'Tech4Good'. Mi hai offerto una birra, poi hai provato a vendermi delle unità di riscaldamento a bioetanolo. Ricevo ancora tue email di spam.»

Gli occhi di Martin si sgranano, come se avesse visto un fantasma o forse gli ufficiali giudiziari. Lancia un'occhiata alle sue spalle, poi apre la porta un altro po'. «Mi ricordo. Scusate, io... A dire il vero, potremmo fare un'altra volta?»

Paul ignorò l'assist. «Non siamo qui per incastrarLa. Vogliamo solo parlare del contratto della Bluebell Environmental e del perché si è dimesso subito dopo il pagamento.»

Martin si afflosciò, sconfitto. «Non avrei dovuto contattarvi.»

«La verità è importante» dissi, facendo una smorfia per la mia stessa pomposità, ma spostando il peso sulla soglia in modo che non potesse richiudere la porta senza fare una scenata. «Possiamo parlare dentro, se preferisce.»

Per un attimo pensai che avrebbe sbattuto la porta e chiamato la polizia, ma poi le sue spalle si rilassarono e ci fece cenno di entrare. L'ingresso era stretto, rivestito di una moquette marrone che non vedeva l'aspirapolvere da un secolo, e l'aria odorava di cipolle fritte e bastoncini d'incenso.

Lo seguimmo nel salotto angusto, arredato esclusivamente a tema "Pensione al mare con budget limitato". C'erano delle barchette di legno sulla mensola del camino, una stampa sbiadita di un faro e un salvagente ornamentale appeso al muro con la scritta "Casa è dove si trova il porto". Le finestre erano coperte con fogli di giornale, del tipo che non viene più consegnato nelle case vere.

Martin indicò il divano, poi si sedette sull'unica poltrona, con le ginocchia raccolte e le braccia incrociate. «Volete del tè?» domandò, ma il suo tono suggeriva che non fosse un'offerta sincera.

«Siamo a posto» risposi, tirando fuori il mio taccuino e aprendolo su una pagina pulita. Paul si sedette accanto a me, sprofondando così tanto nel divano da sparire quasi del tutto.

Martin ci osservava, diffidente.

Paul fu insolitamente delicato. «Sappiamo che era il direttore tecnico dell'offerta della Bluebell. Sappiamo che il progetto ha subito un'accelerazione e che i soldi sono spariti dai conti nel giro di un mese. Vogliamo solo sapere se può dirci perché.»

Martin si tormentò l'orlo della tuta, evitando i nostri sguardi. «Non posso parlarne» disse, con la voce appena sopra il ronzio del vecchio frigorifero in cucina.

«Accordi di non divulgazione?» chiesi.

Scosse la testa. «Di peggio.»

Paul si sporse in avanti, con i gomiti sulle ginocchia. «Senta, Martin. Il fatto è che i segreti hanno una data di scadenza. Il nostro ufficio legale sta già indagando sul Consiglio di Hackney e ha inoltrato una quarantina di richieste di accesso agli atti. Quando arriveranno le risposte, il consiglio cercherà un capro espiatorio, probabilmente l'ultimo anello della catena. Lei deve anticiparli. Anzi, pensavamo che l'avesse fatto, e che fosse per questo che ci ha contattati. Almeno in questo modo può raccontare come sono andate veramente le cose.»

Gli occhi di Martin erano vitrei, disperati. «Voi non capite. Hanno minacciato la mia famiglia.»

La voce di Paul era dolce. «Chi sono "loro"?»

Martin aprì e chiuse la bocca due volte. «Conoscete il tizio che ha approvato i conti? Non è più nel paese. E gli appaltatori... Sono stati tutti pagati tramite società di comodo. Io ho solo sbrigato le pratiche.»

Aprii il fascicolo sulla revisione pubblicata del Kidz Trust e lo feci scivolare sul tavolo. «Questa parte qui» dissi, «i numeri di riferimento sono identici a quelli sui contratti di "bonifica offshore" e all'ordine di acquisto del consiglio. Pensa che sia una coincidenza?»

Lui guardò la pagina, poi alzò gli occhi su di me. «No» disse, la parola morbida come carta velina.

Paul annuì, lento e incoraggiante. «Non è lei il cattivo, Martin. Ma se non vuole fare da capro espiatorio, deve darci una mano.»

Seguì un lungo silenzio, rotto solo dal ticchettio del vecchio orologio a muro e dal gracchiare lontano dei gabbiani. Martin lanciò un'occhiata alla porta, come se sperasse in un'esercitazione antincendio, poi disse: «Non potete pubblicarlo.»

«Possiamo pubblicare e pubblicheremo qualsiasi cosa» dissi. «Ma vogliamo la sua versione, non solo quello che *pensiamo* sia successo.»

Si passò una mano sul viso, lasciando una striscia di sudore sulla fronte. «D'accordo. Il progetto era una copertura. È sempre stato una copertura. La società esisteva per spostare denaro dal consiglio, tramite l'ente di beneficenza, e nelle mani delle persone che...» Si interruppe, tremando. «Non sapevo nemmeno chi ci fosse dietro fino alla settimana scorsa. Hanno minacciato di rovinarmi se non fossi stato al gioco.»

Scrivevo, la mia penna era una macchia indistinta. Paul osservava Martin con un'espressione che non gli avevo mai visto prima: un misto di empatia e pura, famelica concentrazione.

«Chi sono "loro"?» insistette Paul, a bassa voce.

Martin era quasi in lacrime. «È tutto nei fascicoli. Mi hanno detto di mettere tutto in un magazzino a Londra. Ma non riesco ad arrivarci. Hanno detto che se mai fossi tornato, sarei finito in un canale.»

Paul mi guardò e potei quasi vedere gli ingranaggi girare nella sua testa. «Può darci la chiave?» chiese.

Martin annuì. «È in giardino, attaccata con il nastro adesivo alla gamba del trampolino.»

Emise un sospiro tremante e disperato. «Se riuscite a prendere i documenti, è tutto lì.»

Osservai Paul recepire l'informazione, non come una storia, ma come un problema da risolvere. Si alzò, stiracchiando le braccia per sciogliere la rigidità. «Li prenderemo» disse.

Martin lo guardò, incredulità e sollievo aggrovigliati. «Non potete andare da soli. Stanno guardando. Osservano sempre.»

Paul si strinse nelle spalle, nello stesso modo in cui faceva quando gli dicevano che le probabilità che una storia andasse in porto erano quasi nulle. «È il nostro lavoro.»

Mi alzai anch'io, raccogliendo i miei appunti e mettendoli via. «Grazie, Martin. Staremo attenti.»

Lui si alzò, ma non ci accompagnò alla porta. Tutto il suo corpo sembrava ripiegarsi su se stesso, come un uomo che avesse già iniziato a provare il proprio necrologio.

Fuori, il vento si era alzato di nuovo, schiaffeggiandoci il viso con la pioggia mentre Paul strappava il nastro adesivo e si metteva in tasca la piccola chiave.

La strada era deserta, a parte un gabbiano solitario che beccava qualcosa di non identificabile nel rigagnolo.

Paul accese il motore e mi guardò, con i capelli ancora in disordine e gli occhi più brillanti di quanto li avessi visti da settimane. «Gli credi?»

Annuii. «Sì. Gli credo.»

Sorrise, ma fu un sorriso piccolo e stanco. «Allora andiamo a prenderci la storia.»

Guardai la casa, il giardino morente e la luce ancora accesa alla finestra. «Potremmo davvero farcela.»

Sogghignò, uno vero questa volta. «Non fare la sentimentale, Hampton.»

Mi allontanai guidando, e per la prima volta da mesi, pensai che fossimo nella direzione giusta.

Se esiste un inferno per gli agnostici inglesi, probabilmente è un B&B vittoriano con la bassa marea. Il nostro era un mostro di pietra appollaiato sopra il parcheggio, tutto bovindi e grandezza sbiadita, il tipo di posto che promette una "colazione completa all'inglese" e ti serve una singola banana e una bustina di tè con il filo. All'interno c'era odore di cipolle stracotte e dell'angoscia esistenziale di chiunque non sia mai riuscito a lasciare la propria città natale.

La donna alla reception — sessant'anni se non di più, permanente stretta, occhiali legati al collo con una catenella — ci lanciò un'occhiata mentre trascinavamo le valigie su per le scale coperte di moquette, non tanto giudicante quanto profondamente, profondamente interessata alla possibilità di uno scandalo. Controllò il registro due volte prima di aggrottare la fronte. «Signorina Hampton e signor Callaghan, giusto? Solo che vedo che è stata prenotata una sola stanza... oh, cielo. Ci deve essere stato un equivoco.» Sorrise, del tipo che potrebbe dirigere un campo di addestramento per sociopatici. «Ma è l'ultima rimasta. La settimana del festival, sa.»

Sforzai un sorriso, di quelli che riservo al servizio clienti e ai matrimoni di famiglia. «Andrà bene. Ci arrangeremo.»

Lei si illuminò, guidandoci su per le scale, chiacchierando del Festival dei Narcisi al parco locale e del fascino unico della friggitoria del posto. La stanza era all'ultimo piano, incastrata sotto la grondaia. Aprì la porta e si fece da parte come se stesse svelando un premio in un game show pomeridiano. «Con tutti i comfort moderni!» cinguettò, «e una vista incantevole sull'Estuario... in una giornata limpida.»

La stanza era... ottimistica. Due letti singoli con piumoni a fiori, una toletta che sembrava essere sopravvissuta a un paio di guerre mondiali e una carta da parati così vistosa da sembrare un'emicrania in arrivo. C'era un'unica finestra, appannata e traballante nel suo telaio, che si affacciava sulla strada principale e, sì, su uno spicchio dell'estuario se si allungava il collo e si strizzavano gli occhi.

«La colazione è dalle sette e mezza alle otto in punto» disse la padrona di casa. «Se volete che ve la porti su, basta che chiamiate giù con il telefono... ecco.» Indicò un telefono così vecchio che avrebbe potuto evocare i morti. Indugiò sulla soglia, con gli occhi che saettavano da un letto all'altro, come per assicurarsi che non avremmo immediatamente inscenato qualche dramma di ITV. Poi se ne andò, chiudendo la porta con la morbida definitività di chi starà ad ascoltare dal buco della serratura.

Paul scoppiò a ridere non appena se ne fu andata, gettò la sua borsa sul letto più vicino e ci si stravaccò sopra, a braccia aperte. «Furbacchiona, l'enigma del letto unico.»

«Ci sono due letti. È una camera doppia. È questo il punto. O forse il signore si aspettava che il *Chronicle* sborsasse per una suite a testa?»

Paul rise. «Forse è solo la mia mente maliziosa che si rivela.»

«Forse sì.»

«Pensi che abbia messo una telecamera nascosta nel bollitore?»

«Non adularti» dissi, lasciando cadere la mia borsa sul pavimento e aprendo il portatile. «Vuole solo una buona recensione su TripAdvisor.»

Lui si mise a sedere, si tolse le scarpe e ispezionò la stanza. «Sai, è quasi romantico. Se ignori il fatto che è infestata dai fantasmi di mille lune di miele fallite.»

Finsi di scrivere, ma in realtà stavo solo fissando lo screensaver. «Mi assicurerò di metterlo nel titolo: 'Paul Callaghan approva il romanticismo, servizio al telegiornale delle undici'.»

Lui sogghignò, per nulla infastidito. «Sono cresciuto come

persona. E poi, sono abbastanza sicuro che ci sia un'intera bottiglia di gin del Lidl nel minibar.»

La verità è che ero su di giri: adrenalina e caffeina combattevano in una situazione di stallo nel mio sangue. L'intervista a Martin Cheng si ripeteva a ciclo continuo, ogni dettaglio un nuovo labirinto: le finestre coperte di carta, le mani tremanti, la frase "rovineranno la mia famiglia" che non aveva smesso di echeggiare da quando ce n'eravamo andati. Aprii un nuovo documento e iniziai a elencare i passi successivi, con punti elenco allineati come un plotone d'esecuzione.

Paul, nel frattempo, scorreva il telefono, dando la caccia a ogni possibile risultato sul magazzino, la casella postale e i nomi che Martin aveva quasi sputato fuori. Di tanto in tanto, borbottava qualcosa su "idioti con società di comodo" o "questo è proprio come la faccenda della Deutsche Bank", per poi ricadere nel silenzio.

Per mezz'ora lavorammo in un silenzio complice, l'unico suono il tremolio della finestra e i gabbiani fuori, occasionalmente punteggiato dal lieve schiocco della mascella di Paul mentre si tormentava un molare scheggiato. Era così domestico da fare male.

Alla fine, non ce la feci più. Chiusi il portatile con uno schiocco. «Non dormi mai, vero?»

Lui si strinse nelle spalle, continuando a guardare il telefono. «Dormirò quando avremo la storia, o quando sarò morto. Qualunque cosa accada prima.»

«Navigato libero professionista» dissi, ma mi uscì più affettuoso di quanto intendessi.

Lui alzò lo sguardo, qualcosa di luminoso ai bordi degli occhi. «E tu sei ancora l'unica persona che riesce a essere più testarda di me.»

Mi alzai, attraversai la minuscola stanza e impilai i miei appunti sulla toletta. Lo spazio tra i letti era appena sufficiente per una valigia, così quando mi risedetti sul bordo del mio, le nostre ginocchia quasi si toccarono.

«Siamo una squadra terribile» dissi, «ma siamo l'unica che abbiamo.»

Lui rise e il suono vibrò attraverso il pavimento di legno. «Sai, per quel che vale, mi è sempre piaciuto essere lo sfavorito di fronte alla tua ossessione per i fogli di calcolo.»

«L'ossessione per i fogli di calcolo è un complimento» dissi, e per un secondo l'aria tra noi fu meno tagliente.

Fuori, il vento si alzò, facendo scricchiolare la finestra e gonfiare la carta da parati. Per un momento, fummo solo due persone in una stanza, con il resto del mondo a mille miglia di distanza.

«Sei sempre stato bravo in questo» dissi.

Lui incrociò i miei occhi, serio per una volta. «Tu sei sempre stata migliore.»

Per un minuto, fu come se gli anni svanissero e fossimo di nuovo nella redazione studentesca a mezzanotte, a discutere di virgole e a bere vino scadente comprato all'angolo, entrambi convinti che avremmo salvato il mondo o almeno sfondato su internet. La distanza tra noi non era molta: forse una spanna. Lui allungò una mano, le dita sospese sopra il mio ginocchio, senza quasi toccarmi.

C'era una scossa, o forse era solo l'elettricità statica del copriletto in poliestere, ma fu abbastanza da farmi sobbalzare il cuore. Guardai la sua mano, poi lui.

«Mi è mancato questo» gli dissi.

VENTISEI

<hr>

PAUL

C'è un momento, in ogni cattiva idea, in cui puoi ancora tirarti indietro. Lo vedi arrivare, il bivio, quel punto della serata in cui ridi, dici qualcosa di pungente, torni a casa e ti crogioli nel comfort della tua mediocrità. La mossa intelligente è sempre quella di andarsene. Ma io non sono la mossa intelligente e questo, proprio qui, è il momento in cui supero il limite.

Lei mi guarda, mi guarda davvero, senza sarcasmo, senza filtri. Cala un silenzio, perfettamente calibrato, e poi dice: «Mi è mancato questo».

Mi colpisce come un pugno in pieno stomaco. Per un secondo, non so dove archiviare l'informazione.

«Il lavoro?» chiedo, perché è più sicuro.

Lei non batte ciglio. «Tu».

C'è un cambiamento nell'aria, una specie di riallineamento molecolare che aumenta di un grado la forza di gravità. Mi si secca la bocca. Vorrei fare una battuta, darle della sentimentalista, deviare il treno emotivo su un binario morto dove non possa colpire nulla di valore. Ma non lo faccio. Invece, resto seduto, aspetto, e lascio che il momento resti sospeso come merita.

Grace si alza di nuovo, va alla finestra, fissa la notte al di là del vetro. Incrocia le braccia più strette, le spalle sollevate come se avesse freddo, anche se qui dentro fa abbastanza caldo da appannare il vetro. «Non dovremmo» dice, con voce bassa e roca.

Dico: «Non lo faremo».

Nessuno di noi due ci crede.

Lei si volta, e l'espressione sul suo viso è una totale contraddizione: stanca, determinata, un po' spaventata. «Lo sai che sei una testa di cazzo, vero?»

«Rischio del mestiere» dico. «Dovresti vedere il piano pensionistico».

Lei ride, una risata vera stavolta, e la tensione si allenta quanto basta perché un attimo dopo sia a tre passi più vicina. Ha le mani strette a pugno, non per rabbia, ma per impedir loro di tremare.

Non mi muovo. Non oso.

Dice: «Se rovini tutto, ti pinzerò le orecchie all'editoriale del prossimo *Mail on Sunday*».

Dico: «Questa non è una minaccia, sono preliminari».

Il movimento successivo è lento, deliberato, come se mi stesse dando la possibilità di tirarmi indietro, come se ogni microsecondo fosse un referendum sugli ultimi dieci anni. Si ferma a trenta centimetri da me, mi guarda dal basso con quell'espressione, quella che mi ha fatto superare l'università e tre esaurimenti nervosi e il giorno in cui è partita per Londra senza voltarsi indietro.

Tocca a lei. È sempre toccato a lei.

Allunga la mano, afferra il colletto della mia camicia e mi tira a sé.

All'inizio il bacio è goffo, il tipo di limonata sconsigliata sul posto di lavoro che non supera mai la seconda pagina di un manuale delle risorse umane. I nostri denti si scontrano, le labbra si mancano, i nasi cozzano. Entrambi ridiamo nel bacio, il che rende il secondo tentativo solo più caldo, più pericoloso, come se ci stessimo sfidando a continuare.

Sa di caffè, di rabbia e di qualcosa di pungente che non riesco a definire. La sua bocca è morbida, ma la sua presa è di ferro: una mano ancorata alla mia camicia, l'altra che scivola dietro la nuca, tenendomi fermo come se temesse che potessi sparire se mi lasciasse andare.

Non ho un piano su cosa fare con le mani, quindi le poso sulla sua vita, temendo quasi che trasalirà. Non lo fa. Anzi, si stringe di più, i nostri corpi che si incastrano con l'inevitabilità di calamite in un cassetto di cianfrusaglie. Sento ogni suo centimetro: il tremito del suo stomaco, il calore che irradia dalla sua pelle, il respiro affannoso quando i miei pollici premono sulla parte bassa della sua schiena.

Il mondo non finisce, ma si sposta.

Voglio catalogare ogni dettaglio: il modo in cui i suoi capelli profumano di shampoo economico e della mia macchina, il modo in cui le sue labbra si schiudono appena prima che la baci di nuovo, il modo in cui il suo polso martella contro il mio petto come un avvertimento. Voglio ricordarlo, perché non c'è garanzia che accadrà mai più.

È lei a staccarsi per prima, senza fiato, con gli occhi selvaggi. «Non montarti la testa» dice, ma la sua voce vacilla ai bordi.

«Troppo tardi» dico, e la bacio di nuovo, stavolta lentamente, un punto interrogativo alla fine di una frase molto lunga.

Lei risponde mordendomi il labbro inferiore, abbastanza da farmi sussultare.

Ora è una guerra, e la sto perdendo meravigliosamente.

Ci separiamo, con le mani ancora bloccate in una sfida

silenziosa. La guardo, la guardo davvero, e per una volta lei non distoglie lo sguardo.

È pericoloso. È inevitabile. Siamo noi.

Il confine è stato superato, bruciato, sepolto. Non si torna indietro.

Lascio la sua vita. Lei sogghigna, un che di lupesco. «E adesso?»

Faccio spallucce. «Immagino che faremo quello che facciamo sempre. Fingere che non importi».

Si china, la fronte premuta contro la mia, i suoi capelli una tenda che ci nasconde dal mondo. «Bugiardo».

«Ogni volta» sussurro, e la bacio di nuovo, perché è l'unica verità di cui posso fidarmi.

Grace tira la mia camicia come se stesse cercando di strappare un elenco telefonico a metà. Cerco di aiutarla, ma ho le mani piene di lei — capelli, viso, la colonna del suo collo — e quando riesco a fare presa, ha già strappato via i primi tre bottoni. Rimbalzano sul pavimento, persi nella storia. C'è un momento di sorpresa condivisa, poi ridiamo entrambi, coi denti che sbattono l'uno contro l'altro nella foga.

Dovrebbe essere imbarazzante, questo spogliarsi di comune accordo, ma è semplicemente... giusto. Entrambi abbiamo fretta, ma anche no: ogni secondo è una sfida, ogni centimetro di pelle esposta una nuova linea del fronte. Mi sfila la camicia lungo le braccia, le dita che tracciano le linee pallide di vecchie cicatrici e la più recente flaccidità da lavoro d'ufficio. La lascio cadere, poi allungo la mano verso la sua camicetta, con l'intento di ricambiare il favore.

I bottoni sono minuscoli, delle piccole, maligne bestiacce, e le mie mani tremano per l'adrenalina o forse solo per l'incredulità che questo stia accadendo davvero. Apro i primi due, poi armeggio con il terzo, poi semplicemente rinuncio e tento il tutto per tutto, tirando la stoffa e premendo la bocca sulla sua clavicola come se fosse una preghiera. Lei ansima, inarcandosi contro di me, le mani ora tra i miei capelli, afferrandoli abbastanza forte da far male.

Per un secondo ci fermiamo, entrambi a fare il punto della situazione: sento il suo cuore, rapido e irregolare, sento il calore della sua pelle, il saliscendi del suo petto contro il mio. È un circolo vizioso di desiderio, e non c'è più nulla di misurato.

Lei si siede, mi tira verso il suo letto, e il mondo si comprime in questo punto: ridicolo, bellissimo, sconsiderato. Mi inginocchio tra le sue gambe, faccio scorrere le mani lungo le sue cosce, e lei rabbrividisce, la vecchia reazione della pelle d'oca che ricordo da un milione di anni fa. La bacio — più dolcemente, stavolta — e lei reprime un gemito, le unghie che scavano mezzelune sulla mia spalla.

I jeans sono un problema. Tiro la vita, ma non si muove.

Lei sogghigna, senza fiato. «Vestono aderenti».

«Non me lo dire» dico, ma la mia voce è piena di spigoli.

Lei si sdraia, le mani dietro la testa, guardandomi mentre cerco di strapparle il denim dai fianchi. È ridicolo, davvero — non c'è nulla di sexy nel combattere contro il tessuto elasticizzato — ma lei lo fa sembrare uno spettacolo, ogni contorsione e movimento calcolato per farmi impazzire. Solleva il bacino e riesco ad abbassare la cerniera, ma i jeans si aggrappano ostinatamente alle sue cosce, un'ultima resistenza contro l'inevitabile.

«Ti serve aiuto?» dice, beffarda e misericordiosa.

«Mai» rispondo, e do loro un'altra eroica strattonata.

Vengono via di colpo, e quasi cado. Li sollevo sopra la testa come un trofeo, trionfante. Nel farlo, il mio gomito colpisce la lampada del comodino, che vacilla, si inclina e infine cade oltre il bordo.

Lo schianto è forte, un tonfo sordo e di plastica, seguito da un fracasso. La lampada si ferma con un'angolazione sbilenca, proiettando un'ellisse deforme di luce sulla parete.

Ci blocchiamo, fissando la carneficina.

Poi lei ride, una risatina che coinvolge tutto il corpo e si trasforma in un urlo di gioia, e io mi unisco a lei, entrambi seminudi e isterici nel caos che abbiamo creato.

«Perfetto» dice, ridendo ancora. «Fottutamente perfetto».

Mi chino su di lei, le mani appoggiate ai due lati della sua testa. «Sei un pericolo pubblico» dico, ma è il tipo di accusa che si rivolge a un complice.

Lei aggancia le gambe intorno ai miei fianchi, mi tira giù e mi bacia di nuovo. Non c'è più finezza, solo fame, cruda e immediata. Le sue mani scivolano sotto la vita dei miei pantaloni, le dita fredde contro la mia pelle, e io tremo, ogni terminazione nervosa in allerta rossa.

Ci fa rotolare, così che lei sia sopra, i suoi capelli che ci cadono intorno come una tenda. Mi si mette a cavalcioni, le ginocchia che affondano nel materasso, gli occhi acuti, selvaggi e in totale controllo.

«Non fai più tanto il gradasso, adesso, vero?» dice, e si struscia contro di me, così lentamente da essere una tortura.

Non riesco a parlare, a malapena a pensare. Allungo le braccia, seguo la linea della sua spina dorsale, mi meraviglio della sua realtà, del calore, del peso e del modo in cui si muove contro di me. È un ritmo antico, ma sembra nuovo di zecca, come se stessimo scrivendo il nostro manuale, una pagina alla volta.

Sgancia il reggiseno con una mano sola, con l'abilità di una lunga pratica, e lo lascia cadere sul letto. La fisso, ipnotizzato, e lei solleva un sopracciglio come a dire: «Cerca di tenere il passo».

Lo faccio, o almeno ci provo. Mi tiro su a sedere, le bocche che si scontrano, le mani ovunque: la sua schiena, le sue costole, la delicata curva della sua vita. Ha il sapore del trionfo. Voglio mappare ogni suo centimetro, registrarlo per quando tutto questo ci verrà inevitabilmente portato via di nuovo.

Fa scivolare la mano tra di noi, e per un secondo il tempo si ferma. Chiudo gli occhi, mi abbandono alla sensazione, lascio che mi prenda. Non c'è più paura, né esitazione. Solo noi, il letto, la lampada rotta e l'incredibile fortuna di essere qui, adesso.

Sussurra qualcosa — il mio nome, credo, o forse solo un frammento — e il suono è sufficiente a disfarmi.

La sollevo da me e la spingo delicatamente indietro, i suoi capelli un'aureola sulla biancheria da letto scadente. Mi prendo il mio tempo, le traccio la mascella col pollice, le bacio l'incavo della gola, lascio che le mie mani vaghino finché non ansima, con gli occhi chiusi, il corpo che si inarca per incontrare il mio.

Ci incastriamo. Non so come, ma è così.

Faccio scivolare la mano lungo la sua coscia, assaporo la consistenza della sua pelle — calda e incredibilmente morbida, con la pelle d'oca che si forma al mio passaggio. Lei rabbrividisce, ma non si tira indietro. Le sfioro con le dita e lei emette un piccolo suono involontario che fa accelerare di nuovo il mio polso.

Si sdraia e apre le gambe, le mani che afferrano il lenzuolo. «Stai fissando» dice.

Annuisco. «È per una ricerca».

Lei ride, un ronzio basso che vibra contro il mio petto. «Sempre così metodico».

Continuo a scendere. Le bacio la pancia, poi le cosce, poi le labbra, prendendomi il mio tempo con ognuna. Voglio memorizzare questo momento, costruire un ricordo a cui potrò attingere quando il mondo inevitabilmente tornerà a fare schifo.

Lei sistema la posizione, e stavolta non c'è fretta, nessuna sensazione di stare cercando di vincere. Fa scivolare la gamba dietro il mio collo, usando il perno del ginocchio per guidare — no, comandare — dove dovrò baciare e leccare dopo.

Accolgo con piacere la guida. Il permesso. L'insistenza. Voglio che sappia cosa si prova a essere desiderata, non come rivale, non come sparring partner, ma come sé stessa, senza fronzoli e senza paura.

Grace ricambia, il suo corpo che si inarca mentre succhio, bacio e lecco, il suo respiro che si spezza per poi liberarsi a ondate. Intreccia le dita tra i miei capelli, mi trascina più a fondo. Sento il sapore di sale e sudore e la dolcezza pungente che è unicamente sua.

Geme, piano all'inizio, poi più forte, il suono che mi rimbomba nelle orecchie, spingendomi ad andare avanti. Rallento, poi accelero, inseguendo il ritmo che troviamo insieme. Mi tira i capelli, affonda le unghie, lasciando senza dubbio dei segni. Le guardo il viso sopra la curva dei suoi seni, il modo in cui la bocca si apre, il modo in cui gli occhi si stringono, il rossore che si diffonde dal petto all'attaccatura dei capelli. È incandescente, assolutamente meravigliosa, e per un secondo perdo quasi il controllo.

VENTISETTE

GRACE

La mia pelle è ancora elettrica quando la stanza finalmente si placa. Il mio corpo è pesante, disossato, ma il mio cervello — che non si decide mai a staccare a un'ora decente — sta facendo gli straordinari.

Paul, da parte sua, sembra a metà tra l'intontito e il distrutto. Ha i capelli in disordine — colpa mia, interamente — e il petto lucido di sudore e di qualcos'altro di meno nobile. Il piumone è un groviglio ai nostri piedi, l'aria densa della prova che, sì, due persone possono generare abbastanza calore da alimentare una piccola nazione se sono sufficientemente eccitate e insufficientemente vestite.

Mi raggiunge sul cuscino, e io mi sposto su un fianco, puntellandomi su un gomito per poterlo osservare più da vicino. Ha sempre detto che sono una maniaca del controllo, e non ha mai avuto torto. La sua bocca è appena socchiusa, e un muscolo gli guizza sulla mascella, il fantasma di una qualche discussione che non ha finito. Traccio la linea delle sue costole con un dito, più con fare forense che tenero, e guardo il suo stomaco contrarsi per riflesso.

Lui non si muove. Non ha neanche un fremito, ma sento la tensione avvolgersi nella sua coscia, il suo bisogno di avere l'ultima parola — verbalmente, fisicamente, emotivamente. Peccato per lui: stanotte, l'ultima parola è mia.

«Sei vivo, Callaghan?» dico, mantenendo un tono leggero.

La sua mano scivola via dal viso, rivelando un occhio così blu da farmi male ai denti. «Domani dovrò prendermi un giorno di malattia per accertamenti.»

Sogghigno. «Per farlo dovresti prima presentarti al lavoro.»

Lui fa un sorriso, ma è più una smorfia che una sfida. «Sei implacabile, Hampton.»

«E ti piace da morire.»

Lui ride, una risata bassa e roca. «Non ho mai detto il contrario.»

C'è un silenzio che potrebbe prendere qualsiasi piega, ma non sono dell'umore giusto per lasciarlo riposare sugli allori della distruzione reciproca. Roto, lenta e decisa, finché non mi trovo a cavalcioni sui suoi fianchi. Alza lo sguardo, sorpreso ma non recalcitrante, e per una volta ho l'elemento sorpresa dalla mia. È sempre stato lui a far pendere la bilancia, a dettare il ritmo, a farmi perdere il controllo per poi far finta che fosse stato un incidente di percorso.

Non stanotte.

Mi chino in avanti, bloccandogli i polsi contro il materasso, e lascio che i miei capelli cadano come una tenda attorno ai nostri visi. Prova ad assumere un'aria compiaciuta, ma l'effetto è rovinato dal rossore sulle sue guance e dal modo in cui le sue pulsazioni accelerano sotto le mie mani.

«Non metterti comodo,» sussurro, con la bocca vicino al suo orecchio. «Non sei l'unico a saper prendere il comando.»

Rabbrividisce, e non è per il freddo.

Per un secondo, respiriamo e basta, ognuno in attesa di

vedere chi si muoverà per primo. Faccio scivolare le mani lungo le sue braccia, mappando la vecchia bruciatura vicino al gomito. Trema sempre, anche quando finge il contrario. Premo, non forte, ma abbastanza da ricordargli chi è al comando.

Deglutisce. «Pensavo fossi esausta.»

«Questo la dice lunga su quanto mi conosci,» dico, e abbasso i fianchi, strusciandomi quel tanto che basta per farlo sussultare. La sua compostezza si incrina. È un suono magnifico, e me lo segno per il futuro.

Cerca di mettersi a sedere, ma lo blocco di nuovo, e questa volta c'è una vera lotta, un attrito che è in parti uguali frustrazione e resa. Digrigna i denti, una sfida.

«Allora, hai intenzione di fare un giro d'onore?»

«Non tentarmi,» dico, ma la verità è che lo sto già facendo.

Lo lascio andare, solo per vedere cosa farà. Per un momento, è immobile — intento a calcolare, o forse solo a godersi il momento. Poi porta le mani in alto, lente e attente, sulla mia vita, i pollici che premono sulla pelle appena sopra le ossa dei fianchi. È una mossa studiata, ma l'espressione sul suo viso è di pura meraviglia.

«Sei pericolosa,» dice.

«Anche tu,» rispondo, e lo bacio, le labbra che gli sfiorano appena la mascella, per poi scendere, lenta e decisa, mappando il territorio con lingua e denti. Bacio la vecchia cicatrice sulla sua spalla, poi l'incavo sotto la clavicola. La sua mano si alza, svogliata, per afferrare la mia, ma la devio sul materasso, intrecciando le dita in modo che non possa usarla come leva.

Afferra il messaggio, ma non è detto che gli piaccia.

Continuo, sempre più in basso, finché non sono a metà del suo stomaco e lui respira così affannosamente che sembra quasi una risata. Faccio una pausa, alzo lo sguardo e lo sorprendo a guardarmi con un'espressione che posso solo descrivere come: "Se ti fermi adesso, non ti perdonerò mai".

Non mi fermo.

Me la prendo comoda, alternando tocchi leggeri come piume a occasionali e deliberate raschiate di denti. Ogni volta che mi tiro indietro, emette un suono — a volte un sibilo, a volte un gemito basso, a volte un sussurro: «Cazzo, Grace.»

Quando finalmente raggiungo la parte di lui che chiedeva silenziosamente attenzione fin dal primo round, faccio una pausa, solo per assaporare l'attesa. Si morde il labbro, fissando il soffitto come se cercasse di ricordare come si prega.

Tiro per le lunghe, il più lentamente possibile, cambiando ritmo e pressione, tenendolo sul filo del rasoio senza mai lasciarlo cadere. Comincia a contorcersi, i fianchi che si sollevano dal letto, e lo blocco con una mano, il palmo piatto contro il suo bacino.

«Calmati,» dico, la bocca che a malapena si stacca dalla sua pelle.

Ride, ma è un suono disperato. «Ti stai divertendo.»

«Più di quanto probabilmente dovrei.»

Cerca di afferrarmi i capelli, per guidarmi o forse solo per ancorarsi a terra, ma gli afferro il polso e lo blocco di nuovo sul materasso. Si immobilizza, gli occhi scuri e dilatati, e mi rendo conto: non l'ho mai visto arrendersi, neanche una volta, in un decennio di rivalità e rimpianti.

È fottutamente stupendo.

Aumento il ritmo, aggiungendo carezze con la mano, osservando ogni sua micro-espressione: il modo in cui aggrotta le sopracciglia, il modo in cui la bocca si schiude, il modo in cui tutto il suo corpo si tende come la corda di un arco appena prima di... be'.

Emette un suono che non gli ho mai sentito fare prima — metà sussulto, metà imprecazione — e poi è finita, il suo corpo è scosso da un fremito sotto la mia presa, il respiro che esce a raffiche ansimanti. Lo lascio sfogare, poi risalgo, sdraiandomi accanto a lui e passandogli una mano tra i capelli, perché posso.

Per un minuto, nessuno dei due dice niente.

Alla fine, gira la testa, gli occhi vitrei, e mormora: «Ti odio, cazzo.»

Sorrido. «Bugiardo.»

Chiude gli occhi, sorridendo suo malgrado. «Ti crogiolerai in questa vittoria per sempre, vero?»

«Ovviamente.»

Scuote la testa, ancora senza fiato. «Avrei dovuto immaginarlo.»

«Non lo fai mai.»

Resta in silenzio, poi: «Sei fantastica.»

Non è una parola che usa alla leggera. La lascio sospesa lì, incontrastata.

Si gira per guardarmi, mi tira a sé e mi bacia, lento e dolce, l'opposto di tutto ciò che siamo sempre stati. Per una volta, non siamo in competizione, neanche per finta. Condividiamo solo lo stesso letto, le stesse conseguenze, la stessa promessa non detta che forse — solo forse — questo non è un disastro annunciato.

Mi stringe a sé, mi avvolge con entrambe le braccia e mormora contro il mio collo: «Se mai lo racconti a qualcuno—»

Rido, affondando il viso nel suo petto. «Neanche per sogno.»

Restiamo così per molto tempo, i corpi intrecciati, la lotta svanita da entrambi.

Domani, la guerra riprenderà. Ma stanotte, il campo di battaglia è tranquillo, e sono io ad avere l'ultima parola.

Si addormenta per primo.

Resto sveglia, le dita che tracciano disegni oziosi sulla sua pelle, e penso: che il mondo si faccia pure avanti.

Saremo pronti.

Mi sveglio nel cuore della notte. L'aria nella stanza è elettrica — ancora carica, come se aspettasse il prossimo fulmine. Il corpo di Paul è una fornace contro la mia schiena, il suo braccio pesante sulla mia vita, bloccandomi al materasso. A un certo punto della notte devo essermi allontanata, ma lui mi ha ripescata, un riflesso che nessuno dei due ammetterà. La sua mano riposa, con le dita aperte, appena sotto il mio seno, e ogni suo lento respiro si infrange sui capelli appiccicati di sudore sul mio collo.

Per qualche minuto perfetto, non mi muovo. Mi permetto di godermelo. Il calore, il peso, il ritmo. Il modo in cui il suo pollice si contrae di tanto in tanto, come per testare i confini dove finisce la pelle e inizia il possesso.

Ma il mondo non aspetta nessuno, e il dolore che si accumula tra le mie cosce è sia una richiesta che una promessa.

Mi muovo, con cautela all'inizio, poi più audacemente mentre lui si agita. La sua mano si stringe, non per protesta, ma nel modo assonnato ed egoista di chi è determinato a non perdere ciò che ha rubato. Mormora il mio nome, le sillabe spezzate e basse, e per un momento mi chiedo se stia ancora sognando.

Non sta sognando. La sua bocca atterra sulla curva della mia spalla, la barba ruvida che mi graffia la pelle. Mordicchia, poi lenisce, poi mordicchia di nuovo, ogni piccolo atto di violenza immediatamente sanato. Mi tira di nuovo a sé, premendo il suo petto contro la mia schiena, lasciandomi sentire la piena e dura verità di ciò che vuole.

Mi inarco contro di lui e lui geme, la voce roca e spezzata. «Sei insaziabile,» dice, le parole ovattate dai miei capelli.

«Rischio del mestiere,» ribatto. Tutto il mio corpo è sveglio, vibrante di anticipazione e della certezza che non abbiamo affatto finito.

Mi fa rotolare sulla schiena, sospeso sopra di me. Guardo i

suoi occhi — affamati, adoranti, ancora un po' increduli — e sento l'impulso di rovinarlo di nuovo.

Aggancio la mia gamba attorno alla sua, tirandolo più vicino, allineandoci in un modo che è deliberato, osceno e assolutamente privo di vergogna. Voglio vederlo perdere il controllo. Voglio vederlo spezzarsi.

Lo guido dentro di me, lentamente all'inizio, solo la punta, più una provocazione che un dono. Si trattiene, mordendosi il labbro, ogni muscolo del suo corpo impostato su "sofferenza". Lo faccio aspettare, muovendo i fianchi, accogliendolo poco a poco, assaporando il sussulto del suo respiro ogni volta che rubo un po' di più.

Quando finalmente spinge fino in fondo, è scosso da un fremito così forte che penso possa davvero andare in pezzi, e il mio corpo riecheggia la sensazione. Affonda il viso nel mio collo, e per un momento sento il suo petto sussultare — come se stesse cercando di non piangere, o forse solo di non dire qualcosa che non potrebbe ritrattare.

«Cristo, Grace,» riesce a dire, le parole quasi strozzate.

Avvolgo le braccia attorno alla sua schiena, le unghie che scavano quel tanto che basta per lasciare il segno. «Lo volevi,» sussurro, e lui annuisce, affannato, spingendo più forte, più a fondo, finché le uniche cose rimaste al mondo sono lo scricchiolio del materasso e il suono dei nostri corpi che si incontrano.

È il caos. È disordinato, disperato e glorioso. Anni di desiderio, anni di repressione e di finta indifferenza, anni di lotta per il predominio — tutto esplode nello spazio tra noi, una detonazione di tutto ciò che non ci siamo mai detti.

Si tira indietro, incrociando il mio sguardo, la sua bocca che si addolcisce in qualcosa di pericolosamente vicino alla tenerezza. «Sei fottutamente incredibile,» dice, e questa volta non c'è sarcasmo, né maschera.

Vorrei rispondere, ma le parole si perdono nel flusso di

sensazioni mentre si inclina nel modo giusto, e non posso trattenere il lamento che mi sfugge. Sorride, trionfante, poi si china a baciarmi, il movimento rude e perfetto. Gli mordo il labbro per rappresaglia, e lui ringhia, accelerando, il ritmo che diventa frenetico.

Siamo entrambi vicini, e lo sappiamo. Non c'è più bisogno di giochetti. Voglio che mi veda venire, voglio che sappia cosa mi ha fatto. Affondo le dita nelle sue spalle, le gambe si stringono più forte, e mi lascio andare.

Lui mi segue un secondo dopo, un suono basso e gutturale strappato dal profondo. Per molto tempo, nessuno di noi si muove.

Il sudore si raffredda. L'aria è densa dell'odore del sesso, di polvere vecchia e di qualcosa di nuovo — la sensazione che questo, qualunque cosa sia, non è temporaneo. Non solo il fisico. Anche tutto il resto.

Si puntella su un gomito, il viso a pochi centimetri dal mio. I capelli sono un disastro, gli occhi rossi, dolci e completamente indifesi.

«Stai bene?» chiede, la voce appena un sussurro.

Annuisco. «Mai stata meglio.»

Scruto il suo viso, cercando l'inganno, la battuta finale, il primo segno di ritirata. Non lo trova.

«Bene,» dice, e mi bacia di nuovo, più dolcemente questa volta. Un punto, non un preludio.

Restiamo così, intrecciati. Traccio cerchi sul suo avambraccio, contando le cicatrici. Gioca con le punte dei miei capelli, avvolgendole attorno al dito come se cercasse di ancorarsi al momento.

C'è così tanto che vorrei dire, ma niente sembra adatto. Così, invece, chiudo gli occhi e lo respiro, memorizzo la sensazione di essere desiderata, di essere stretta. Di non dover combattere, anche solo per un po'.

Sta per dire qualcosa — forse anche qualcosa di importante

— quando il mio telefono squilla, forte e stridulo, mandando in frantumi l'istante.

Rispondo, preparandomi alla voce della padrona di casa. Invece, è Tess della redazione, il suo accento ancora più marcato del Nord quando è stressata. «Grace, scusa se chiamo così tardi. È urgente.»

«Cos'è successo?»

«Sarah dice che la soffiata sta diventando pubblica. Qualcuno ha avvisato lo *Standard* e stanno cercando di mettere insieme un articolo sul legame del consiglio con la Kidz Trust. Se vuoi il tuo scoop, devi inviare il pezzo subito. Altrimenti, è andato.»

La stanza si fa improvvisamente più piccola, l'urgenza che comprime tutto in un unico punto, lasciandomi senza fiato.

«Ce ne occupiamo noi,» dico, afferrando il mio portatile. «Grazie, Tess.»

Riattacco e mi rivolgo a Paul. «Abbiamo forse sei ore prima che la storia muoia. Se vogliamo usare la chiave, dobbiamo muoverci.»

È già in piedi, la borsa mezza chiusa, l'adrenalina che brucia via tutta la morbidezza di un minuto prima. «Possiamo essere a Londra in due ore.»

Infilo i miei appunti nella borsa, cacciandoci dentro caricatori e penne. «Facciamolo.»

Annuisce, e per un momento siamo perfettamente sincronizzati: ci facciamo la doccia, prepariamo le valigie, ci prepariamo, di nuovo insieme in trincea. Non parliamo di quello che è appena successo. Non c'è tempo. Ma quando i nostri sguardi si incrociano nel caos del recuperare l'intimo da lenzuola aggrovigliate, so che dovremo farlo. Più tardi.

Mentre ci affrettiamo a uscire, mi fermo nel corridoio, la mano sul corrimano. «Sai, se funziona—»

Si ferma proprio dietro di me, gli occhi spalancati. «Se funziona?»

«Dovremo festeggiare,» dico, quasi sfidandolo.

Sogghigna, il vecchio piglio di nuovo nel suo sorriso. «Ti offrirò la colazione. O un gin come si deve.»

Annuisco, e scendiamo le scale di corsa controvento, in strada, oltre la padrona di casa addormentata e la sua triste, singola banana.

La notte è viva di possibilità e di una catastrofe imminente. Saliamo in macchina, sbattiamo le portiere contro il freddo e partiamo.

E per la prima volta da tanto tempo, mi sembra che forse — solo forse — questo è ciò che significa vincere.

VENTOTTO

PAUL

Il complesso di depositi sulla Old Kent Road era un capolavoro di ansia urbana: fari, recinzioni di sicurezza, filo spinato e il luccichio umido del cemento ondulato da un migliaio di dissuasori inutili. Erano passate le tre del mattino e l'aria era così fredda che il parabrezza si appannò prima ancora che spegnessimo il motore. Dovetti sporgermi verso il soffio inutile del riscaldamento per distinguere i numeri dei lotti.

Grace aveva la chiave e il senso dell'urgenza, due cose che la rendevano la guida naturale. Era già fuori dall'auto, con il cappotto abbottonato e il colletto alzato, ogni linea del suo corpo diretta verso il fondo del piazzale. Il posto era un labirinto: tre livelli di depositi, ogni saracinesca della stessa tonalità di blu chimico. Le rimasi vicino, con la torcia del cruscotto che sbatteva contro gli spiccioli che avevo in tasca e le mani piagate e intorpidite dal freddo.

Trovammo il box in fondo. Il lucchetto era nuovo, nero come il petrolio, e il chiavistello luccicava come se fosse stato

255

leccato fino a pulirlo da un robot meticoloso. E giaceva a terra. La serranda era stata abbassata, ma non del tutto.

Grace esitò, solo per un secondo, poi tirò su la serranda con uno strattone. Era più pesante di quanto sembrasse, e a metà si bloccò con un fremito, prima che lei la forzasse fino in cima. L'interno aveva le dimensioni di una grande camera da letto, con l'aroma di truciolato umido e l'odore terroso del cartone in lenta decomposizione.

Ma l'odore non era l'unica cosa ad attenderci.

Un movimento. Veloce, con la coda dell'occhio, dietro una pila disordinata di casse.

Mi bloccai, perché il mio corpo sa che non è saggio farsi notare in una stanza buia con compagnia sconosciuta. Grace era già un passo avanti, telefono in mano, il pollice pronto ad attivare la torcia. Le diedi un colpetto sul braccio: *non farlo*.

Chiunque fosse lì dentro, ci sapeva fare. Aveva smesso di muoversi, aveva persino soffocato il respiro, ma conosco il suono di qualcuno che cerca di non farsi sentire. Era quel tipo di silenzio che ha uno scopo.

Grace sussurrò, senza distogliere lo sguardo dalle scatole accatastate: «Che facciamo...?»

Mimain con le labbra: *Aspetta*.

Passò un minuto, forse due. Il tempo rallentò e si riorganizzò. Il mio udito si calibrò: ogni goccia, ogni strusciare di ghiaia dall'esterno, il ticchettio nervoso dell'unghia di Grace sul retro del telefono. Il mio stesso battito, amplificato nelle orecchie, rendeva difficile contare i secondi. Poi: un raschio, più leggero di un sussurro, ma sufficiente.

Superai la soglia e accesi la torcia, puntandola in basso. Il fascio di luce passò su un guazzabuglio di scatole da archivio, una valigia malconcia, l'ombra irregolare di una persona rannicchiata dietro uno scatolone con la scritta «BBELL ENV. 2025» tracciata a pennarello.

«Non è un granché come nascondiglio» dissi, cercando di

sembrare annoiato, ma avevo la gola secca. «Vuoi alzarti e dare una spiegazione, o dobbiamo chiamare la polizia e lasciare che se ne occupino loro?»

La figura si raddrizzò, non molto più alta di me, ma molto più esile. Felpa nera con cappuccio, guanti neri, qualcosa stretto in un pugno: una torcia, non un'arma. Per un momento pensai che avrebbe tentato un bluff, ma non lo fece. Si limitò a guardarmi, con gli occhi acuti e fissi da sotto il cappuccio.

Poi parlò, con la voce distorta da una maschera o forse solo dallo sforzo di non farsi riconoscere: «State indietro. Non sono affari vostri».

Grace si fece avanti, mento alto, per nulla spaventata. «Ora lo sono. Sei tu che sei entrata illegalmente. Vuoi dirci cosa c'è in quelle scatole?»

La figura si mosse, lo sguardo che saettava tra di noi. Ora riuscivo a vedere: il viso era indistinto a causa di una maschera in neoprene, del tipo che usano i ciclisti per proteggersi dal vento. La mano destra ebbe un tic. Non si stava preparando a colpire, ma a scappare.

«Nessuno deve farsi male» disse la voce, e ora era ovvio: era di una donna, o una buona imitazione. «Andatevene e basta».

Mi feci avanti, tenendo la luce appena fuori dai suoi occhi. «Se sei qui per i documenti della Bluebell, abbiamo già delle copie. Non c'è più niente da rubare».

Una pausa. «Allora perché siete qui?»

Pensai di mentire, ma Grace mi interruppe prima che potessi farlo. «Perché siamo giornalisti. Non sei la prima a cercare di bruciare delle prove, ma potresti essere la prima a farlo davanti a dei testimoni».

Il colpo andò a segno. Il linguaggio del corpo ebbe un guizzo: paura, poi calcolo. La mano guantata si tese, poi si rilassò. Poi, come se avesse preso una decisione, l'intrusa si lanciò verso le scatole, ne afferrò una per i manici e scattò verso il corridoio aperto.

Mi mossi per bloccarla, ma era più veloce di quanto sembrasse, e il bordo della torcia le sfiorò solo la manica della giacca mentre mi superava con una spallata. Grace guaì quando una scatola le finì contro lo stinco, ma non lasciò il telefono. Mi lanciai all'inseguimento: non c'era tempo per pensare, solo per reagire.

Era rapida, agile anche sotto il peso della scatola. Giù per il corridoio, superò due curve, slittando sul cemento bagnato. Le corsi dietro, il respiro che mi bruciava nel petto, le scarpe che producevano echi contro le pareti di lamiera. Raggiunse il cancello alla fine della fila e, con un'ondata di disperazione, scagliò la scatola oltre la cima della recinzione di sicurezza. Le carte si sparsero, schegge di fatture e stampe che esplosero nel bagliore arancione del lampione.

La raggiunsi proprio mentre iniziava ad arrampicarsi sulla rete metallica. Era già a metà quando riuscii a mettere una mano sulla rete. Cercai di afferrarle un piede, ma si girò, mi sferrò un calcio alla spalla e persi la presa, cadendo all'indietro pesantemente. Era passata dall'altra parte e sparita, correndo nel cupo parco giochi di vicoli e impalcature.

Volevo seguirla, ma i miei polmoni erano pieni di spilli e il braccio dove mi aveva colpito si stava già intorpidendo. Quando mi rimisi in piedi, non c'era altro che il vento e il coro rabbioso del mio stesso ansimare.

Rimasi fermo per un minuto, mani sulle ginocchia, imprecando a bassa voce nella notte. Poi alzai lo sguardo. Grace stava già raccogliendo le carte dal marciapiede, il viso teso per la concentrazione e qualcos'altro, una specie di rivincita.

Tornai indietro zoppicando, cercando di non sembrare senza fiato come mi sentivo. Grace non disse nulla, mi ficcò solo in mano una manciata di documenti. Li presi, cercando nomi, numeri, qualsiasi cosa di utile, ma le mani mi tremavano troppo per leggere.

Dentro il box, non c'era nessun incendio. Le scatole rimaste erano intatte, ma qualcuno le aveva passate al setaccio. La valigia era aperta, il contenuto saccheggiato: un groviglio di vecchi cavi, una mezza dozzina di chiavette USB tenute insieme con del nastro adesivo, una stampa con l'etichetta "Assegnazione appalto: Riservato". Grace era già sulla valigia, staccando strisce di nastro telato per arrivare alle chiavette.

Caddi in ginocchio accanto a lei e insieme lavorammo in silenzio, infilando ogni documento, ogni frammento di prova concreta, in un sacco della spazzatura preso dal retro dell'auto. Per tutto il tempo, rivivevo l'effrazione, cercando di decidere se l'intrusa mi sembrasse familiare, o se fosse solo la forma della disperazione che accomuna tutti coloro che finiscono in storie come queste.

Quando avemmo raccolto tutto, abbassai la serranda, reinserii il lucchetto, e rimanemmo per un momento nel bagliore crudo dei fari. Guardai Grace, la guardai davvero, e stava tremando... ma non di freddo.

«Dobbiamo mettere questa roba in un posto sicuro» disse, stringendosi al petto le chiavette USB come una cucciolata. «Torneranno. Lo fanno sempre».

Annuii, anche se tutto il mio corpo urlava per un superalcolico e un bagno caldo.

Di nuovo in macchina, l'adrenalina scemò, e ciò che rimase fu una sensazione di vuoto, un tremito di fondo. Grace stava già dividendo le carte in pile, la luce della plafoniera che illuminava i lineamenti duri del suo profilo. Uscimmo dalla zona industriale, feci tre svolte a sinistra nel caso ci stessero seguendo, e mi rilassai solo quando fummo di nuovo sulla strada principale.

Non parlò, non finché non raggiungemmo la rotonda di Elephant and Castle. «Pensi che sia la stessa persona che ha minacciato Martin?»

Ripensai alla voce, alla maschera, alla violenza calcolata dell'effrazione. «Non ci scommetterei contro».

Grace imprecò, a bassa voce ma con eloquenza. «È una cosa grossa, vero?»

«Qualcuno è disposto a entrare illegalmente, forse anche ad appiccare un incendio, solo per fermarci». Le mie stesse parole suonarono deboli ed effimere, ma per la prima volta da molto tempo sentivo che la storia era reale, abbastanza reale da farci ammazzare entrambi, o almeno farci causa come si deve.

Si voltò a guardarmi, e c'era in lei una scintilla selvaggia, un misto di paura e delizia. «Dovremmo portare questa roba all'ufficio legale. Tipo, adesso. Prima che ci diano la caccia».

«Il *Chronicle* è chiuso fino alle sette».

«Abbiamo i tesserini, la sicurezza ci farà entrare» disse, e non era una domanda.

Serrai le mani sul volante e schiacciai l'acceleratore al semaforo giallo successivo.

Mentre guidavo, Grace alzò il livello di intensità, setacciando le stampe, leggendo ad alta voce le parti importanti. «Qui, guarda. Istruzioni per i bonifici del comune. Due milioni in un conto alle Seychelles. Le date coincidono con il progetto Bluebell, ma il titolare del conto è diverso. Probabilmente una società di comodo».

Lanciavo occhiate alle pagine, fidandomi del suo giudizio su ciò che contava. Le mie mani avevano smesso di tremare, ma sentivo la tensione in ogni muscolo. La notte era rarefatta e crudele, e ogni faro dietro di noi era un sospetto.

Arrivammo al *Chronicle* senza incidenti, e Grace era già fuori dall'auto prima ancora che avessi parcheggiato. Prendemmo l'ingresso laterale, le sue mani così cariche di prove che non riusciva nemmeno a tirare fuori il tesserino. Lo feci io per lei, perché era a questo che servivo: chiavi, porte e l'ottimismo idiota di poter seminare chiunque ci fosse dietro a questa storia.

Dentro, l'edificio era silenzioso. La redazione era una bestia addormentata, i monitor che lampeggiavano in standby, l'unico suono i sospiri lontani e idraulici delle antiche tubature dell'edificio.

Spargemmo il bottino sulla scrivania di Grace, il suo monitor l'unico bagliore nell'universo. Era nel suo elemento, intenta a scannerizzare e copiare, ogni suo movimento efficiente ed esperto. Io le ronzavo intorno, perché non c'era altro da fare, e la guardavo lavorare.

Dopo un'ora, si raddrizzò, con gli occhi rossi ma vivi. «Ho tutto. Backup multipli. Anche se distruggessero l'ufficio, è al sicuro».

Mi lasciai cadere sulla sedia di fronte a lei, il cervello sull'orlo del collasso. «Pensi ne valga la pena?»

Rise, un suono fragile ma reale. «Se vivremo abbastanza da vedere la nostra firma sull'articolo, sì».

Volevo dire qualcosa di intelligente, qualcosa per riportare la situazione con i piedi per terra, ma l'unica cosa che mi uscì fu: «Sei geniale».

Alzò lo sguardo, un guizzo di sorpresa negli occhi, poi si addolcì. «Anche tu, a volte».

Entrambi eravamo in ascolto di passi che non arrivarono mai, il fantasma del pericolo che vibrava tra di noi.

Dovrei dare una mano, ma per lo più vado avanti e indietro. Il corridoio fuori dagli uffici degli Approfondimenti era una passerella di piante mezze morte e premi per la "Miglior Strategia di Contenuti", nessuno dei quali aveva nulla a che fare con quello che stavamo facendo ora. Continuavo a fare la guardia, in attesa della guardia giurata, di assassini, di qualsiasi segno che al mondo esterno fregasse qualcosa di ciò che accadeva tra quelle quattro mura. Niente. Solo la città oltre, arancione e selvaggia.

Quando tornai verso la scrivania, Grace era immersa nel lavoro: una chiavetta USB dopo l'altra, ognuna che alimentava un nuovo albero di cartelle, ogni cartella stipata del tipo di prove che farebbero piangere un responsabile della conformità. Era metodica, anche a quest'ora, nominando ogni cosa con la data e le iniziali. Ogni pochi minuti, si chinava e strizzava gli occhi, come se stesse cercando un messaggio nascosto nella grana dei pixel.

Vagavo nella zona liminale tra l'essere utile e l'essere di troppo. Lei non se ne accorse, o finse di non farlo. Il bagliore del suo monitor la faceva sembrare incredibilmente concentrata, come se fosse l'unica persona al mondo a non essere tenuta insieme con lo sputo e il disprezzo per se stessa.

Mugugnò: «Vuoi dare un'occhiata a questa roba o vuoi solo camminare avanti e indietro tutta la notte?»

Forzai un sorriso, sprofondando nella sedia accanto alla sua. «Sono bravissimo come supporto morale».

Mi guardò di sottecchi, ma c'era una piccola piega all'angolo della sua bocca. «Non sei nemmeno morale».

«Supporto e basta, allora». Feci scorrere una cartella, cliccai su un foglio di calcolo. File e file di numeri, la maggior parte dei quali erano bugie. I miei occhi si appannarono in tempo record.

Ma colsi il suggerimento e per l'ora successiva lavorammo in parallelo, come se la discussione delle ultime settimane, in realtà anni, non fosse mai avvenuta, come se fossimo solo due ragazzini in una biblioteca, che cercavano di fregare un esame già scritto.

«Trovato qualcosa. Vuoi vedere?»

Annuii, perché era quello che si faceva.

Aprì un PDF. La prima pagina era una copertina di una società di contabilità offshore. «È qui che inizia il divertimento» disse, picchiettando sullo schermo. «Trasferimenti dal comune all'ente di beneficenza, e poi sono andati qui, e qui, e poi dritti a due fondi di private equity: uno alle Cayman, uno in Lussemburgo. Società di comodo, ma se guardi gli amministratori...»

Cliccò su un profilo LinkedIn, e io guardai il volto femminile sullo schermo.

«Cosa dovrei vedere?»

Grace sbuffò. «Devo proprio imboccarti, eh?» disse mentre creava una fessura con pollici e indici e li posizionava sull'immagine. «La nostra amica del deposito?»

Guardai gli occhi, il ponte del naso e la piccola rientranza sotto il sopracciglio: era la stessa donna. «Era lei».

«Lo so. E indovina un po'? Fa parte del consiglio di amministrazione della holding».

Strizzai gli occhi leggendo il nome: Eleanor Chambers. Non lo riconoscevo, ma conoscevo il tipo: una di quelle lobbiste seriali che si muovono lateralmente attraverso il governo, sempre un passo avanti all'incendio.

Grace mi lesse in faccia, sogghignando. «Bingo».

Era così viva in quel momento, più se stessa di quanto l'avessi vista da mesi. Vedevo che la cosa la caricava, il brivido di essere più furba di tutti gli altri in gioco. Era magnetico, in un modo che mi faceva venire male ai denti.

Cercai di concentrarmi. «Quindi qual è la mossa?»

«La portiamo a Sarah, e la pubblichiamo per primi, prima che l'*Evening Standard* unisca i puntini. Farà infuriare un sacco di gente».

«È questo il punto» dissi, ma la mia voce era debole.

Grace mi guardò, la testa inclinata, come se stesse cercando di calibrare il tono. «Stai bene?»

«Sì. Stanco». Mi strofinai il viso, la barba corta che mi grattava il palmo. «Solo... stanco».

Tornò allo schermo, ma l'atmosfera era cambiata. L'aria era più tagliente. Sapeva che c'era qualcosa che non andava, ma non voleva dirlo. Era sempre stato il nostro punto debole.

Una mezz'ora dopo, mi chiamò. «C'è qualcosa di strano in questo».

Girò il monitor, mostrandomi un'immagine: una scansione sfocata di un registro scritto a mano, del tipo che non dovrebbe trovarsi in nessun archivio digitale.

«Vedi queste voci?» disse, tracciando la riga con il dito. «Pagamenti a "Consulente – JC". Non è una procedura standard. Se stai riciclando denaro, non usi le iniziali».

Lessi la riga, la calligrafia stranamente familiare, ma non riuscivo a collocarla. Il mio cervello andava avanti a fumi e a vergogna.

Stava aspettando che lo dicessi io. Che unissi i puntini.

Non ci riuscii. Invece, dissi: «Adesso hai quello che ti serve».

Sbatté le palpebre, confusa. «Cosa significa?»

Mi alzai troppo in fretta, quasi rovesciando la sedia. «Significa che puoi finire questa cosa senza di me».

Era ferita, ma lo nascose con la rabbia. «Ma dici sul serio? Dopo tutto quello che è successo? È la *nostra* storia. Siamo sul punto di...»

«Di cosa?» sbottai, e l'eco fu più forte di quanto mi aspettassi. «Di fare lo stesso errore che facciamo sempre? Tu pubblichi la storia, ottieni una promozione, io vengo lasciato indietro e l'intero ciclo ricomincia».

La sua bocca si serrò, ma non distolse lo sguardo. «Non è giusto. Ci saremo entrambi sulla firma».

«Ma è la verità».

Non rispose, si limitò a fissarmi, la mascella contratta. Dietro di lei, la città tremolava, l'alba che si diffondeva dal Tamigi.

Afferrai la giacca, la mia borsa malconcia e mi diressi verso la porta.

Grace mi chiamò: «Paul...»

Mi fermai nel corridoio, ma non mi voltai. «Finisci la storia e basta, Grace. Non hai bisogno di me. Non ne hai mai avuto bisogno».

Uscii. L'ascensore era lento, di quelli che ti fanno sentire ogni piano che ti separa dall'uscita. Fissai il mio riflesso nelle pareti a specchio, la faccia che per anni avevo finto appartenesse a qualcun altro.

Quando le porte si aprirono, uscii nel freddo e, per la prima volta in tutta la notte, seppi esattamente da cosa stavo scappando.

VENTINOVE

---♥---

GRACE

Ho l'intera redazione tutta per me fino a quando, alle sei e mezza, alzo lo sguardo e scopro che il desk degli Approfondimenti è in piena effervescenza: redattori che si calano panini con salsiccia, uova e pancetta, Liv che dirige la mischia quotidiana con una sequenza di gesti "urgenti" della mano, e ogni telefono della redazione che urla a intervalli studiati per indurre il panico. Il riscaldamento fa i capricci, come al solito, ma il freddo è quasi una benedizione. Voglio sentirmi insensibile. Voglio essere intoccabile.

Le ultime ventiquattro ore mi hanno macinato il cervello fino a ridurlo in una pasta fine e sabbiosa. Non credo di aver dormito più di due ore a Felixstowe. Non ricordo l'ultima volta che ho mangiato. Ho un sapore metallico in bocca e l'interno dei polsi è tatuato di segni rossi per la pressione contro il bordo della scrivania.

Scrivo. E scrivo. E scrivo. Le parole escono più dure di quanto vorrei, le frasi affilate come punte che potrebbero far sanguinare se maneggiate con noncuranza. Estraggo le prove della scorsa notte — le scansioni delle chiavette USB, le foto mosse dei registri, un file audio di pessima qualità della confessione di Martin in preda al panico — e le inserisco nel documento. Ogni paragrafo è una piccola esplosione contenuta. Ogni transizione è una granata.

La redazione fa le sue cose intorno a me: la voce di Liv che si leva sopra la mischia, il supporto tecnico che impreca contro la stampante, una processione di freelance disperati che orbitano intorno alla macchinetta del caffè. Sanno che sto lavorando a qualcosa di grosso. C'è un senso di entropia accelerata, come se l'intero posto potesse prendere fuoco da un momento all'altro. Non mi interessa. Non posso permettermelo. Lo schermo è il mio unico orizzonte, le righe della colonna l'unica misura del tempo che abbia un qualche significato.

Il caffè accanto alla mia tastiera si raffredda in quindici minuti. Non me ne accorgo finché la mano non è a metà strada verso la bocca, e il sapore è così amaro che quasi mi fa vomitare. Lo sorseggio comunque, solo per dimostrare che sono ancora viva.

Premo Salva. Leggo tutto dall'inizio alla fine, ad alta voce, solo per sentire come suona la rabbia alla luce del giorno. La mia voce è piatta, ma il testo è incandescente. È la cosa migliore che abbia mai scritto. È la cosa peggiore che abbia mai provato.

Si sente un fruscio di passi, poi appare Liv, con una tazza fresca in una mano e una manciata di fogli nell'altra. «Sembri l'assistente amministrativa della Morte» dice, offrendomi il caffè come se fosse una tangente.

Lo accetto, avvolgendo le mani intorno alla tazza come se potesse scaldare qualcosa di più della mia pelle. «Ho visto di peggio» dico, con la voce a pezzi.

Lei lancia un'occhiata al monitor, scorrendo il titolo e la firma sottostante. «Niente Paul?»

Esito, solo per un secondo. «Ha messo in chiaro che non siamo una squadra.»

Liv appoggia i suoi fogli, con un gesto delicato. «Lui è un bravo scrittore. Tu sei più brava.» Non dice il resto. Non ce n'è bisogno.

La guardo, la guardo davvero, e per un momento vorrei raccontarle tutto: la lite, il passato, l'infinita prova ricorsiva che certe cose non guariscono mai, non importa quante volte riscrivi il finale. Invece, dico: «Grazie» e lo penso davvero.

Liv si allontana, e la sua presenza lascia una scia di calma nel corridoio. La guardo andare, poi apro di nuovo il documento. Il mouse si libra sul pulsante Invia. Lo tengo lì, un attimo più del necessario, solo per vedere se l'universo interverrà.

Non lo fa.

Clicco su Invia.

L'articolo si lancia nel mondo con un unico, silenzioso movimento. Il sistema registra l'invio, lo timbra con il mio nome, e basta: ventiquattro ore di vero giornalismo investigativo, mesi di rabbia, un decennio di rancori e una notte di sesso crudo e sfrenato, compressi in tremila parole e un'etichetta di esclusiva.

Fisso a lungo la firma.

GRACE HAMPTON.

Solo quello. Nessun partner. Nessuna nota a piè di pagina.

Il resto dell'ufficio si agita e si muove, un organismo vivente di scadenze e consegne. So che ci saranno delle ricadute: riunioni del consiglio di amministrazione, avvocati, una sfilata di e-mail per il controllo dei danni e telefonate frenetiche. Ci saranno applausi, e rabbia, e qualcuno probabilmente piangerà in cucina. Per qualche ora, forse un giorno, sembrerà che abbiamo fatto qualcosa che conta.

Ma per ora, ci siamo solo io e lo schermo freddo, e il suono del mio cuore, forte e vuoto come un tamburo rotto.

Finisco il caffè. Chiudo il portatile. Mi alzo e mi stiro, e le articolazioni della schiena scrocchiano come pluriball.

Non so dove sia Paul. Non so se tornerà mai, o se anche solo lo voglia.

Ma so quello che ho fatto.

Mi metto la borsa in spalla e vado verso gli ascensori, ma invece di premere giù, premo su.

Dal tetto dell'edificio del *Chronicle* c'è una vista che ti fa sentire come se potessi cadere per sempre e atterrare comunque nella stessa città. Mi siedo con i piedi a penzoloni oltre il bordo, osservando distrattamente la gente che va avanti con le proprie faccende. Il cielo è di quel colore blu-grigio indefinito, quello che non ha un nome ma ha una temperatura: troppo freddo per essere confortante, troppo familiare per essere corroborante.

Guardo la homepage del Chronicle sul telefono, il titolo, il paragrafo di apertura che ora potrei recitare a memoria. È la prova che sono stata qui, che ho fatto qualcosa di reale.

Dovrebbe essere un trionfo. Dovrebbe avere il sapore della vittoria.

Invece, mi sento solo stanca. Non del tipo di stanchezza che si smaltisce dormendo, ma di quella che si accumula, strato dopo strato, finché non è l'unica cosa che ti tiene in piedi. Mi fa male la testa, mi dolgono i polsi e il mio cuore è una corda tesa e troppo accordata che potrebbe spezzarsi se solo qualcuno la guardasse di traverso.

Si sente un tonfo mentre la porta antincendio viene aperta di spalla dietro di me, poi i passi lenti e deliberati di qualcuno che sa che preferirei essere lasciata sola, ma non ha intenzione di permetterlo. Appare Liv, capelli raccolti in uno chignon perfetto, scarpe da ginnastica immacolate, due bicchieri di carta stretti in una mano. Si siede accanto a me senza una parola, non abbastanza vicina da toccarmi ma abbastanza da contare come un gesto. Il vento è più forte quassù, e strappa il vapore dal caffè per spedirlo da qualche parte a sud del fiume.

Mi porge un bicchiere. Lo prendo, anche se non lo voglio. Questo è il tipo di offerta di pace che non si rifiuta, se si vuole mantenere la propria dignità.

Sediamo parallele, due statue gemelle, a guardare la città diventare più pallida e meschina. Liv non è come gli altri; non riempie il silenzio con citazioni motivazionali o chiede se sto "elaborando i miei sentimenti". Se ne sta semplicemente seduta, in attesa, come se la pazienza fosse una forma di pressione a sé stante.

Cedo per prima. Ovviamente.

«Pensavo che mi sarei sentita meglio di così» dico, senza nemmeno preoccuparmi di nascondere l'amarezza nella mia voce.

Lei fa spallucce, con gli occhi fissi sui denti di vetro e acciaio del Gherkin. «Di solito non succede. Non all'inizio.»

Poggio il caffè sulla sporgenza, con le mani che si arricciano intorno al cartone come un'ancora di salvezza. «Tutti se ne sono già dimenticati. Metà dei commenti riguardano il mio rossetto, o se andrò a letto con il prossimo vicesindaco per una dichiarazione.»

«Non se ne dimenticheranno» dice lei. «Hai fatto incazzare le persone giuste.»

Quasi rido, ma il suono mi si blocca in gola. «E se tutto ciò che ho fatto fosse stato peggiorare le cose? La vecchia guardia viene licenziata, la nuova guardia impara solo a essere più subdola. Non cambia niente. Non sono nemmeno sicura di essere cambiata io.»

Liv si tira su le ginocchia, tenendo il caffè in equilibrio tra le scarpe da ginnastica. «Sei cambiata. Sei solo l'ultima ad accorgersene.»

La guardo di sbieco, cercando l'inganno. Non è ironica. È questo il problema con Liv; non puoi superarla in cinismo, perché l'ha già messo in conto.

«Sono stanca» dico. Le parole escono piccole. «Non solo per il lavoro. Per...» Non riesco a finire la frase, quindi faccio un gesto verso lo skyline, un ampio arco che dovrebbe inglobare l'intera, miserabile impresa. «Tutto questo. La rivalità. Fingere che non mi importi. La consapevolezza che non importa quanto spingi, c'è sempre qualcuno che aspetta di prendere il tuo posto, o di vederti fare un casino.»

Liv si appoggia all'indietro, con i palmi delle mani puntellati sul bordo del tetto. «Non devi fingere. A te importa. È per questo che sei brava.»

Mi bruciano gli occhi, ma mi rifiuto di dare la colpa a nient'altro che al vento.

«Pensavo solo» dico, con la voce che vacilla sull'ultima parola, «che avrebbe significato di più. Che avrebbe colmato qualunque cosa manchi.»

Liv rimane in silenzio per molto tempo, abbastanza a lungo da farmi pensare che forse si è addormentata a occhi aperti. Sorseggia il caffè, lo posa e dice: «Non hai solo fatto lo scoop, Grace. Ti sei anche rotta un po', tu.»

Il colpo arriva a segno. Arriva così forte che devo aggrapparmi alla sporgenza con entrambe le mani per non scivolare giù.

Lei non si protende verso di me, né dice che andrà tutto bene. Lascia solo che la verità resti lì, sospesa, a brillare nella nuova luce del sole.

Guardo i treni strisciare lungo i ponti, gli aerei tracciare scie di condensazione nel cielo e la gente entrare e uscire dagli edifici. A Londra non importa delle cose che perdi per farla andare avanti, ma per un momento, quassù, sembra che a qualcuno importi.

Mi tiro su col naso con il dorso della manica. Liv finge di non notare.

Mi concedo di restare ancora un po', sola ma non senza compagnia, sospesa da qualche parte tra il luogo in cui le cose si rompono e quello in cui vengono riparate.

TRENTA

PAUL

La redazione è tenuta in vita artificialmente. È passata da un pezzo l'ora in cui le notizie prendono forma, ma le luci di servizio sono accese, e così il locale risplende della luce bluastra e malaticcia di un acquario e del debole, onnipresente odore di disinfettante.

Lo schermo del portatile è l'unica altra luce nella stanza. Ho già gli occhi fritti dopo dodici ore passate a scorrere pagine, ma continuo a leggere. Ho aperta la homepage del *Chronicle* e, in cima, sopra la piega, sopra gli ultimi contenuti sponsorizzati e la barra laterale degli articoli "più letti", c'è l'articolo di Grace.

La sua firma è solitaria. Tutta in maiuscolo. Niente e commerciale, niente "con la collaborazione di", nessuna nota a piè di pagina in corsivo su ricerche aggiuntive. Solo GRACE HAMPTON, affilato e definitivo come un bisturi. Il titolo è teso e privo di sentimentalismi: «FRODE AL COMUNE SVELATA: VIAGGIO NEL GIOCO DELLE TRE CARTE CHE COSTA MILIONI A LONDRA».

È un buon titolo. Forse il migliore che abbia visto su questo sito da mesi. L'occhiello è anche meglio. Il paragrafo di apertura? crudele e preciso, come solo lei sa fare.

Lo lessi una volta, poi un'altra, in cerca di crepe, ma non ce n'erano. Non mi citava. Non mi menzionava nemmeno. Non ne aveva bisogno. Mi vedevo nello spazio negativo tra le sue frasi: le fonti che avevo inseguito, i file che avevo segnalato, le note vocali che non aveva mai ammesso di aver ascoltato ma che, in qualche modo, usava sempre per ricostruire la scena meglio di quanto avrei mai potuto fare io. La sua prosa era più pulita di un tempo, ma il taglio era lo stesso. Quella parte che trasforma ogni fatto nudo e crudo in una piccola, scintillante lama.

C'era anche una foto, a metà dell'articolo. Grace sullo sfondo, penna in bocca, il riflesso sugli occhiali mentre fissava una pila di prove. Ricordai il giorno in cui Tess l'aveva scattata, prima ancora che avessimo prove concrete; io l'avevo presa in giro per la giacca che indossava, una cosa color senape con toppe di pelle sui gomiti, e lei per poco non mi aveva pugnalato con la sua Biro. Ora la foto era lì, sotto gli occhi di tutta Londra: il volto dell'integrità, l'unica autrice del miglior articolo che *The Chronicle* avesse pubblicato in tutto l'anno.

Il mio caffè era freddo, la tazza incollata alla scrivania da un anello di residui di zucchero e incuria. Lo bevvi lo stesso; l'amarezza era un piccolo prezzo da pagare per l'illusione di restare sveglio. L'unico altro suono era la squadra delle pulizie che trascinava un aspirapolvere Henry Hoover nell'area della pubblicità. Quel lamento era stranamente rassicurante. Lasciai che riempisse il silenzio altrimenti stipato di rimpianti.

Finii l'articolo, poi scorsi i commenti. La maggior parte erano deliranti, come sempre, ma il primo in classifica era una sola riga: «Hampton direttrice responsabile». Lo stomaco mi si rivoltò. Non perché non fossi d'accordo, ma perché pensavo che sarebbe stata una buona mossa. Se l'era meritato. Tutto quanto.

Chiusi la pagina del browser, cercando di concentrarmi sul mio articolo da finire. Ma le parole si raggrumavano, rifiutandosi di muoversi. Digitai la stessa frase tre volte, poi la cancellai, poi ricominciai, poi chiusi del tutto il documento. Non aveva senso. Non ora.

Mi appoggiai allo schienale della sedia, ascoltando il ronzio dell'edificio, e cercai di ricostruire dove tutto fosse andato storto. Non solo la storia. Non solo il passaggio dall'*Express* al *Chronicle*. L'intera fottuta linea temporale, da Sheffield a oggi. Ogni volta che credevo di fare la cosa giusta, finivo per ritrovarmi nell'ombra di qualcun altro, a mani vuote. Ogni volta che ero scappato, era per fuggire da un futuro che non pensavo di meritare.

Stavo fissando il soffitto, seguendo le crepe nei pannelli acustici, quando sentii qualcuno alla porta.

Era Jamie, l'unica persona rimasta nell'edificio a sapere come usare la macchina per l'espresso. Indossava un piumino e delle cuffie, e sembrava appena entrato da un altro clima. Mi vide, si fermò, poi si appoggiò alla parete di vetro con le braccia conserte.

«Hai una faccia da funerale» disse, non senza gentilezza.

«Non avevo un cane» risposi. «Forse il cane ero io.»

Lui accennò un sorriso. «Qualunque cosa stia succedendo tra te e la Hampton, ti sta fottendo il cervello. E i tuoi articoli. Sai che Sarah se n'è accorta, vero?»

Feci spallucce in modo vago, ma aveva ragione. Il declino era iniziato settimane prima, e lo vedevo anche nelle mie bozze. Gli articoli erano più pigri, le argomentazioni più deboli, le battute finali tutte riciclate. Andavo avanti con il pilota automatico, galleggiavo, aspettando di essere licenziato.

Jamie si avvicinò. «Le hai già parlato?»

«Non ha niente da dirmi» mentii.

Si sedette sul bordo della scrivania accanto, quella con tutte le vecchie spille "Salva le notizie locali".

«Non fare lo stronzo, Paul. Non stai fregando nessuno. Men che meno lei.»

Risi, ma il suono uscì piatto. «Non credo che le importi. Ha ottenuto la firma. Ha ottenuto tutto quello che voleva.»

Mi guardò a lungo, poi scosse la testa. «Hai mai pensato che forse sei tu quello che la voleva di più?»

Avrei voluto controbattere, ma le parole non arrivavano. Ero stanco. Fottutamente stanco.

Jamie si alzò, si stiracchiò e si diresse verso la porta. «Parlale. O non farlo. Ma se hai intenzione di lasciare che ti distrugga, almeno rendilo divertente per il resto di noi.»

Se ne andò, e la porta a vetri si chiuse con un sussurro alle sue spalle.

Alla fine, aprii la mia casella di posta, poi il mio archivio personale, poi la cartella Dropbox che non toccavo da prima che il mondo andasse a rotoli. Cominciai a scorrere: c'era tutto ciò che avessi mai scritto. Vecchi saggi, storie a metà, screenshot di post sui social di quando io e Grace avevamo iniziato insieme a Sheffield. Trovai una foto: noi al giornale studentesco, bottiglie di birra in mano, una stampa del nostro primo articolo a quattro mani stesa sul tavolo. Lei rideva, a bocca aperta e senza difese. Io non guardavo l'obiettivo, i miei occhi erano su di lei.

Ce n'erano a dozzine, di queste foto, ognuna una piccola, perfetta ferita. La notte in cui ci eravamo intrufolati nell'ufficio del vicepresidente dell'unione studentesca per scovare prove sulla truffa degli alloggi. La mattina dopo, quando ci eravamo presentati entrambi all'intervista con gli stessi vestiti, il suo eyeliner ancora sbavato per le lacrime o per le risate, non capii mai quale delle due. La settimana in cui mi aveva lasciato dormire sul suo divano dopo che il mio coinquilino aveva dato fuoco alla nostra cucina. La notte in cui ci eravamo baciati per sbaglio e non ne avevamo più parlato.

Continuai a cliccare. Era compulsiva, questa archeologia del fallimento. Ogni file era un filo che mi riportava a una versione di me stesso che ancora pensava che tutto questo avrebbe fatto la differenza. Che credeva che il giornalismo contasse, che le storie potessero riparare qualcosa di rotto, anche solo le piccole cose. Che credeva, in un modo ferino e idiota, che Grace sarebbe sempre stata lì, e che insieme avremmo potuto conquistare il mondo o almeno il comitato di redazione.

Cliccai su un vecchio documento, il primissimo pezzo che avevamo pubblicato in coppia. La firma era lì, in grassetto, i nostri nomi fianco a fianco:

Di Grace Hampton & Paul Callaghan

Era brutta, questa versione di noi. Piena di refusi, di sproloqui e di quel tipo di serietà che ti puoi permettere solo prima di compiere ventun anni. Ma era viva. Era fottutamente viva. Lessi il primo paragrafo, poi il secondo, poi tutto quanto, e per un momento potei sentire di nuovo la sua voce accanto alla mia, scambiare battute, costruire frasi, dare forma alla storia insieme.

Fissai la firma a lungo.

La verità è che tutto il mio lavoro migliore porta le sue impronte digitali. Gli scoop, gli editoriali, persino le correzioni che all'epoca mi avevano fatto impazzire. Ogni storia che aveva avuto importanza aveva una traccia di Grace a margine. Ogni storia che aveva avuto importanza, l'aveva avuta grazie a lei.

Chiusi il portatile, la ventola si spense sibilando. La stanza era di nuovo silenziosa, la città oltre le finestre un barlume lontano.

Non era mai stata una questione di firma.

Era sempre stata una questione di lei.

Dopo l'elogio funebre arriva la resurrezione.

La città ora dorme, o almeno fa finta. Dalla finestra della redazione, il Tamigi brilla del bagliore riflesso dei lampioni e di qualche faro occasionale. Per una volta, non sentii l'impulso di sparirci dentro.

Restai seduto per un minuto, le mani abbandonate in grembo, e cercai di ricordare l'ultima volta che avevo combattuto per qualcosa che non fosse già perso. Non ci fu risposta. Ma c'era un telefono, e lo afferrai.

Liv rispose al secondo squillo, la sua voce mezza statica, mezza nebbia di sigaretta. «Sei fortunato che sono sveglia. Se è per posticipare la tua scadenza, per me sei morto.»

«Non è per la scadenza» dissi. «Devo restituirti il favore.»

Rimase in silenzio per un attimo, poi disse: «Sei serio. Proprio serio».

«Sì. Proprio.»

«Di cosa hai bisogno?»

Scorsi la lista velocemente. Liv non derise né giudicò, iniziò solo a pianificare ad alta voce, poi mi disse che sarebbe stata lì in trenta minuti.

«Grazie» dissi, ma non mi sembrava abbastanza.

«Mi devi un rene. O almeno una bottiglia di Bombay Sapphire.»

«Entrambi» dissi. «Promesso.»

Riattaccò, lasciandomi solo con il peso del mio stesso ottimismo.

Liv scaraventò uno zaino sulla mia scrivania e sorrise. «Spero che ci sia tutto.»

«Sei una stella, grazie.»

Mi lanciò un'occhiata – metà sogghigno, metà qualcosa di simile all'orgoglio – poi sparì, i suoi passi già in dissolvenza.

Aprii lo zaino e tirai fuori i post-it che c'erano dentro, e iniziai a scrivere. Le parole uscirono calde, non come sangue questa volta ma come adrenalina. Costruii la storia dall'interno, non come un atto di accusa o una confessione, ma come una specie di lettera d'amore. Non solo a Grace, ma all'intero fottuto casino che avevamo creato insieme.

Lavorai per tutta la notte. All'alba, l'edificio era di nuovo sveglio, i primi turni che arrivavano a fiotti, la redazione che si ripopolava lentamente. Io non mi fermai.

Non era una vittoria, ma era qualcosa.

Forse era anche abbastanza.

TRENTUNO

GRACE

La mattina dopo un grosso scoop è la cosa più vicina a una resurrezione per un giornalista. Entri in ufficio e il mondo intero sembra diverso, come se avessi cambiato il tuo gruppo sanguigno durante la notte e tutti gli altri funzionassero con la versione sbagliata. Le porte del *Chronicle* si chiusero alle mie spalle con un sibilo, e per un secondo pensai che la città fosse davvero silenziosa, per una volta.

Mi sbagliavo, ovviamente. L'edificio era in fermento. Telefoni che squillavano, stampanti che vomitavano carta, stagisti che marciavano a passo svelto verso la loro prossima umiliazione formativa. Ma qualcosa... non tornava. C'era una tensione nell'aria, come l'elettricità prima di un temporale. Arrivai fino alla prima fila di ascensori prima di vederlo.

Ogni superficie — ogni muro, ogni pilastro, persino il vetro delle porte antincendio — era coperta di Post-it.

Centinaia. Forse migliaia, tutti disposti in file irregolari, alcuni con gli angoli arricciati, tutti in una gamma di colori fluo che mi faceva male agli occhi. All'inizio, pensai che fosse una specie di scherzo, o un collasso di massa del budget per la cancelleria, ma poi cominciai a leggere.

Il primo, a sinistra vicino al distributore automatico, diceva solo: «Congratulazioni, capo. Ci hai fatto sembrare tutti lenti». Un quadrato blu, scritto in un aggressivo stampatello.

Il successivo: «SCOOP: La scorta segreta di gin del Tesco del direttore», e capii all'istante che era di Liv, la calligrafia era inconfondibile. Ce n'erano altri: «Energia da girlboss, ma non in senso negativo», «Hai scritto 'malversazione' giusto al primo tentativo», «Opinioni scottanti, casini scottanti». Ce n'era uno che diceva solo: «Non cambiare mai. O forse sì. Decidi tu».

Poi, mentre mi avvicinavo, notai quelli scritti con una mano diversa. Una grafia più disordinata e inclinata, ogni lettera che lottava con quella vicina per lo spazio. La calligrafia di Paul.

Alcuni erano titoli di giornale: «Hampton & Callaghan fanno arrosto il Vice-Rettore (in senso metaforico)». «Il giornale studentesco sta sveglio tutta la notte e prosciuga la città». «Ultim'ora: le due persone più fastidiose di Sheffield uniscono le forze». Alcuni erano frammenti di battute tra noi: «La prossima volta, diamo fuoco direttamente all'edificio amministrativo». «Ti devo ancora un panino. O cinque». «Pensavo che ci saresti andata piano con me dopo la seconda pinta, pazza scatenata». Alcuni erano ritagliati da vecchi numeri del giornale studentesco, ingialliti ai bordi, o stampati al laser con articoli che avevamo scritto fianco a fianco. Uno era una scansione della prima volta che i nostri nomi erano apparsi insieme su una prima pagina, cerchiati tre volte a biro.

Seguii il muro di bigliettini lungo il corridoio, leggendo mentre procedevo, con una morsa al petto che si stringeva a ogni passo. Cominciai a notare uno schema, una frase che si ripeteva ogni pochi metri: «Sei tu la storia che vale la pena inseguire».

Alla terza volta che la vidi, dovetti fermarmi e appoggiare

una mano al muro. La superficie era ruvida sotto la carta e mi resi conto, stupidamente, che stavo tremando. Continuai a camminare, mentre i colleghi mi osservavano con la coda dell'occhio, cercando di non sorridere. C'erano altri bigliettini ora, scritti con calligrafie che non riconoscevo. Ci passai le dita sopra mentre camminavo, quasi aspettandomi che fossero caldi, come inchiostro fresco.

La scia mi condusse alla sala relax. Ovviamente. Spinsi la porta e lui era lì.

Paul se ne stava in piedi al centro, con l'aria di uno che aveva dormito vestito e poi aveva fatto a botte con una siepe. I suoi capelli erano un disastro. Aveva una macchia d'inchiostro sul mento e due calzini diversi si intravedevano sopra le sue scarpe da ginnastica malandate. In mano teneva un unico Post-it giallo.

All'inizio non disse nulla, rimase semplicemente lì, con gli occhi spalancati, come se non fosse sicuro che quella fosse stata una buona idea o la peggiore di tutte.

Chiusi la porta alle mie spalle e mi ci appoggiai contro, incrociando le braccia. «Hai ridecorato».

Provò a fare un sorriso, ma risultò a metà tra l'imbarazzato e il terrorizzato. «Ho pensato che fosse il tuo turno per il muro della vergogna».

Calò un silenzio. Di quelli che esistono solo quando tutto ciò che c'era da dire è già stato stampato nell'edizione del mattino, e ora non resta che l'errata corrige.

«Mi sono sbagliato», disse, con voce ferma ma non forte. «Sullo stage. Su di te. Su tutto».

Diede un'occhiata al biglietto che aveva in mano, poi lo sollevò come un'offerta di pace. «Ho pensato che... se mi avessi odiato, avrebbe fatto meno male che perderti». Rise, una risata breve e sgradevole. «A quanto pare, ho solo anticipato il dolore e l'ho spalmato su sette anni».

Lasciai che le parole si depositassero, come si lascia che il whisky bruci mentre scende prima di iniziare a sentire qualcosa.

Fece un passo avanti. «Non mi dispiace per le litigate. Non mi dispiace nemmeno di essere stato uno stronzo, a volte. Ma mi dispiace di aver continuato a scappare quando avrei dovuto semplicemente... restare. Con te».

Lo guardai a lungo, osservando le rughe agli angoli dei suoi occhi, il modo in cui le sue mani tremavano appena. Il Post-it fremeva tra le sue dita.

«Sei un pessimo giornalista», dissi.

Lui sbatté le palpebre una volta. Due volte.

«Le tue fonti fanno schifo», continuai. «Non rispetti le scadenze. La tua calligrafia è un disastro. Ma il tuo tempismo?». Feci un passo avanti, abbastanza da prendergli il Post-it dalla mano e premerglielo sul petto. «Il tuo tempismo finalmente non è terribile».

Lui rise, e questa volta la sua risata suonò come sempre. «È la cosa più carina che tu mi abbia mai detto».

Alzai una mano, gli affondai le dita tra i capelli sulla nuca e attirai il suo viso verso il mio.

Il primo bacio fu un disastro: denti, naso e il sapore del caffè troppo dolce del distributore automatico. Lui si bloccò per un secondo, e pensai che potesse davvero svenire per lo sforzo di non mandare tutto a puttane, ma poi ricambiò il bacio, con una tale forza che dovetti aggrapparmi al bancone per non perdere l'equilibrio.

Da qualche parte nel corridoio, qualcuno esultò. La porta si spalancò e Liv si affacciò, tazza in mano, con un sopracciglio inarcato così tanto da arrivarle quasi all'attaccatura dei capelli.

«Finalmente», disse, e lasciò che la porta si chiudesse con un tonfo.

Ci separammo, ansimando, e per un secondo ci fummo solo noi nella stanza, con il silenzio carico di tutto quello che non ci eravamo mai detti.

Paul sorrise, un sorriso ampio e spontaneo. «Diventerà un problema per le Risorse Umane?».

Alzai le spalle. «Solo se ci beccano».

Mi attirò di nuovo a sé, questa volta più dolcemente, e restammo così, aggrappati l'uno all'altra come se ne andasse della nostra vita, finché la giornata e le scadenze non ci raggiunsero.

Più tardi, quando riemettemmo la testa, il corridoio era ancora un tripudio di Post-it, la redazione era in fermento, e il mondo fuori era sempre lo stesso freddo, brutto, bellissimo casino.

Ma noi eravamo lì. E quello, per una volta, sembrava essere abbastanza.

TRENTADUE

UN ANNO DOPO

GRACE

Si può capire molto di una relazione dallo stato della sua libreria condivisa. Prima che Paul si trasferisse, i miei scaffali erano un battaglione schierato per colore: storia, attualità e qualche sporadico thriller di cui mi vergognavo allineati con precisione militare. La collezione di Paul, al contrario, era come il risultato di un piccolo ma determinato terremoto: tascabili piegati in due, vecchi numeri di *Private Eye* con i dorsi mezzi mangiati dalla muffa e circa quarantasette opuscoli sull'etica dell'editoria che sono convinta non abbia mai letto. La mattina in cui arrivò, scaricò "solo temporaneamente" tutta la sua biblioteca sopra la mia, e ancora oggi trovo copie sparse di Zadie Smith e antologie di "giornalismo classico" incastrate dietro al termosifone.

Oggi, però, gli scaffali sembrano, se non ordinati, almeno meno spettrali. Questo perché mia madre viene a prendere un tè, e la prima cosa che fa in qualsiasi appartamento è giudicarti dalle tue soluzioni organizzative. In famiglia scherziamo sempre sul fatto che sia in grado di diagnosticare la fibra morale di una persona dal modo in cui archivia le vecchie ricevute e le buste paga. Se mai scoprisse che Paul suddivide la sua posta, senza aprirla, in "da ignorare" e "da distruggere attivamente", ci denuncerebbe entrambi al parroco del paese.

Mi appoggiai allo stipite della porta, a braccia conserte, osservando il massacro che eravamo appena riusciti a nascondere. Il cesto della biancheria era finalmente tornato nell'armadio, dove Dio voleva; il pavimento del soggiorno, che per tutta la settimana era sembrato un cassonetto della Caritas per gli abbonamenti in palestra falliti, era più o meno visibile. Persino le tazze — prima in uno stato di migrazione semi-permanente dal divano alla scrivania al davanzale — erano, per ora, tutte dentro la cucina. La sensazione era innaturale, come se stessimo per essere svaligiati da un coach di *hygge*.

Un fracasso proveniente dalla camera da letto segnalò che Paul aveva finalmente terminato il suo "processo di vestizione" mattutino. Ne emerse con un paio di jeans neri e una camicia che un tempo sarebbe potuta appartenere a un vero adulto. Teneva sollevato un unico, malconcio calzino come se fosse una prova forense di una scena del crimine particolarmente squallida.

«Spiegami questo» disse, con il tono accusatorio di un uomo che aveva passato un decennio a scrivere per i tabloid.

Presi il calzino e lo esaminai. Blu scuro, buco sul tallone, una strana macchia di candeggina vicino alla punta. «È sicuramente tuo. Non metto più calzini con le pecore dalla terza superiore.»

Lui me lo strappò di mano e aggrottò la fronte. «Dicevi che erano carini.»

«Per una quindicenne, lo sono.»

Sembrò ferito, il che era assurdo, ma Paul era fatto così: sempre il martire, anche in una disputa sui calzini.

«Gli adulti» dissi, lasciando la parola sospesa in aria come una minaccia, «non buttano la biancheria sporca negli armadi.»

Lui tirò su col naso, offeso. «Soluzioni organizzative creative, per la precisione. Si chiama archiviazione orizzontale.»

Prima che potessi rispondere, suonò il campanello. Per una frazione di secondo, Paul parve sinceramente terrorizzato, come se il Fantasma della Mamma della Fidanzata si fosse materializzato e stesse per interrogarlo sulla storia tassonomica dei guanti da forno.

Si sistemò la camicia e si lisciò i capelli con entrambe le mani, poi rimase immobile, come uno scolaro in attesa di essere giudicato per la sua calligrafia. Resistei all'impulso di ridere, soprattutto perché il mio stomaco stava facendo delle lente capriole. Mia madre aveva già incontrato Paul, ma allora eravamo studenti; questa volta era il mio compagno. Erano anni che non presentavo qualcuno a mia madre, e l'ultima volta non si era conclusa esattamente con una standing ovation.

Aprii la porta. Eccola lì: un metro e sessanta, sciarpa a fiori e un'espressione di scetticismo divertito che aveva affinato in quattro decenni di insegnamento di francese alle superiori. Si chinò per darmi un bacio, poi mi tolse il rossetto dalla guancia con un fazzoletto che tirò fuori dalla manica del cardigan.

«Grace, tesoro. Sembri stanca. Mangi a sufficienza?»

Paul era in piedi dietro di me, con le mani in tasca, e lei lo trascinò nel campo di forza della sua presenza senza battere ciglio.

«Ciao, Paul.» Lo disse come se fosse una confessione piuttosto che una presentazione.

Lui offrì una mano, per poi ritirarla subito e optare per un abbraccio un po' impacciato. «Salve, signora Hampton, è passato un po' di tempo.»

Lei lo squadrò da capo a piedi, poi sorrise raggiante. «Chiamami Marianne. Sono contenta che tu abbia tenuto i capelli lunghi, ti stanno bene.»

Sbuffai una risata. Paul arrossì sul serio. Era alto un metro e novanta e magro come uno spaventapasseri, ma qualcosa nel suo comportamento — forse i calzini con le pecore — lo faceva sembrare un dodicenne. Non era mai più attraente per me di quando veniva lentamente scorticato vivo dall'allegro esame di mia madre.

Lei si tolse il cappotto e si guardò intorno nell'appartamento, con gli occhi che saettavano dalla libreria alla cucina e ritorno, senza dubbio stilando un profilo psicologico completo.

«Avete messo in ordine» disse, non era una domanda. «Bravi.»

Paul mi guardò, con un guizzo di panico negli occhi. «Ci proviamo.»

«Mmm» disse lei. «Metto su il bollitore, che ne dici?»

Lui annuì, pentendosi subito di aver ceduto il controllo della cucina. Mamma si diresse dritta verso la credenza, il suo sguardo laser che notava la disposizione (alfabetica, con una sottofila per le tisane) e lo stato delle tazze (tutte con il manico rivolto in avanti, senza crepe visibili: opera mia). Guardai Paul tentare senza successo di intervenire mentre lei selezionava la teiera meno imbarazzante e si metteva a preparare abbastanza English Breakfast da resuscitare un piccolo reggimento.

Rimasi in disparte a osservare la scena, in parti uguali mortificata e deliziata. Siamo sopravvissuti a di peggio, mi ricordai. C'era stata quella volta in cui avevo accidentalmente messo mia madre in copia in un'email sul sapore "oscenamente robusto" delle lasagne della mensa universitaria. Lei mi aveva mandato una ricetta, commentata con note sul contenuto proteico del macinato vero.

Paul mi si avvicinò e borbottò: «È una forza della natura. Dovremmo avere paura?».

«Nah» dissi. «È qui per te, non per me.»

Lui mi fissò. «Questo è molto, ma molto peggio.»

Mamma riapparve, vassoio del tè in mano, e indicò il tavolo

della cucina. Paul si sedette, con le gambe incrociate alla caviglia, irradiando energia nervosa. Mamma versò il tè, poi dedicò la sua attenzione all'interrogatorio vero e proprio.

«Allora. Come ti trovi a Londra?» chiese, mescolando il proprio tè con precisione clinica.

Paul esitò, come se sospettasse un tranello. «Grande. Rumorosa. Mai noiosa.»

Lei annuì. «Sei del Nord, in origine?»

«Leeds» disse lui, e potei sentire la grinta in più nella sua voce, il suo accento che si faceva più marcato per autodifesa.

Lei sorrise, quasi approvando. «Bene. A Grace serve qualcuno che sappia tenerle testa.»

Lui sogghignò. «Ci provo. Ho i lividi che lo dimostrano.»

Lei rise, poi lanciò una raffica di domande sul lavoro, sulla convivenza e sui meriti filosofici del pane a lievitazione naturale "artigianale". Paul rispose a tutte con il fascino sardonico che di solito riservava a fonti ostili, e in poco tempo, persino l'aria tra loro sembrò più leggera. C'era qualcosa di quasi... familiare nel modo in cui battibeccavano, una strana eco dei dibattiti che avevo ascoltato crescendo a ogni cena per diciotto anni.

Riempì le tazze e mi ritirai alla finestra, ascoltando con un orecchio Paul che raccontava la storia di un'inchiesta sotto copertura a una mostra felina finita male. Mamma interruppe con: «Non ho mai capito perché qualcuno dovrebbe volere un gatto senza peli, ma d'altronde, non ho mai provato nemmeno il formaggio vegano», e Paul scoppiò a ridere, con le spalle scosse da una risata silenziosa.

Era una specie di miracolo, questa pace. Li guardai, sentendo un calore pungente nel petto che normalmente avrei attribuito a un'indigestione o a sentimenti malcelati. Mi chiesi se fosse così che facevano le persone normali: invitavano semplicemente il proprio bagaglio a prendere un tè e vedevano cosa ne veniva fuori.

Quando i biscotti furono quasi finiti e mamma stava scarabocchiando l'indirizzo di "un macellaio vero, non quella roba del Tesco", Paul incrociò il mio sguardo da sopra il tavolo e mi fece un piccolo occhiolino complice.

Il fatto di mia madre è che non è che "venga in visita", quanto piuttosto colonizzi. A meno di un'ora dal suo arrivo, era già passata dal sorseggiare il tè a "dare solo una sistematina", e al momento stava riorganizzando la scarpiera con la spietatezza di un sottufficiale durante un'ispezione. Fece un verso di disapprovazione davanti alle scarpe da ginnastica infangate («Le calzature da esterno vanno tenute vicino alla porta, tesoro, altrimenti dovrai lavare i pavimenti due volte»), poi spostò lo sguardo su Paul, che si aggirava sullo sfondo come un uomo in attesa del plotone d'esecuzione.

«Stai fermo» gli ordinò, e prima che lui potesse protestare, gli si avvicinò al colletto, con dita rapide e decise. «Ecco. Ora sei presentabile. Non possiamo permettere che i vicini pensino che ho cresciuto mia figlia perché vivesse con uno spaventapasseri.»

Paul sbatté le palpebre, in bilico tra mortificazione e delizia. «Grazie, signora— Marianne.»

Lei lo fissò con uno sguardo che avrebbe fatto incenerire un uomo di minor tempra. «Prego, tesoro.»

Sbuffai una risata. Paul arrossì così tanto che le punte delle orecchie gli diventarono rosa.

Ci accomodammo in soggiorno. Il tavolo era una reliquia lasciata con l'appartamento, la superficie segnata da antichi aloni di tazze e un'unica, ostinata bruciatura, risultato di uno stir-fry fallito e di un momento di estrema tracotanza. Mamma ci passò comunque sopra uno straccio, poi si accoccolò sulla poltrona come un gatto in cerca dell'unico raggio di sole.

Accettò la sua tazza di tè con l'aria di una regina a cui viene porto lo scettro reale.

«Allora» disse, stringendo la tazza con entrambe le mani. «Come procede l'esperimento domestico? Vi siete già fatti impazzire a vicenda?»

Paul rise e, a suo merito, riuscì a mantenere un'espressione impassibile piuttosto convincente. «Solo il lunedì. Si accaparra il caffè buono e mi costringe ad ascoltare Radio 4 a colazione.»

Mamma sorrise raggiante. «Si chiama influenza civilizzatrice, Paul. Te ne servirebbe un po'.»

«Visto?» dissi. «Non sono solo io.»

Mamma sorseggiò il suo tè, poi esaminò le pareti con il freddo distacco di un perito immobiliare. «Avete pensato di imbiancare? Qualcosa di più luminoso, forse. Questo beige è piuttosto... funereo.»

Alzai gli occhi al cielo. «Siamo in affitto. Se solo guardiamo una mazzetta di colori, il padrone di casa raddoppia l'affitto.»

Lei tirò su col naso. «Dovreste provarci lo stesso. Una casa dovrebbe avere colore.»

Paul, cogliendo un'apertura, disse: «Potremmo sempre optare per una parete d'accento radicale. Tipo verde fluo».

Mamma inarcò un sopracciglio. «Forse non così estremo.»

Si rivolse a me, addolcendosi. «Sei felice, tesoro?»

Era una domanda semplice, ma atterrò come una bomba. Annuii, reprimendo l'impulso di dire altro. Mamma era sempre stata in grado di riconoscere una bugia a cinquanta passi, e in quel momento non riuscivo a inventarmene nemmeno una decente.

Paul, forse percependo il cambio d'umore, mi mise una mano sul ginocchio, solo per un secondo, poi la ritrasse come se temesse che mamma potesse pensare che stesse cercando di influenzare la mia risposta. Non potei fare a meno di sorridere, perché era una cosa così da Paul: solidale, sincero, ma un po' impacciato.

Mamma colse l'attimo, la sua espressione oscillante tra approvazione e compiacimento. «Ci avete messo un bel po' ad arrivarci, no?»

Paul sogghignò, con un sorriso sghembo. «Per alcune cose vale la pena aspettare.»

«Oh, sentilo, Mister Romantico.» Scosse la testa, ma era compiaciuta.

La conversazione si spostò sul lavoro. Mamma voleva tutti i dettagli, fino al tipo di computer che usavamo e se il nuovo caporedattore "avesse spina dorsale". Paul gestì le sue domande con l'abilità di un uomo che era stato interrogato da poliziotti e pensionati in egual misura. Quando cercò di interrogarlo sui nostri turni di pulizia, lui si rimise a me con un «Grace è la vera organizzatrice». Lei fu deliziata da questa risposta, e si appuntò di «metterlo nella lettera di Natale».

Quando i biscotti finirono e il tè si fu raffreddato, mi sentivo stranamente soddisfatta. Mamma non era lì per giudicare, non davvero. Voleva solo vedermi sistemata, e forse — solo forse — vedere Paul sudare un po'.

Dopo che se ne fu andata (con la promessa di portare un "vero" pasticcio la settimana seguente), io e Paul ci afflosciammo sul divano. Lui emise un lungo respiro, come un sub che riemerge dopo un'immersione profonda.

«Tua madre è terrificante» disse.

«Tu le piaci» risposi. «Fidati, questo è il peggio che ti possa capitare.»

Lui sbuffò. «Non è stato poi così male, suppongo. Non ha nemmeno menzionato la tazza della Brexit.»

«Quella la prossima volta.»

Sedemmo in un silenzio complice, ascoltando il debole scricchiolio dell'edificio che si assestava alla giornata. Fuori, la città ronzava, ignara. Dentro, c'eravamo solo noi, con il calore della visita di mamma che aleggiava nell'aria.

«Per alcune cose vale la pena aspettare, eh?» dissi, dandogli un colpetto alla gamba.

Lui sogghignò, attirandomi a sé. «Non per tutte. Per alcune cose vale anche la pena lottare.»

Poggiai la testa sulla sua spalla. Per una volta, mi permisi di crederci.

Passammo il resto della domenica come immagino facciano le persone normali: alternando faccende, spuntini e il profondo, inespresso sollievo che deriva dal sopravvivere a un'ispezione genitoriale. A un certo punto, Paul tentò di montare una libreria dell'IKEA che aspettava di conoscere un cacciavite da mesi, mentre io fingevo di non notare le sue imprecazioni sempre più creative. Resistetti fino alle tre prima di cedere e aiutarlo a decifrare le istruzioni, che erano straordinariamente semplici.

Alle quattro, l'appartamento era vicino alla perfezione come non lo sarebbe mai stato. Le lasagne di mamma erano in forno (le aveva lasciate con un biglietto: "NON RISCAL-DARE AL MICROONDE"), la nuova libreria stava in piedi e la città fuori si era acquietata al dolce ronzio degli autobus e dei ragazzini sugli skateboard. Eravamo di nuovo sul divano, con i piedi intrecciati, Paul che leggeva l'inserto del fine settimana mentre io scorrevo Twitter. Ero a metà di un thread sul perché la marmellata vada conservata in frigorifero quando lui mi diede un colpetto.

«Guarda qui» disse, mostrandomi una pagina. Era l'*Observer*, con un'immagine del mio articolo in primo piano, il mio nome nel carattere del titolo. «Sei diventata virale.»

Gemetti. «È successo giorni fa.»

Lui sogghignò. «Non importa. Sei famosa. Il ministro del Commercio si dimette, sai.»

«Presumibilmente.»

Lui rise. «Non te lo godrai nemmeno un po', vero?»

Nascosi la faccia nel cuscino. «Non è— È solo un lavoro. La prossima cosa sarà due volte più deprimente.»

Lui mi tolse il cuscino, fissandomi con uno sguardo che diceva: *smettila di essere così maledettamente umile.* «Sei una rompicoglioni, Hampton, ma sei la migliore rompicoglioni del settore.»

Gli feci la linguaccia, che era probabilmente la risposta più matura a mia disposizione.

Lui si appoggiò allo schienale, con un braccio intorno alla mia spalla. Per un minuto, guardammo solo la luce cambiare sul soffitto, il lento strisciare del pomeriggio che svaniva nella sera. Non fu drammatico. Non fu nemmeno particolarmente memorabile. Ma sembrava... permanente, in qualche modo.

Mamma mandò un messaggio alle cinque e mezza: "Avete mangiato le lasagne? Hanno gli strati." Risposi con una foto della teglia vuota e di Paul che faceva il pollice in su. Lei rispose con tre emoji a cuore e una GIF di un criceto che mangiava un acino d'uva.

Era ridicolo, ma mi fece sorridere. Forse era questo che la gente intendeva con "sistemarsi": non arrendersi, ma trovare un posto dove tutta la follia potesse semplicemente... riposare, per un po'.

Paul mi diede un colpetto. «Scommetto dieci sterline che il primo ministro se ne va prima di Natale.»

Sogghignai. «Ci sto. Chi perde cucina.»

Lui inarcò un sopracciglio. «Vuoi dire, chi perde ordina da asporto?»

«Ovviamente.»

Lui rise, poi mi attirò a sé. «Sai, se due anni fa mi avessi detto che avrei vissuto con la mia arcinemica, ti avrei dato della pazza da legare.»

Sbuffai. «Se tu mi avessi detto che mi sarebbe piaciuto, mi sarei fatta ricoverare.»

Mi baciò, un bacio rapido e leggero. «Allora. Che cosa succederà adesso alla più importante cacciatrice di scandali di Londra?»

Feci spallucce, improvvisamente e insolitamente timida. «Non lo so. Vedremo.»

Mi strinse la mano e, per una volta, non ci fu nessuna battuta finale.

Il futuro non era scritto, ma in questo momento, era abbastanza. Il divano, la domenica, la città che turbinava fuori. C'era calore qui. C'era speranza.

C'eravamo noi.

E questo era più di quanto avessi mai pensato di volere.

FINE

Vuoi continuare a leggere? Scopri Mind the App, una rom-com enemies-to-lovers a fuoco lento, piena di cuore, umorismo e tensione tecnologica.

NOTA DELL'AUTRICE

Ciao a tutti,

Grazie di cuore per aver letto *Appena Andato in Stampa*!

Scriverlo è stato un vero spasso e spero davvero che la lettura vi abbia regalato qualche sorriso.

Se il libro vi è piaciuto, vi sarei infinitamente grata se voleste lasciare una recensione.

Le recensioni aiutano moltissimo gli autori per vari motivi: forniscono un riscontro su ciò che apprezzano i lettori e migliorano la visibilità del libro sui siti di vendita online.

Grazie in anticipo — non vedo l'ora di leggere i vostri commenti.

Alia xx

CHI È L'AUTRICE

Alia Smith scrive commedie romantiche che scaldano il cuore, piene di umorismo, fascino e la giusta dose di caos.

Quando non scrive storie d'amore, la si trova di solito accoccolata con un libro, immersa nella realtà televisiva o intenta a impedire a Galaxy — la sua gatta e musa principale — di sedersi sulla tastiera.

Vive in una casetta accogliente nell'Oxfordshire, dove è fermamente convinta che ogni grande storia d'amore cominci con una buona tazza di tè.

www.aliasmithbooks.com

instagram.com/aliasmithbooks

SUBSCRIBE TO ALIA'S MAILING LIST
&
RECEIVE YOUR FREE NOVELLA

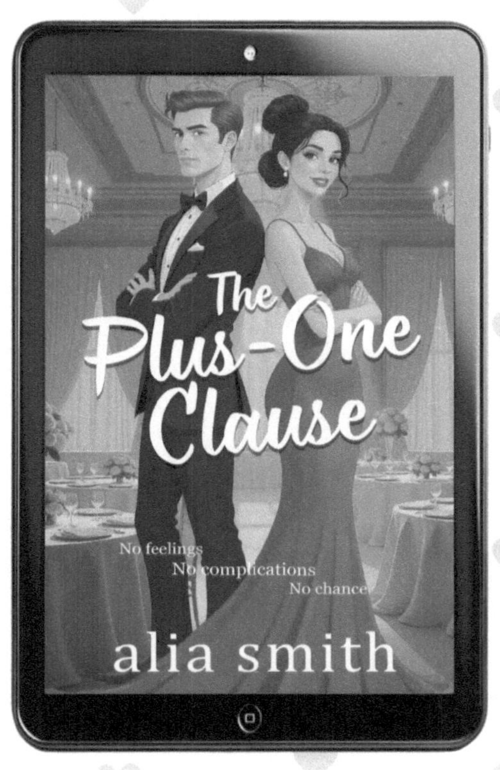

www.aliasmithbooks.com

BINGE THE SERIES

BALKON media